# 三島由紀夫の時代

# 三島由紀夫の時代

松本徹

芸術家11人との交錯

水声社

# 目次

# はじめに

作家として大きな成果と、大きな謎を残して忽然と去った三島由紀夫に対して、没後半世紀近くなった今も、われわれは強い関心を注がずにおれない。

そこには、一貫して変わらない理由がありそうである。例えばわれわれ自身の生き方それ自体を、さらにはわれわれの時代そのものを根底から脅《おびや》かすようなところがあって、不安を覚え、問いかけずにおれなくするのではないか。それとともに、今日ただ今の目まぐるしく推移するさまざまの状況に翻弄され引きずり廻されるまま、泡立つように浮かび出てくるさまざまな問いかけがあるが、それが収斂していくところに、三島が突きつけた謎が横たわっているとも思われるのではあるまいか。

その不安・疑念はまた、こうした問いかけとなるのではないか。

三島にとって文学・芸術とは何であったか？　三島にとって国家とは何であったか？　三島にとって歴史とは何であったか？　三島にとって性とは何であったか？　三島にとってこの日本とは、世界とは何であったか？　この世は生きるに値するのか？　われわれに未来はあるのか？

さまざまな問いかけが、さまざまな人によって、文学、演劇、美術、思想、政治などさまざまな分野において、さらには海を越えて異なった国、社会、文明において、三島に対し、あるいは三島を媒体として、発せられつづけている。平成二十七年（二〇一五）、東京で開かれた三島由紀夫についての国際シンポジウムの一隅に身を置いて、その思いを強くしたが、その問いかけは、国境を越えて今なお広がりつづけている……。

ただし、この問いかけを三島一個に集中させるだけでは、解きほぐせまい。解きほぐせないどころか逆に狭く、封じ込めてしまう恐れがありそうである。筆者は、三島の生涯の事績を可能なかぎりコンパクトに要約した『三島由紀夫の生と死』（鼎書房）を昨年夏に刊行したが、そうすることによって、こうした恐れを覚えるようになった。

要約し、われわれの視界のなかに収めるのも必要だが、思い切って解きほぐし、その多様性、多面性を明らかにするとともに、内側へ、主体内部へと深く踏み入らなくてはなるまい。ただし、如何なる方法がそれを可能にするだろうか。

三島にしても、その卓越した才能、感受性、知識、意志をもって、一人でその営為を遂行したわけではない。昭和という時代のただなかで、さまざまな人々と出会い、学び、競いあい、反発もすれば惹かれあい、共鳴し、影響を受け、自らを形成しながら、創作活動を展開したのである。それも自他の活動の結果を受け止めつつ、その活動の軌跡を先へ先へと伸ばし、突き進んで行ったはずなのである。その所業は、天空へ向けて差し掛けた梯子を駆け昇るかのようであったが、少なくともその梯子を用意するなり作ったのは、明らかに昭和の日本であり、出会い、係りを持った多くの人々であった。

そこで三島が浅からぬ係りを持った、同時代の優れた人々を採り上げ、相互の係りようを見ようと思い立った。そうすれば、外から見えにくい主体的次元の内なる領域に属する事柄であれ、当の人と人との親密にして妥協のない係りあいを通して、見えて来るのではないか。また、その相手それぞれの性格、身を置く場、目指す方向が異なることによって、より多様、多角的な展望も開けるのではないか、と考えた。

もっともその係りあいは、親密の度を加えるとともに豊かさを約束するとは限らなかった。逆に恐るべき事態を招く危険も孕んでいた。現に三島と係った人々にとって、三島という存在は、苛烈な何かを過剰に備えていて、恐ろしい事態をもたらすとも感じたのではなかろうか。三島は自制心が強固で、川端康成と近親者以外には、迷惑を掛けることを厳しく回避した。あるいは、回避すべく努めた。それだけに却って強く感じた人もいたようである。

そうしたことを考えながら、時代をともにして活躍した作家、評論家、俳優、写真家の十一人を採り上げ、相互の係りを見た。それはいずれもあの信じがたい苛烈な死への歩みを、なにほどか共にすることであった。そのため叙述は、しばしば重複することになったが、その点はお許し頂きたい。

こうすることによって三島由紀夫の生を、芸術家としての営為を、そして、昭和の時代を、内側から照らし出すことが、多少はできたのではないかと思う。昭和という時代は、われわれが考えて来たのとは異なり、偉大とも言いうる時代であったのではないかと、最近、筆者は思うようになっているが、その時代を三島は、良くも悪くも代表しているのである。誕生が昭和の始まる前年の大正十四年（一九二五）一月で、満年齢がその年数と一致するが、これも偶然ではないように思われる。明治・大正からの流れを受けて、いわゆる西欧近代化の一頂点と言ってもよい短い一時期から、戦争、敗戦、占領下へと陥ったが、そこから驚異的再興を遂げた。ただし、文明としての欠陥を露わにすることにもなった、と言わねばなるまい。その道筋を三島は、間違いなく一身でもって辿り、体現し、かつ、誰よりもその欠陥の克服に努め、『日本文学小史』で「文化の時計は亭午《ていご》を斥《さ》した」と書いた「古今集」に比肩する文学を創出すべく、文字通り死力を尽くしたのだ。その営為は、昭和とともに終わったわけではなく、初めにも述べた通り、現在ただ今のわれわれにとっても切実な課題で在り続けているのだ。

採り上げるべき人物は、この十一人で尽きるわけではない。三島の交際範囲は広く、まだまだ挙げられよう。ここでは相互の係りあいについてある程度の資料が揃っていて、容易に参観できるとともに、非力な筆者にも要点を押さえることができるという条件が付いた。如何なる人がさらに挙げられるか、読者各位が考えて下されば幸いである。

一、引用は、三島由紀夫の場合、『決定版　三島由紀夫全集』（新潮社）によった。そのため歴史仮名遣いであるが、談話・対談類はこの限りでない。
一、三島以外の著作者の引用は、できるだけ当の著者の全集・著作集の表記に従った。
一、以上の方針により、引用文において、歴史仮名遣いと現代仮名遣いの混用が、同一ページ、同一文のなかでも見られる場合がある。
一、年は元号を基準とし、要所で西暦を併記した。三島は昭和が始まる前年の誕生なので、年数そのままを満年齢と見てもらえれば好都合である。
一、著作の初出の掲載誌、年月日はできるだけ記載したが、省略した場合もある。
一、注は可能な限り少なくし、主要な参考・引用文献は最後にまとめて掲げた。
一、現在の人権意識では不適切な表現がみられるが、筆者が故人であるため、そのままとした。

# 川端康成

## 無二の師友

**川端康成**（かわばた　やすなり）

明治三十二年（一八九九）～昭和四十七年（一九七二）。「新感覚派」の作家として出発し、日本の伝統的な美を表現した叙情的な作品の数々で知られる。昭和四十三年（一九六八）、日本人としては初のノーベル文学賞を受賞。代表作は、『伊豆の踊子』『雪国』『山の音』『眠れる美女』『古都』など。

川端康成は新人作家の発掘で知られているが、その新人のなかの一人が三島由紀夫であった。そして年齢は父子ほど隔たっている（二十六歳差）のにかかわらず、川端のほうが生涯にわたって面倒を見、最期を見送る巡り合わせとなるばかりか、弔辞では、「年少の無二の師友」だったと述べた。それに対して三島は、敢えて師とは呼ばなかったが、「氏の存在はいつも私の力強い支へであつた」（「川端康成序説」昭和三十七年十二月）と言い、唯一の「心の師」（「長寿の芸術の花を――ノーベル賞受賞によせて」昭和四十三年十月十八日）であったと書いている。この言葉に、互いにいささかの誇張もなかったと思われるが、三島が最期へと自分を追い込んで行く過程で、深刻な行き違いが生じた。心許した師ゆえ則《のり》を越えて甘えることがあったためでなかったろうか。筆者にはそう思われる。

作風は、恐ろしく対蹠的である。川端は、無手勝流とでも言うべき、捨て身の無構成、三島は、隅々まで計算し構成せずにはおれなかった。それでいて、両者の間には、恐ろしいほど通じ合うものがあった。三島は多く川端論を書いているが、そこで指摘する特異点の多くが、自身のことであるように読めるのも、その在りようを示している。

だからこそ、三島は生涯を通し、敬愛し、頼りにしたのであろうが、殊に出発期において受けた厚情は、忘れられないものであった。もしその厚情がなかったなら、三島由紀夫という作家ばかりか、生存自体からして危うかったのではないか。

そのことを川端も承知していたからこそ、なおさら懇切に応対したのに違いない。そして、大輪の花を咲かせる道筋を開く手助けをし、晩年には称賛者の役割も果たしたのだが、それだけに、三島の自決を、自分の手抜かりと厳しく責めたと思われる。

いずれにしろ、お互いにとって間違いなく「無二の師友」であり、それゆえ、他からは窺い難い厳しいせめぎ合いがあったと思われるのだ。

＊

三島と川端の係りは、戦火も最終段階となって一段と苛烈さを増した昭和二十年（一九四五）春、最初の作品集『花ざかりの森』を川端に贈り、返事を受け取った時に始まる。

この作品集に収められた幾編かを、川端は「文藝文化」誌上などですでに目にしており、この集が届く直前に出た「文藝世紀」（昭和二十年二月）で「中世」Ⅰを読み、関心を寄せていた。

そこでは息子義尚《よしひさ》を失った足利義政の嘆きが描かれているが、いまも触れた最初の返事（昭和二十年三月八日付）で川端はこう書いている、「義尚ハ私も書いてみたく少し調べても居ります事とて先日中河君（「文藝世紀」主宰者中河与一）宛に手紙出したい程でした」。実際にこの後、『反橋』（昭和二十三年十月）で義尚を扱っている。

その川端に宛てて、敗戦を一ヶ月近く前にして、三島は勤労動員先の神奈川県高座廠の工員寮から長い手紙（昭和二十年七月十八日付）を書いている。図書室掛りにされたのを幸いに、迫って来る死と競争するように、作品を書いていますと言い、「このやうな時に死物狂ひに仕事をすることが、果たして文学の神意に叶ふものか、それはわかりません。ただ何かに叶つてゐる、といふ必死の意識があるばかりです」と。

この「死物狂ひ」「必死」の思いは、いまのわれわれには理解の外だが、アメリカ軍の本土上陸は目前で、その上陸地点の一つが高座廠のあるところと考えられていた（実際に昭和二十一年三月一日、相模湾に二十八師団が上陸する予定であった）。川端もそのあたりのことは察知した上で、三島の心中を受け止めたはずである。

その手紙だが、太古の恐竜（三島は大爬虫類と書いている）が絶滅した時代を想起、もし彼らのなかにこの危機を免れ、生きながらえたものがいたらどうだろう、「彼らの習性の内に、『絶滅に瀕したもの』の身振りが執拗に残つてゆくだらうと思ひます。絶滅といふ生活でないものを生活した報ゐが、彼らを畸型にします」と書いている。この時代、日本に生を受けた若者として、死ぬ覚悟を日々深く深く身に刻みつつ、そのことが自分を狂わせていると自覚しながら、文学的営為にすべてを傾注していると告げたのだ。

そうして、敗戦を迎えたのである。それが如何《いか》に深刻な衝撃であったか、言うまでもあるまい。絶滅するはずであったのが、生きながらえてしまった、それも「畸型」を内に抱えたまま。もしかしたら、なおも消えない文学への執念こそ、「絶滅に瀕したもの」の刻印かもしれないと思いながら。

翌年の昭和二十一年早々、一月二十七日に三島は鎌倉に川端宅を訪ねた。

これを皮切りに、頻繁に川端を訪ねるようになったのだが、当時、川端は、鎌倉在住の作家たちと鎌倉文庫を設立、雑誌「人間」を刊行、その社長を勤めていた。そこで三島は幾編もの短篇を持ち込んだ。じつは文芸誌が次々と復刊、創刊されていて、そのあちこちに原稿を持って行っていたのだが、例えば「展望」では「マイナス百二十点」という評価（当時編集に係っていた中村光夫による）で、採用されなかった。文章、題材とも古風と見做されたのだ。しかし、川端はそのなかから『煙草』を選び、六月号に掲載してくれた。そうして戦後の文壇に顔を出すことができたのである。

それからは「人間」編集長木村徳三の親身な指導を受け、作家としての技量を急速に高め、力作『夜の仕度』（昭和二十二年八月）、『春子』（同年十二月）などを発表するようになったが、それと平行して最初の長篇『盗賊』を書き出した。ただし、筆は進まず、自信も持てず、一つの章を書き上げるごとに川端を訪ねて見て貰い、書き直すとまた見て貰うといったことを繰り返した。

その状況は、当時の三島の川端宛書簡に明らかだが、川端は、例のない懇切さでもって応じた。どうしてそうまでしたのだろう。類例ない才能を見たからであろうが、何よりも戦時下、死を覚悟しながら文学にすべてを注ぎ込む姿勢を執ったことを記憶していたからにほかなるまい。そして、終戦となった今、なお生死にかかわる危険なところに身を置いて、文学に挑んでいている、と見て取ったからであろう。

この長篇は、登場する男女がともに自殺へ向かって歩むという、本人はラディゲに倣ったと言うが、ひどく空想的で童話的な性格の強いものであったが、それはそのまま作者自身の、いまなお死へと突き進むほか身の処し方を知らない在りようと重なると、捉えたと思われるのだ。

そうして試行錯誤の末、とにかく書き上げ、刊行の運びになると、川端は序文を寄せた。「三島君の早成の才華が眩しくもあり、痛ましくもある」と書き、「この脆さうな造花は生花の髄を編み合せたやうな生々しさもある」と続けた。すなわち、この「脆さうな造花」とでも言うよりほかない奇妙な長篇を書くことによって、敗戦後の己が人生の糸口を摑もうと必死になっていると、見たのである。そして、そこにこそ三島の、類いない才能の源がある、と。多分、それはそのまま十五歳で孤児になって生きてきた川端自身の在り方にも通じていたと思われる。

こうして三島は、最初の長篇を完成させるとともに、引き続いて『仮面の告白』を書くことによって、作家としての地位を確立した。この二作の間には、目につかぬよう巧まれているが、一貫するものがあり、もし、『盗賊』を完成しなかったならば、『仮面の告白』も書かれることがなかったし、人生そのものが始まらなかったと思われる。

こういうことがあって、三島は、川端との間に特別の絆があると信じた気配である。以後、文壇における庇護者として頼りにし、年始には必ず訪れ、戯曲の上演には招待するなど、親しみ、結婚式には媒酌人を務めて貰った。川端のほうでも三島の才能の目覚ましい展開を喜んだし、刺激も受けた。

その三島の歩みは、幾多の川端康成論を書くことになった。

ただし、それはもっぱら三島自身のなかにある、川端と共鳴する一面を掘り下げ、自覚化すること、即ち、川端の核心を鋭利に衝くとともに、自らの一面を密かに語ることになった。

そうして川端康成という存在を、戦後の文壇に改めて押し出す役割の一端も担った。

＊

その仕事の一つに『文芸読本　川端康成』（昭和三十七年十二月、河出書房新社）の編纂がある。

四部構成で、一 作品、二 作家論・作品論・随想、三 川端康成の横顔、四 座談会「川端康成氏に聞く」であるが、巻頭には「川端康成序説」を載せている。

その序説は、既発表の「永遠の旅人——川端康成の人と作品」（昭和三十一年四月）に前書を添えたものだが、その前書にこう書いた。すでに一部を引用しているが、

「……終戦のあくる年の早春、はじめて川端氏にお目にかかつてから、今日まで十七年、氏の存在はいつも私の力強い支へであつた。この間の社会や文壇の動きは変転ただならぬものがあつたが、私は氏から、言はず語らずのうちに、芸術家の『平常心』といふものの大切さを教へられた。氏ほど鋭敏な魂を持ちながら、氏ほどものに動じない人を見たことがない」。

その通りであったろうが、その強靭な心も、三島の最期には動揺することになる……。この点については後に触れるとして、「序説」はさまざまなエピソード、流布する世評を紹介しながら、本質へと迫って行き、作品を問題にするが、その論と当の三島の在りようを対比させると、興味深い。

——川端は名文家でありながら文体を持たず、世界解釈の意思を完全に放棄、混沌・不安を恐れない、放胆な無計画性を貫いている。そのような「無手勝流の生き方」には感嘆するよりほかないが、そうした態度を可能にしたのは、過敏にして強大な感受性を受容するため、知的なものに背を向けたことによる。それが生活を蔑視させ、秩序だてようと努めることを一切しないこととなった。そのため作品は「虚無の前に張られた一條の絹糸」、「虚無の海の上に漂ふ一羽の蝶」のようである、という。

このような川端に対して三島はどうか。自らの文体に絶えず留意、文体の改造によって自己改造を志し、世界解釈の小説を書き上げるのを最後の目的とした。そして、銀行家のようにきちんと計画された日常を送ることに努め、感受性を自らの知性でもって抑制しとおし、構築的な作品を書くことを

目指した、と要約してよかろう。

恐ろしく対蹠的である。この対蹠性が、却って共鳴現象を引き起こしたのではあるまいか。この文章を読む限り、三島は川端のことを言いながら、じつは裏側から自分のことを言っている、とも思われる。

いや、裏側からではなく、表側からも重なるところが少なくない。例えばこんな具合である。「いかなる意味でも私小説家でない川端氏ほど、人と作品のみごとに一致してゐる例はない」「氏ほど秘密を持たない精神に触れたことがない」「多くの日本の近代小説家が陥つた心理主義の罠《わな》に、ついに落ちずにすんできた」「氏の文学の本質は、相反するかのやうにみえるこの二つの見方、二つの態度の、作品の中でだけ可能になるやうな一致と綜合であらう」。

これらの点に関してはいずれもそのまま、三島自身に当てはまる。いかなる意味でも私小説家でなく、その人と作品は一致していないかのようでありながら、実際はみごとに一致しており、秘密を持たない。そして、心理を扱いながら、心理主義には断乎として陥らないし、作品の中においてだけ可能なることに決定的意味を見た。

内実は恐ろしく懸け隔たっていながら、深く理解、共感を持ち合うことができたのも、これゆえであったろう。

いま触れた『文芸読本　川端康成』だが、その作家論・作品論の冒頭には、小林秀雄の文章（昭和十六年七月）が据えられている。そのなかで小林は言う、「川端康成は、小説なぞ一つも書いてゐない。〔……〕凡そ小説家の好奇の対象となるものに、この作家が、どんなに無関心であるかは、彼の作を少し注意して読めば直ぐ解る事である」「小説家失格は、この作家の個性の中心で行はれ、童話の観念は、『胸の嘆き』の裡で成熟する」。

正面切って、小説家失格を言うのである。そして、三島が『金閣寺』を書き上げて対談した折も、面と向かって『金閣寺』は「小説っていうよりむしろ抒情詩だな」(「美のかたち」文藝、昭和三十二年一月)と言った。三島は、小説家が好奇の対象とするものに無関心どころか人一倍、熱心なタイプであるが、じつは創作の核心部においては、非小説家であり、「童話」を書く人であった、と言ってよいかもしれない。

もっとも小林の言う「小説」なり「童話」は、通念とは異なる。少なくとも「小説」は西欧近代が作り出したものとして、厳密に考えている。その小林の見地からは、川端と三島は、核心部においてぴたりと重なるのだ。それだけにまた、多くのものを三島は川端から受け取っていたと考えられる。

そのなかでもカナメになるのが、輪廻転生《りんねてんせい》であろう。

三島がライフワークと称した『豊饒の海』全四巻は、輪廻転生思想を基軸とするが、執筆準備に入った昭和三十年代後半になって初めて採り上げたわけではない。十代のころ『花ざかりの森』や『煙草』などで「前世」「後生《ごしょう》」といった言葉を盛んに使っているし、詩「夜告げ鳥」では「輪廻への愛」を歌っているのである。ただし、輪廻と言えば、一般には死後の迷い――地獄、餓鬼、畜生、修羅、人間、極楽の六道に迷う恐怖に濃く彩られているのだが、三島の場合、それが全くといってよいほどないのだ。逆に心楽しい幻想的世界を約束するような気配なのである。その点がまことに独特である。当時、ニーチェ『悲劇の誕生』を愛読していたことなどが影響していたかもしれないが、決定的だったのは、川端の作品『抒情歌』(昭和七年)だと思われる。

この短篇の語り手の女性はこう語る、「転生をくりかへしてゆかねばならぬ魂はまだ迷へる哀れな魂なのでありませうけれど、輪廻転生の教へほど豊かな夢を織りこんだおとぎばなしはこの世にないと私には思はれます。人間がつくつた一番美しい愛の抒情詩だと思はれます」。

この世に実体はなく無常であり、すべて因縁に過ぎないとするところから、輪廻転生という世界観が出て来ると考えられるが、それをまずは、現実から自由な表現活動を可能にする世界観と捉えているのだ。そして、紡ぎ出した「おとぎばなし」はより端的、直截な「抒情」を可能にする。

まことに独特な考え方だが、三島は少年期にこの作品を読み、戦後早々、川端から『雪国』を贈られた礼状（昭和二十一年四月十五日付）で、これを機会に再読して感銘を新たにいたしましたと述べ、追って「川端氏の『抒情歌』について」（民生新聞、昭和二十一年四月二十九日）を執筆、川端宛に送っている（五月三日付）。そこでは輪廻転生について簡単に触れるにとどまっているものの、こう締め括っている、「『抒情歌』のなかで川端氏は『臨終』におけるよりも切実に自己の童話を語つた。そして人も知るやうに、童話とは人間の最も純粋な告白に他ならないのである」。

ここで言う「童話」は、小林の論に由来するのかもしれないが、現実を見据えながらもそれに囚われず、物語を自由に展開、純粋な告白にも及ぶ表現形態を意味しているのであろう。

そういう捉え方を基本的に保持しつづけて後年に及び、輪廻転生をライフワークの軸として本格的に据えるに至ったと思われるのだが、繰り返すまでもなくこの世界の無常を言いたいためでなく、「豊かな夢を織り込んだ」小説世界を徹底して展開するためであった。そうしてインド仏教思想の唯識論にまで遡り、徹底して考究し、その体系まで採り入れ、スケールの大きい世界解釈の作品、さらには「究極の小説」たらしめようと企てたと考えられる。

こうした経緯を川端が承知していたためかもしれないが、『豊饒の海』の第一巻『春の雪』と第二巻『奔馬』が単行本として刊行されると、「奇蹟に打たれたやうに感動し、驚喜した」「比類を絶する傑作」「日本語文の美彩も極致」などと、過大とも思われる賛辞を並べた推薦文を書くとともに、以下のような手紙（昭和四十三年十月十六日付）を送った。

拝啓　春の海〔春の雪の誤記〕奔馬　過日無上の感動にてまことに至福に存じました。〔……〕この御作はわれらの時代の幸ひ誇りとも存じました。
私のよろこびだけをとにかくお伝へいたします。

作家が他の作家に対していう言葉として異例である。殊に「われらの時代の幸ひ誇り」とは、過大ではないか。この背景には、ノーベル賞の受賞発表の直前であったという事情があったかもしれないが、『抒情歌』以来、あれこれと企ててきた自分に代って、その構想による大作を仕上げてくれたことへの感謝の思いが込められている、と受け取ってよいように思われるのだが、どうであろう。

いずれにしてもわれわれには窺い難い域での師弟、師友の繋がりがあったと思われるのだ。

＊

しかし、一方では、厳しい鍔迫《つばぜ》り合いとでも言うべき事態があった。

昭和四十二年十一月、新潮文庫版『眠れる美女』が刊行されたが、表題作と『片腕』の他に、もう一編『散りぬるを』が収められており、解説は三島に依頼された。

『眠れる美女』は、前々から三島が傑作と推奨する作品で、『片腕』と密接な繋がりがあるし、この作品もまた疑いもなく傑作である。しかし、『散りぬるを』はどうだろうか。三十三年も前の昭和八年、『抒情歌』の翌年に発表されたもので、就寝中の若い女二人が短刀で刺殺された事件を、殺された女の立場、彼女たちの面倒を見ていた小説家の立場、犯人の立場、それに加えて裁判記録などを織り込んで書かれており、血まみれの現場の情景や鑑識の死体写真の記述も出て来る。流血のおぞましさが前面に出た、まことに不可解な作品である。三島も戸惑ったふうだが、そつなく賛辞を書きつけた。

ただし、ここには川端の企みがあったと思われる。すなわち、無理やり『散りぬるを』を三島に読ませようとしたのだ。すでに三島は、流血を正面から扱った『憂国』（三十六年一月）を書き、それを映画化（四十年四月末に完成、四十一年四月公開）したばかりか、昭和四十二年二月からは神風連を信奉する少年を主人公とした『奔馬』の連載を開始すれば、二・二六事件の磯部浅一の獄中記を扱った『道義的革命の論理』（四十二年三月）を書いた。それらについても川端は賛辞を呈したが、実際は危惧を覚えて、警告する思いがあったと思われるのだ。このような事件をわたしは描いたが、時間を隔てて冷静に見れば、やはりおぞましい。それでもあなたは、このような事柄を描き続けるのですか、と。

この短篇を三島との係りで川端が強く意識しつづけたことは、後にも触れるが、しかし、三島の関心は、わが国の文化の最も微妙、鋭敏な一点を、いわゆる革命勢力から守る方策に向けられていた。そして、その防衛策だが、具体的、実践的に考えなくてはならないという認識に立ち至り、早々に自衛隊の体験入隊を企て、昭和四十二年四月には単身での入隊を実現させたのだ。

これに強く反対したのが、長らく歩みをともにして来た「新潮」編集者菅原国隆であった。小林秀雄まで動員、入隊を思い止まるよう説得に努めたが、三島は激怒、編集担当から外させる挙に出た。

新潮の菅原君が週刊に移つて私は非常にショック落胆しました　いよいよ何も書かなくなりさうですがそれでも困るのでと　ちよつと途方に暮れる気持です。

（四十二年七月十五日付）

川端からの葉書である。川端にまで影響を及ぼしていたのだが、こうしたことを伝えて、できることなら引き留めたいと思ったのであろう。

しかし、三島は、さらにF104戦闘機や戦車に搭乗した末に、四十三年三月には、学生たちを引き連れて自衛隊富士学校に体験入隊した。

こうなると、もはや一作家の個人的行動ではなくなり、持つ意味も変わって来る。三島自身、この時の体験に基づいて、「かくて集団は、私には、何ものかへの橋、そこを渡れば戻る由もない一つの橋と思はれた」（『太陽と鉄』）と書いた。決定的な一歩を踏み出したのである。

この昭和四十三年（一九六八）は、南ベトナムで反政府側が全面的反攻に出るとともに、アメリカでは反戦運動が高まり、フランスでは五月革命が起こり、日本では、東大、日大などで大学紛争が激化、沸き立つような状況が生まれていた。こうした状況の到来を早々に感じて、危機意識を覚え、行動に出ていたのだ。

この時点で三島は、村松剛の助力を得て、民間人による全国的な民兵組織、祖国防衛隊を考え、その実現のため、政財界に働きかけるとともに、学生たちを幹部として養成するため、自衛隊に体験入隊させることを考えたのである。そして一橋大学、早稲田大学、茨木大学などの学生集会に参加し、希望者を集めた。

ただし、政財界への働きかけは遅々として進まなかったため、体験入隊した学生たちを集め、十月五日には楯の会を結成、発足させた。運営に必要な経費は勿論、会員には制服を貸与、例会への出席のための費用なども三島が負担した。

その十二日後の十月十七日、川端のノーベル賞受賞決定の知らせが入った。

三島は新聞社の求めに応じて、その日のうちに「長寿の芸術の花を」（前出）を書いた。心の底から喜ぶ気持の籠《こも》った見事な文章である。


川端康成氏の受賞は、日本の誇りであり、日本文学の名誉である。これにまさる慶びはない。川端氏は日本文学のもつともあえかな、もつとも幽玄な伝統を受けつぎつつ、一方つねにこの危い近代化をいそいできた国の精神の危機の尖端を歩いて来られた。その白刃渡りのやうな緊迫した精神史は、いつもなよやかな繊細な文体に包まれ、氏の近代の絶望は、かならず古典的な美の静謐に融かし込まれてゐた。

書き出しだが、三島が川端を尊重して来た由縁と受賞の意義を的確、簡潔に述べている。そして、「あからさまに師と呼ばなくても、心の師と呼んできた文学者は氏御一人」であり、二十数年のお付き合いの間、ただの一度も「お叱言《こごと》」も「忠告」も受けたことがないと言い、「東洋独特の絢爛たる長寿の芸術の花咲かせられることを祈つてやまない」と結ぶ。そして、翌十八日には、三島は夫人とともに花束を持って川端邸を訪ねた。

ただし、上に見たように川端は、少なくとも昭和四十二年秋以降、間接的だが、叱言、忠告はしていたのだ。そのことに三島は気が付かないはずはないと思うが、敢えて知らぬふりをし通したのであろう。それに三島自身が昭和四十年以来、ノーベル賞の有力候補とされてきていたが、これまた、問題にしない態度を採った。もともと川端にしても、文化勲章を受けた昭和三十六年には、日本ペンクラブを中心にノーベル賞受賞を働きかけ、自身が三島に推薦状を依頼したという経緯があり、その時の運動が実を結んだという側面があった。

その三日後の二十一日、国際反戦デーと称して学生たちが大規模なデモを行い、新宿駅を占拠するなど各地で警官隊と衝突、荒れに荒れたが、三島は楯の会の学生たちと一緒に、訓練を兼ねて見て回り、期するところがあったようである。

四十四年になると、『暁の寺』を書き継ぐほか、文学・演劇面での活動を活発に行いながら、三月には学生たちと自衛隊体験入隊をし、五月には東大駒場での全共闘学生との討論会に出た。そして、秋に予定されている国際反戦デー(十月二十一日)に期待を膨らませたのだ。これまでに増した騒乱状況が生まれ、その制圧のため自衛隊が出動すれば、自衛隊の有志と連携、楯の会も何らかの役割を果たすことができるかもしれない……、と。自衛隊を国軍として認知、防衛体制を整えるため、国会を占拠、憲法の改正を発議させることを考えていたのである。

*

そうした日々の中で三島は、八月四日付で川端宛に長い手紙を書いた。

暑中見舞いの挨拶から書き出し、ノーベル賞受賞記念講演『美しい日本の私』と『美の存在と発見』についての読後感、自作『癩王のテラス』上演に至る劇場内の実情などを記し、近日中に自衛隊に体験入隊する予定を言った後、こう書いている。

ここ四年ばかり、人から笑はれながら、小生はひたすら一九七〇年に向つて、少しづつ準備を整へてまゐりました。あまり悲壮に思はれるのはイヤですから、漫画のタネは結構なのですが、小生としては、こんなに真剣に実際運動に、体と金をつぎ込んで来たことははじめてです。一九七〇年はつまらぬ幻想にすぎぬかもしれません。しかし、百万分の一でも、幻想でないものに賭けてみるつもりではじめたのです。十一月三日のパレードには、ぜひ御臨席賜はりたいと存じます。

これを読むと、三島はすでにこの時点で、翌昭和四十五年を目処に、「幻想でないもの」、言い換えれば端的な行動、生死を賭けた行動に出る決意を固めていたことが知られる。十一月三日のパレードとは、国立劇場屋上での楯の会結成一周年記念行事のことである。

この後、一行あけて書き継いでいる。少し長いが、最後まで引用すると、

ますますバカなことをとお笑ひでせうが、小生が怖れるのは死ではなくて、死後の家族の名誉です。小生にもしものことがあつたら、早速そのことで世間は牙をむき出し、小生のアラをひろひ出し、不名誉でメチヤクチヤにしてしまふやうに思はれるのです。生きてゐる自分が笑はれるのは平気ですが、死後、子供たちが笑はれるのは耐へられません。それを護つて下さるのは川端

さんだけだと、今からひたすら頼りにさせていただいてをります。

又一方、すべてが徒労に終り、あらゆる汗の努力は泡沫に帰し、けだるい倦怠の裡にすべてが納まつてしまふことも十分考へられ、常識的判断では、その可能性のはうがずつと多い（もしかすると90パーセント！）のに、小生はどうしてもその事実に目をむけるのがイヤなのです。ですからワガママから来た現実逃避だと云はれても仕方のない面もありますが、現実家のメガネをかけた肥つた顔といふのは、私のこの世でいちばんきらひな顔です。

では又、秋にお目にかかる機会が得られますやうに。

匆々

八月四日

三島由紀夫

川端康成様

明らかに遺書の文面である。翌年十一月二十五日の決起に際して信頼する人々に草した幾つかの文書にほぼ同じ字句が見られる。多分、この時点――その日まで一年二ヶ月と二十日ある――で、こうしたことを明かしたのは、間違いなく川端ひとりに対してだけであった。

楯の会は、既述のとおり運営費のすべてを三島が負担していたから、存続には限界があり、その上、信頼する隊員が脱退するようなことも起こっていた。そこで楯の会結成一周年を機会に世に広く知ってもらい、打開の道を講じるため、川端の出席を得て盛大に記念パレードを挙行しようと考えたのだ。そこではノーベル賞作家の称号が効果を発揮するだろうという計算もあり、何が何でも聞き入れて貰おうと、秘中の秘の死ぬ予定を早々に明かして懇願、併せて自らの死後についても委託したのだ。

とんでもない依頼だが、川端なら、こうまで打ち明けたなら、必ず出席を引き受けてくれる、という思いがあったのであろう。通常の死生観を越えて、対応してくれるに違いない、と。

しかし、川端は承諾しなかった。

村松剛によれば、三島は十月初め、[1]招待状を持って鎌倉に川端を訪ね、お願いしたところ、即座に「いやです、ええ、いやです」と言ったきり、何も言わなかったという。

この招待状の件だが、正確には、パレードの観閲者として名前を印刷する許しを得ようとするものであった。

帰宅すると、村松に電話を掛けて来て、悲憤にみちた声で訴えたという。

三島としては、当の村松にも知らせていない生死に係る大事を明かし、死後のことを依頼した上で懇願しているのに、なんというつれなさだと思ったのだ。この後、全くの孤立感を抱いて、自決への道をひたすら突き進むことになった。

しかし、川端としては他にどのような対応の仕方があったろう。

川端はノーベル賞を受けたのに始まる、さまざまな栄誉を受ける状況にあった。このような状況にあって、三島の要求に応えることができたかどうか。いや、川端は、如何なる栄誉のただ中に身を置いていても、平然と自ら望むところを行い得る人であったと思う。しかし、問題は、パレードへの出席を承諾することが、三島が死へと突き進むのを容認し、かつ、押しやることになりかねない一点であった。三島という才能あふれた男が如何に死と近いところに立ち続けて来たか、『盗賊』の序文を書いた時から、よくよく承知していたから、なおさらであった。だから川端は、断固として不同意の態度を表明したのだ。

そういう川端の真意を、三島も察しないわけではなかっただろうが、すでに死へと向かって突き進み始めていることを伝えた以上は、通常の生死の境に囚われない態度でもって、どうして応じてくれないのか、あなたの生死の境に囚われない態度は付け焼刃だったのか、と毒づくような思いを抱いたようである。

もともと三島としては、川端さんはすべてを察知していて、すべてを受け入れてくれる、自殺さえ受け入れてくれるという、甘えるような気持があったのだ。それだけになおさら断固と拒否する川端が恨めしく思われたのであろう。しかし、川端としては、死の淵から作家として活躍する道へと進めるのに一役買った自分が、どうして死への道を華やかに開く役を務めることができるものかと、怒りを覚えたとしても当然である。

その三島から、秋口に自衛隊の富士滝ヶ原分屯地から鉛筆書きの手紙が来た。学生たちと短期体験入隊したのは九月十日から十二日までであったから、この時に書いたと思われるが、「非常に乱暴な手紙」で、「文章に乱れがあり」「とっておくと本人の名誉にならない」と思われる体のもので、川端は「すぐに焼却」した（新潮文庫『川端康成・三島由紀夫往復書簡』所収、川端香男里と佐伯彰一の対談「恐るべき計画家・三島由紀夫」における川端の発言）とのことである。

しかし、三島の憤懣は、これでも収まらなかった。

刊行中であった『川端康成全集』の月報（四十五年三月）に、「末期の眼」と題する一文を寄せているが、まことに刺々しい。「『末期の眼』が芸術家の極意である、と云はれると、わかつたやうな気がするが、結局はわからない」として、次のような達人の姿――言うまでもなく川端康成――が浮かぶと書く。

自殺を否定した不気味な永生の人がゐて、「さまよへるオランダ人」のやうに芸術の業を荷ひ、ふつうなら末期の眼しか見えないところの風景を常住見てゐて、それを人に伝へるのを拒み、美しい人工的な女たちに対して時折微笑を向けはするが、そのやうな美の形成にはついに自分は携らず、生そのものを彫り刻むやうな熱意は自他共に欠け、……丁度永遠の明澄の黄昏のやうな「芸術の極意」をわがものとした一人の孤独きはまる芸術家。

「自殺」と言っても三島のそれではないか。それを容認してもらえなかったからといって、どうしてこうまで言うか。まったく理不尽な言い掛りだが、乱暴な手紙とは、こうした内容であったのではないか。

村松剛が「三島の死と川端康成」（新潮、平成二年十二月）でこの一文を採り上げ、川端がこの後、『末期の眼』への加筆、修正を企てたのは、このためだったのではないかと言っている。誰よりも川端が、三島のこの言葉に深く傷ついたのだ。

そればかりか三島は、『天人五衰』で老いた本多と川端の姿を重ねて、辛辣に描いた。川端に会った人は、誰しもその目に射竦《いすく》められる思いをしたようだが、見ることに徹底する本多に相応しいモデルで、その本多は八十歳になりながら自家用車を夜の神宮外苑にやり、杖をつきながら彷徨《さまよ》い、絵画館に近い茂みに忍び込み、男女の痴態を覗き見る。ところがその男が女を傷つける行為に出て、本多も警官から取り調べを受け、週刊誌に「元裁判官覗き屋氏」と報じられ、社会的対面を失う。

このように毒々しく、見ることに憑かれた川端に酷似した老人を苛酷に追い詰めるのだ。「長寿の芸術の花を」と祝って、一年にもなっていない時点のことである。

この憤激を、父親の梓に零《こぼ》していたためと思われるが、葬儀を営むに際して葬儀委員長を川端とするのに梓が強く反対、紛糾したし、『伜・三島由紀夫』の連載で事実無根の嘲弄的文言を書きつけ、単行本にするのに削除する騒ぎともなった。

しかし、川端は、三島の死後の委託をしっかり受け止め、葬儀（昭和四十六年一月二十四日）に当たって、先の手紙の死後の家族を案じる一節を伝えて挨拶とした。

この葬儀に臨む心構えを記したと思われる川端のメモ（最後の創作ノート中）が残されている。

三島葬ギ記
私自身反社会的、むきチョウエキ人
散りぬるを

自分もまた、三島同様、反社会的人間であり、無期懲役人に等しい、その証拠が『散りぬるを』だ、と言うのであろう。市ヶ谷の自衛隊東部方面総監部において、益田兼利総監を拘束、救出しようとした隊員たちを傷つけた上、隊員たちを集め、決起を呼びかけるという反社会的行為を行ったが、その葬儀の委員長を務めるのは、父親が如何に激しく反対しようとも、自分ほど相応しい人間はいない……、そう確認、支えにしていたのだ。

そうして類例のない死を悼む言葉を幾つも残した。事件直後に「人の死のかなしみに遭はないためには自分が死ぬよりほかないと言ひたいほどにも」と。また「楯の会に近づき、そのなかにはいり、市ヶ谷の自衛隊へも三島君についてゆくほどでなければならなかつたかと思ふ」と書いた。

三島を死なせてしまったことを心底、悔みに悔み、地団太を踏むような痛恨の言葉である。出発期には危機から救い出し、大輪の花を咲かせるのを見守って来たが、最後になって、致命的手抜かりを犯した、と思ったのである。

このような言葉を吐かずにおれぬところまで、どうして三島は川端を追い詰めたのか、逆に三島を責めたい気持になる。そして、川端の自死に、三島が深く関与していたのではないかと恐れずにおれない……。なにしろ三島にとって川端は、最期の行動に出るに際して、何をおいても振り切らなくてはならない自らの作家たる在り方そのものだったのであろう。

＊

三島にとって擱筆する日は、自決する日であった。川端の場合も、最期まで机の上には書きかけの原稿用紙が載っていたと聞く。

ここでもう一度、『盗賊』序文に戻ると、その終わり近くで川端はこう書いていた、「私はこの最年少の作家が人生を確実にし、古典と近代、虚空の花と内心の悩みとを結実するやう、かねて望んでゐる」。

その通り、三島は明治以来の作家として珍しく、わが国の古典に深く根差し、豊かな成果を挙げた。川端もそうであったが、三島の場合は、能や歌舞伎を含む演劇の領域にまで広げ、まことに目覚ましいと言うよりほかなかろう。

伝統と創造活動を考える場合、三島ほど恰好の存在はない。それも上に言った、「虚空の花と内心の悩みとを結実する」方向においてであった。三島の作品は、一言でいえば、基本的に「虚空の花と内心の悩みとを結実」させたものであり、より大胆に、より大規模に、徹底してそう推し進めた成果であった。

そのためには、「虚空」を自らの創作活動の基本的な場とするのが肝要であり、川端の『抒情歌』が提示した輪廻転生思想を生かす必要があったのだ。ただし、それは恐ろしく困難な企てであり、何よりも自らが抱える空虚に耐え、創作しつづけなければならず、創作することを手放せば、生きていくことができない……。多分、このことが、持てる才能のある限りを燃焼させる秘密であったのではないか。

この一点において、川端は三島を認め、共感を覚え、三島もまた深い共感を川端に寄せたのであろう。

それだけに川端は、身に代えても三島に生きていてほしかったのだ。そして、最後には三島の棘のある言辞に狼狽《うろた》えた。その「ものに動じない」はずの人が動揺し、狼狽えたところに、わが国の文学に賭ける思いの真摯さが露わに見てとれるように思われる。

**【注】**

（1）村松剛（「三島由紀夫と川端康成」新潮、平成二年一月）による。しかし、そうであったなら自衛隊富士学校からの「非常に乱暴な手紙」（後出）の後のこととなるので、実際は九月初めだったと考えられる。

蓮田善明

死ぬことが文化

**蓮田善明**（はすだ　ぜんめい）

明治三十七年（一九〇四）～昭和二十年（一九四五）。清水文雄らとともに同人月刊誌「文藝文化」を創刊、国文学者として「日本浪曼派」に加わる。大東亜戦争敗戦直後、マラヤのジョホールバルで連隊長を射殺、自らも自殺した。代表作は、『詩と批評――古今和歌集論』『鴨長明』など。

三島由紀夫の筆名が生まれたのは、昭和十六年（一九四一）初夏、「文藝文化」の編集会議を兼ねた一泊旅行に、編集同人の四人が修善寺へ出かけた時である。学習院教授の清水文雄が中等科で国語を教えていた五年生・平岡公威の小説『花ざかりの森』の掲載を提案、了承されたのだが、在校生であることと父親が文学へ進むのに強く反対している点を考慮、筆名でとなった。その折、出席者が思い浮かべたのが、来る途中、東海道線三島駅で仰ぎ見た、なおも雪を戴く富士山であった。そこで、自ずと三島ユキオの名が浮かんだが、後日、清水が平岡と話し合い、三島由紀夫と決めた。

その編集同人は清水に、蓮田善明、池田勉、栗山理一の四人で、いずれも広島高等師範学校の斎藤清衛の門下で、これまで一緒に研究誌を出すなどして来ていた国文学研究者であった。国文学研究というと、これまでは文献中心であったのを潔しとせず、現代文学に積極的に係ることを意図した。そして、昭和十三年、清水が学習院に、蓮田が成城高校に赴任、東京に拠点を得たのを機会に、「日本文学の会」を結成、七月に月刊誌「文藝文化」を創刊、一線級の国文学者を初め、国文学と近いところで創作・評論活動をする作家・詩人・評論家たちに執筆を依頼して来ていた。それとともに編集同人たちも積極的に執筆、昭和十六年の時点で、和泉式部の研究で知られるようになっていた清水は『女流日記』を、蓮田は『鷗外の方法』『予言と回想』、池田勉は『言霊のまなび』、栗山理一は『風流論』をと、いずれも同じ子文書房から単著を出していた。

そして、昭和十六年九月号から十二月号まで四回連載されたのだが、その初回、九月号編集後記に蓮田善明がこう書いた、「われわれ自身の年少者といふやうなものである」「悠久な日本の歴史の請《もう》し子である。我々より歳は遥かに少いがすでに成熟したものの誕生である。此作者を知つてこの一篇を載せることになつたのはほんの偶然であつた。併し全く我々の中から生れたものであることを直ぐ覚つた」。

この文言には、この雑誌に託していた思いと、この年少作家に寄せた強い期待が読み取れよう。なにしろ富士山に拠る筆名を同人が用意したのである。

ただし、創刊した年の十月、中心的な役割を担っていた蓮田が、三十五歳になっていたのにもかかわらず召集され、熊本歩兵連隊に陸軍少尉として入隊した。その入隊直前に「青春の詩宗——大津皇子論」(文藝文化、十三年十一月)を書き、入隊すると、阿蘇山麓の兵舎で「鷗外の方法」を執筆、翌年四月に大陸の戦線へ送られると、銃弾の飛び交う湖南省洞庭湖東部の山地の塹壕《ざんごう》のなかでも蠟燭の火を頼りに筆を走らせた。執筆活動を却って活発化させたのである。そして、「詩と批評——古今和歌集論」を六月二十四日に脱稿したが、末尾にこう書きつけた、「敵の顫動をさぐらむとして、斥候を命ぜられ、いでたたむとし、稿を終る」。そうして「文藝文化」十一月号から翌年一月号まで、三ヶ月にわたり連載され、代表作の一つとなったが、当時は「万葉集」を第一とし、「古今集はくだらぬ集にこれあり候」（正岡子規）とする見方が支配的であった。そのなかで古今集を称揚、雅びを中心理念とする批評意識を押し出したのである。

その蓮田の留守の間、清水は「文藝文化」の発行に尽力する一方、昭和十五年四月には学習院内の寄宿舎の舎監に任じられ、一日置きに宿直するようになると、平岡少年がしきりに訪ねて来て、平安朝文学を中心に教えを受けた。そのことが特異と言ってもよい蓮田の古今観を理解するのに有効であったと思われる。清水も蓮田と考えを同じくしていた。こうして蓮田と顔を合わせないまま、その文章を読み、身内に深く刻み付けるものがあったのである。

その蓮田は昭和十五年九月二十八日、湖南省長沙県福臨舗の渡河作戦で右腕前膊貫通銃創を負ったが、十月中旬には復帰、十二月に召集解除となり、帰還した。そして、新学年には復職、編集作業に加わり、清水から回された「花ざかりの森」の原稿を読んだのである。

＊

「花ざかりの森」連載最終回が掲載された十二月の八日、大東亜戦争(1)が始まった。

この事態が、「文藝文化」を世に押し出し、その代表として蓮田が注目を浴びるようになった。

昭和十七年六月十八日、日本文学報国会が日比谷公会堂で開かれると、蓮田が登壇、「古典の精神による皇国文学理念の確立」と題して基調講演を行ったが、作家が自分の私生活に拘《こだわ》るような作品、華美な世相を追うのに終始するような作品を、時局にあわないと「大声叱咤」するものであったという。この要約は大雑把に過ぎるようだが、幕末以来、仰ぎ見るより他なかった英米仏オランダの列強——いずれも東南アジアに植民地を持つ——に対して戦端を開き、この時点まで連戦連勝であったから、会場は熱気に包まれていた。蓮田は激高型とでも言うべきところがあったから、調子は一段と激しいものであったろう。翌十八年四月八日の日本文学報国会（九段下の軍人会館）となると、ガダルカナル島撤退が始まるなど、戦況に暗雲が垂れ込め始めていた。石川達三が国策協力に沿った作品活動をそつなく訴えたのを受けて演壇に立つと、当の石川を指さし、賛成できないと大喝、「喚《おら》び泣きの文学、慟哭の文学」を主張、会場の人々を呆れさせた（伊藤佐喜雄『日本浪曼派』潮新書）という。戦場に立ち、自らも負傷した者として、倒れた兵士を悼む思いに囚われての発言だったと思われる。前線と国内との甚だしい懸隔に、蓮田自身、苦しんだようだ。

そういった蓮田を中心とする月一度の同人会に、三島は「一少年寄稿家として出席を許され」たのだが、その「印象は、薩摩訛りの、やさしい目をした、しかし激越な慷慨家」であり、「私は幸運にも蓮田氏のやさしさのみを享け、氏から激しい怒りを向けられたことはなく、ただその怒りが目の前で発現して、私にもよくわからぬ別の方向へ迸つてゐる壮観を見るばかりであつた」（小高根二郎『蓮田善明とその死』序）と記す。

同人各人についても書いているので、それも引用しておくと、「清水氏の純粋、蓮田善明氏の烈火の如き談論風発ぶり、池田勉氏の温和、栗山理一氏の大人のシニシズムが、それぞれ、相映じて、たのしい一団を形成してゐた。文壇的なことは一向わからなかつたが、私は、自分の青くさい発言にまともに耳を傾けてくれる大人たちを得たことがうれしかつた。ほとんど政治的な話は出なかつたやうに思ふ。国文学のもつともあえかな（こんな言葉も当時流行してゐた）、もつとも優美な魂が、ここでは何ものよりも大切にされてゐる、といふ印象を私は強く抱いた。外側から見て戦闘的に見えるかもしれぬ集団が、内部にやさしさを充満させてゐる例は多々あることで、私はそのやさしさだけに触れて育ったのである」(「『文藝文化』のころ」)。

三島が東文彦、徳川義恭と同人雑誌「赤絵」を創刊(昭和十七年七月)すると、好意的な返事をくれた。また、蓮田と親しかった伊東静雄からも便りがあった。三島はすでに伊東の詩に親しみ、開戦に当たっての詩を清水に墨書してもらい、部屋に掲げたりしていたから、狂喜して清水宛てに報告(七月二十三日付)しているが、「これからも沢山書いて、新しき星になつてください」と書いてくれたのである。そのところを引用、「かうした高貴な謐かな目がみまもつてゐて下さるといふことは、どんなに大きな強い慰めになりますことか。〔……〕私、洵《まこと》に感激にあふれたものがございました」と記している。

伊東にしてもその賛辞に嘘はなく、心底、感心したようで、出入りしていた富士正晴(当時、東京の二つの出版社の京阪駐在員で、「文藝文化」に寄稿)に対して、その作品を本にまとめるよう、強要しかねんばかりだったという。

こうして「花ざかりの森」を中心とした作品集の刊行の話が、戦況が悪化の一途を辿るのにかかわらず進められ、昭和十八年八月には、蓮田から三島に、このような葉書が届いた。


京都の詩友富士正晴氏が、あなたの小説の本を然るべき書店より出版すること熱心に考へられ目当てある由。もしよろしければ同氏の好意をうけられたく。原稿をまとめ御送り下さい。なほ、清水君に御相談下さい。

これがどんなに三島にとって嬉しかったか、いうまでもないが、それにとどまらず、作家としての道を進むべく決定づけるものとなった、と言ってもよかろう。

ただし、その蓮田に、この年の十月二十五日、再び召集令状が来た。戦況は山本五十六連合艦隊司令長官が戦死、アッツ島守備隊が玉砕するなど、大きく傾き、ヨーロッパでは同盟国のイタリアが九月には降伏、ドイツ軍が敗退を重ねていた。

その夜、急遽、蓮田宅に清水、栗山らが集まり、壮行会が開かれた。蓮田は、故郷の熊本の神風連の歌を高吟し、悲憤の思いを述べ、泣いたという。大陸戦線から帰還して二年と十ヶ月足らず、恐るべき勢いで活躍、次々と著作を送り出している最中であった。この年に入ってからでも『本居宣長』『鴨長明』、まだ手にしていなかったが『神韻の文学』が発売予定で、この後も『古事記学抄』『忠誠心とみやび』の刊行が予定されていたし、小説「有心」などを執筆、出版計画が幾つもあり、妻と幼い子三人がいた。それらを捨て、戦地へ赴かなくてはならなかったのである。それに加えこの戦争――ある限りの共感をもって迎え、推進に努めて来た――の行き先に、いまや希望がないのが明らかになっていた。戦場を知る蓮田にとって、三十九歳にもなる自分の如き老兵が再び銃を取らなくてはならないこと自体が、如何なる状況か、明らかであった。それにもかかわらず気力を振り絞り、戦場へと赴かなくてはならないのだ。今度こそ死は確実であった。

この送別の場に三島は呼ばれなかったが、後年、上に触れた『蓮田善明とその死』序文で、前回に召集された際に蓮田が書いた「青春の詩宗」の一節、「……死ぬことが今日の文化だと知つてゐる」を引用しているが、蓮田自身も自分が書いたこの文言を思い出したろう。日本の文芸に専一、心を傾けて来た者として、その文化のありようを顕現し、後に残すためには、いまや死ぬほか術はない、と。この認識、この決意だけが、いまの自分の誇りを支える、と。

翌朝、蓮田は皇居に参拝した後、東京を発ち、熊本へ向かったが、京都駅で出版社の者から『神韻の文学』二冊を受けとると、大阪駅では見送りに来ていた伊東静雄に一冊を贈り、伊東からは第三詩集『春のいそぎ』を受け取った。そうして二十九日、熊本歩兵連隊に中尉として入隊、十一月一日には門司を出港、南方戦線へ向かった。

＊

戦況はますます厳しくなり、「文藝文化」も昭和十九年（一九四四）三月をもって、雑誌統合により終刊となった。三島は、満二十歳になってからと考えていた徴兵時期が、学業年限の短縮措置により半年早まり、五月、本籍地の兵庫県印南郡志方村（現・加古川市）で徴兵検査を受け、第二乙種合格となった。

九月九日、三島は学習院高等科を主席で卒業、十月、東大法学部に進んだ。同級生のほとんどは、特別幹部候補生を志願、兵役に就いたが、早生まれでまだ成年に達していなかったため、その資格がなく、召集されれば一兵卒になる道であった。

そのような身の上となったところで、十月十五日付で『花ざかりの森』が刊行された。当時は新書が珍しかったこともあって、一週間で四千部が売り切れたという。そして、十一月十一日夕、上野池之端の雨月荘で出版記念会が開かれた。厳しい灯火管制のため、奥まった一室に暗幕を張り、食糧難で入手が難しい品々が供された。その記憶があまりに美しいから「あらゆる出版記念会はこれに比べればニセモノだと思はれ」るようになったと、後年、三島は回想している。

これは父梓が、これまで文学へ進むのを反対して来たが、兵隊にとられ、死んでしまうとなると不憫だと思い、不足していた用紙の手配をすれば、世話になった先生や先輩方へのお礼にと、整えたのであった。三島自身も、「自分の短い一生に、この世へ残す形見が出来たことを喜んだ」（『花ざかりの森』のころ」）と言う。

先に蓮田の「青春の詩宗」の一節を引用したが、その前にはこうある、「予はかかる時代の人は若くして死なねばならないのではないかと思ふ」。その通り、蓮田のいないこの祝いの席で、三島を初め、列席した人々、陰で差配した両親らも、この文言を生々しく噛みしめていたのだ。中年以上は免れるかもしれないが、若い三島は間違いなく死んで行かなくてはならない、と。

やがて伊東から手紙（十一月二十二日付）が届いた。「待ち兼ねてゐました花ざかりの森、思つてゐたよりずつと立派な本になりました。〔……〕入営はいつなのですか。いい記念になりました。〔……〕蓮田君が東京にをられないのは残念でした。どこかにいゝ評を書いてくれたでせうに」。夏、序文を頼みに大阪の伊東宅を訪れた際、伊東は冷淡な対応をしたが、その場だけのことだったのだ。ただし、「いい記念」とは、伊東もまた、列席した人々と同じ思いで三島を見ていたことを語る。

年を越して二十年二月四日、召集令状が来た。遺書を書き、遺品をまとめ、本籍地へ父とともに出向いた。そして、十日、入隊検査を受けたが、東京を発つ前日に風邪をひき、高熱と咳に苦しんでいたため、右肺浸潤（肺結核）の診断を受け、即日帰郷となった。結核は伝染性が強く、軍が最も忌避する病であったためだが、誤診であった。ただし、虚弱な体を見ての判断であった可能性もある(2)。

こうして、一兵士となることはともかく免れ、東大生として群馬県の中島飛行機工場、次いで神奈川県高座の海軍工廠に動員された。そうするうちにも日々、空襲が激化、アメリカ軍の本土上陸が迫る事態となった。本土も半ば戦場と化し、戦闘員、非戦闘員、前線、銃後の区別もなくなりつつあった。三島が入隊するはずだった加古川の陸軍百九十九連隊にしても、三島自身は「フィリピンへ連れていかれて、数多くの戦死者を出したそうで」(「わが思春期」)と語っているが、じつは海上輸送が困難なため、本土防衛のため神奈川県小田原へ送られ、陣地構築に従事していた(3)。高座にいた三島と同じ相模湾を前にして西と東で塹壕堀に従事したのである。ただし、そのような状況でありながらも三島は、小説を読み、書き、劇場が開いていればこっそり出掛け(昭和二十年四月末、新橋演舞場で歌舞伎を見ている)、友人たちや川端康成に手紙を書き続けたのである。

そして、昭和二十年八月十五日、終戦を迎えたのだ。

蓮田はマレー半島の先端、シンガポール(当時は昭南島と呼んでいた)と海峡を隔てたジョホールバルにいた。シンガポールを陥落させた栄光の地であり、東南アジアの最重要拠点で、不敗を誇る熊本連隊が配置されており、その一員の蓮田は新設された迫撃砲兵の一中隊長になっていた。

十八日、連隊本部で終戦の詔書奉読式があり、翌十九日、閑院宮春仁王が終戦の詔勅の趣旨を説明するため飛来するのを受け、連隊長中條豊馬大佐が焼却する軍旗を収めた箱を携えた士官を従え、本部玄関前で乗用車に乗ろうとした時、待ち受けていた蓮田が拳銃を二発発射、射殺した。そして、車回りの築山へ向け突っ走り、立ち止まると自らのコメカミに拳銃を当て、引金を引いた。

一年後にこのことを知った清水らが呼びかけ、一年三ヶ月後の昭和二十一年十一月十七日、蓮田の勤務校であった成城学園の素心寮で、追悼の会を開いた。東大生の三島も出席、追悼冊子にこう墨書した。

古代の雲を愛《め》でし君はその身に古代を現じて雲隠れ玉ひしに　われ近代に遺されて空しく靉靆《あいたい》

の雲を慕ひ　その身は漠々たる塵土に埋せんとす。

その文業も武業も、ともに「古代を現じ」たものと受け止めることで、供養としたのである。この簡潔・的確な要約ゆえに、三島自身、やがてこの言葉に導かれることになったと言えるかもしれない。

＊

アメリカなど連合国軍は、日本全土を占領、その戦闘力を根こそぎ破壊、軍事裁判や公職追放などによって戦争推進役や協力者を摘発、排除するとともに、政治・経済・司法・農業・教育などから思想・宗教まで根本的な改変を目指し、大急ぎで憲法を作成、制定させるとともに、大掛りで巧妙なメディア戦略でもって世論の誘導を図った。そのため蓮田は間違った戦争の旗振り役を勤めた、ファナティックな文学者の代表的存在の一人として、厳しく糾弾された。「文藝文化」に係った人たちも同類と見なされるようになった。

そうなると、蓮田らの称賛を受けて『花ざかりの森』を刊行したことが、作家として戦後の世に出ようとする三島にとって、大きな障害となった。雑誌に作品を持ち込んでも時代遅れとされた。

そうしたなか、川端康成らが手を差し伸べてくれ、作品を発表することができ、早々に認められるようになった。そして、活躍するに従い、「文藝文化」の文学風土から離れることとなった。例えば古典でも、平安朝文学から謡曲や浄瑠璃、歌舞伎、さらにギリシア・ローマの古典にまで広げ、依拠する工夫を凝らすことになった。それは離脱と言うよりも脱皮であろう。東京を離れ、広島に職を移した清水文雄とは子弟の関係を持ち続け、蓮田との繫がりは密かに保持された。

こうして三島は、『仮面の告白』や『潮騒』などから『金閣寺』へと、幾多の秀作を次々と発表、作家として不動の地位を獲得したところで、さらなる展開を企て、大作『鏡子の家』の原稿を書き上げ、刊行を待っていた昭和三十四年八月初め、届けられた小冊子「果樹園」に小高根二郎「蓮田善明とその死」の連載第一回が載っているのを見つけた。これまで同じ筆者による伊東静雄を扱った「詩人、その生涯と運命」が掲載されていたが、遺稿掲載の件で遺族と交渉する必要から中断、開始されたのだった。

三島は即座に葉書（三十四年八月七日付）を出した。「いつも『果樹園』を御恵投に与り感謝してをります。本号の蓮田善明氏の自決に関する御一文を読み、感佩《かんぱい》に堪へず、一筆御礼を申し述べたくなりました」。抹殺された感のある蓮田を、誰かが採り上げてくれるのを待ち望んでいたのだ。

まずは「感謝」の念を伝えたが、第一章が「死の謎」と題されているのに関しては、「氏の思想がかかる行動に直結したことは、さして謎とは思へませぬ。それより、直結しなかつたら、そのはうがふしぎだと思いひます」と批判した。終戦直後、連隊長を射殺し自決した行動を「謎」とするのが、広く行われていた見方だったのである。生への途が開かれたのに理解できないというのである。しかし、そうした次元を越えた行動であったのを言っておかなくてはと思ったのだ。

この連載は、一年後に中断され、伊東静雄伝に戻り、昭和四十年五月に再開、四十三年十一月に至って完結するという経緯をたどった。その間に二度、葉書を書き送った。

あの時代をもう一度まざまざと感じ直し、感無量でありました

（昭和三十八年十一月二十八日付）

昔を思ひ、今を思つて、感慨深きものがありました。一つには小生が蓮田氏の年齢になつて、はじめて蓮田氏の心事に触れえたといふこともありませう。かういふことは、時代と直接関係のない、もつと深い血脈に関するもののやうであります。

（昭和四十二年三月十九日付）

この二通の葉書の間には、いま言った「深い血脈」に係る三島自身の文学思想上の変化――例えば古今集と新古今集に対する評価の変化が認められる。蓮田と顔を合わせないまま「詩と批評――古今集論」を「文藝文化」掲載時に読み、早々に小文「寿」（文藝文化、昭和十八年一月）を書いたが、戦後は、明らかに新古今集を第一とする立場を採った。その姿勢が『金閣寺』で絶頂に達したと考えられるが、以後もしばらくは保持していた。「存在しないものの美学――新古今集珍解」（解釈と鑑賞、昭和三十六年四月）がそのことを示すが、昭和三十七、八年になると、冒頭で触れたように古今集を第一とする姿勢へと転換、「古今集と新古今集」（昭和四十二年一月一日完稿）では「二十年以上の結縁」を言った。

この論の掲載誌は、広島大学教授清水文雄の退官記念号で、清水の依頼によるものであったから、清水だけでなく、その親友蓮田の業績への応答という意味合いもあったと思われる。清水自身、かつて「古今集の花の歌」（文藝文化、十四年六月）で「特殊相を捨象した、何かかう至高至美の或るものがここでは『花』と呼ばれてゐるのだ」と書いているが、それはそのまま、蓮田の論、そして、三島の言う「極度にインパーソナルな花」（『日本文学小史』）に繋がる。こうして、自我の個性的、特異な表現を第一とするところから、普遍性、論理性、批評性、そして社会性、集団性、秩序を重んじる立場へと転換したのだが、世の人々は、三島が保守的立場を鮮明にしたと受け取った。
その少し前、昭和四十一年八月に、三島は『奔馬』取材のため熊本を訪れ、神風連の関連地を歩いている。その一夕、蓮田の未亡人敏子を招いて小宴を開いているが、蓮田の存在を改めて身近に感じたいと願ってのことであろう。なにしろ三島が神風連について知ったのも、じつは蓮田の小文「神風連のこころ」（文藝文化、十七年十一月）に拠ると思われるのだ。同題書の紹介文で、著者森本忠が熊本の中学濟々黌《せいせいこう》の同窓で、ともに神風連の中堅幹部石原運四郎の遺子、石原醜男《しこお》（大著『神風連血涙史』昭和十年、大日社がある）から学んだことなどを主に綴っているが、当の森本が、この小宴に、当時の神風連研究の中心の荒木精之とともに出ていたのである。そして、少年期の蓮田のこと、神風連のことをいろいろ聞くことができたのだ。「深い血脈」は、蓮田から神風連に通じていたのである。なお、森本は、後に採り上げる林房雄の第五高の同窓で、この時点でも交友があった
この後、三島は「文化防衛論」（中央公論、四十三年八月）を書き、『日本文学小史』のなかの「懐風藻と古今集」（群像、四十五年六月）を書いたが、そこには蓮田・清水に発する思考の糸が一本通っていて、古今集において「文化の時計は〔……〕あきらかな亭午を斥す」と、わが国の文化の完熟を言い、その普遍性、論理性、秩序体系の強靭さと柔軟性を言うのである。蓮田、清水の論は、三島によって大きく展開されたと見てよかろう。

＊

こうしたことがあって、昭和四十三年も十一月、小高根の評伝最後の章を読んだのだが、早速、手紙（四十三年十一月八日付）を出した。

感激と興奮を以て読み了へました。毎月、これを拝読するたびに魂を振起されるやうな気がいたしました。この御作品のおかげで、戦後二十数年を隔てて、蓮田氏と小生との結縁が確かめられ固められた気がいたしました。御文章を通じて蓮田氏の声が小生に語りかけて来ました。蓮田氏と同年にいたり、なほべんべんと生きてゐるのが恥ずかしくなりました。一体、少年の忘恩は、数十年後に我身に罪を報いて来るやうであります。今では小生は、嘘もかくしもなく、蓮田氏の立派な最期を羨むほかに、なす術を知りません。

この言葉の一つ一つを、小高根はどのような思いで読んだのであろう。三島の胸中に秘められていた恐ろしい秘密の函の蓋を開けてしまった、と思ったかもしれない。一方、当の三島は何を考えたか？　『豊饒の海』第二巻『暁の寺』の連載を進めるとともに、「楯の会」を発足させ、国際反戦デー（十月二十一日）のデモが荒れると、会員たちと一緒に見てまわる、そういうところに身を置きながら、蓮田が自決した年齢より一歳上になっているのを意識したのである。

その手紙の続き、

しかし蓮田氏も現在の小生と同じく、苦いものを胸中に蓄へて生きてゐたとは思ひたくありません。時代に憤つてゐても氏にはもう一つ、信ずべき時代の像があつたのでした。そしてその信ずべき像のはうへのめり込んで行けたのでした。

五十五回に及ぶ御努力によつて、かうした叙事詩的評伝をものにされたことに対し、深い敬意と感謝を捧げるのみであります。

三島が現に胸中に蓄えながら、蓮田もともにしているとは思いたくない、「苦いもの」とは如何なるものであろう。多分、蓮田にしてもじつは身内に蓄えていて、敗戦直後の状況のただ中において、なおも信ずるに足る「時代の像」を保持するため、拳銃でもって自らの生命もろともに打ち砕いた、当のものであったかもしれない。

この評伝は、四十五年三月、筑摩書房から刊行されたが、それに際して三島は、小高根に乞われて序を書いた。以上と重複するところがあるが、紹介すると——

まずは「この好著を得て、蓮田氏は、戦後二十年の不当な黙殺を償つて余りある、文人としての羨むべき幸運を担つた」と喜ぶ。そして、「蓮田氏の文業とその壮烈な最期との間には、目もくらむやうな断絶があり、コントラストがある」と言う。先にも言ったように「謎」はいささかもないが、文業において雅びと知を言いながら、最後には決然と行動へと身を投じた、そこには鮮烈なコントラストが、そして、潔さ、晴朗さがある。だから「青春の詩宗——大津皇子論」の一節、「死ぬことが今日の自分の文化だ」を引用した後、このような「考への、或る時代の青年の心を襲つた稲妻のやうな美しさから、今日なほ私がのがれることができない」と、三島は書かなくてはならなかったのだ。

つづけて、「終戦直後、蓮田中尉がその聯隊長を通敵行為の故を以て射殺し、ただちに自決したといふ劇的な最期を遂げたとき」と書くが、この点については、小高根の記述が誤っていたことは言っておかなくてはなるまい。松本健一が『蓮田善明　日本伝説』(平成二年十一月、河出書房新社)で指摘したように、中條連隊長は大分県生まれのれっきとした日本人で、有能な将校であったから、

「出来るだけ混乱を少なくし、部下の犠牲をださず、早く日本に帰還せしめようとする『政治』」を行おうとしたというのが、事実であったようである。通敵と言うべき行為はなかったのだ。が、その「政治」を蓮田は憎み、美しく死のうとしたと松本は述べる。(4) しかし、終戦の日から連隊内では自決者があり、戦闘継続を画策する動きもあって、その大隊長に蓮田が擬せられていたらしいのである。この地域は既に述べたように日本軍が掌握しており、それも勇猛さで聞こえた熊本連隊が任に当たっていたから、簡単に終戦・武装解除に応ずるとは考えにくい状況にあった。だから閑院宮春仁王が飛来、「承詔必謹」(5)——天皇の終戦の詔勅を承り、謹んで従い、武器を置くことを訴える必要があったのだが、それを受けての蓮田の行動だったのではないか。一介の中尉であったが、抗戦部隊の大隊長に擬せられていた身、連隊長を道連れに現地の軍人として敗戦の責任を執り、かつ、抗戦の放棄を鮮明に打ち出し、戦闘終結の完全実施を図った、と考えられるのだ。完全軍装を整えていたのも、連隊長射殺直後の行動が自決であったことも、そのことを語ろう。現にこの後、連隊内にあったさまざまな動きが静まったらしい。美しく死ぬことだけを望んだ死ではなかったのである。(6)

また、そうであったからこそ、蓮田の行動には「稲妻のやうな美しさ」があったのではないか。「通敵行為の故を以て」と誤った見方に拠りながらも、三島はその本質を見誤らなかったのだ。事態収束のために肝要な行動を、一身を犠牲に供して確実にやり遂げたと、承知したのだ。ただし、それとともに「自分がそのやうにして『文化』を創る人間になり得なかつたといふ千年の憾《うら》み」も覚えることになった。生命を投げ出し、死ぬことによって初めて創り得るような玲瓏《れいろう》とした在り様を実現することを念じながら、自分はこの生にべんべんと踏み留まり続けていると、言わずにおれなくなったのだ。

つづけて蓮田が二度目の召集で「旅立つたとき、のこる私に何か大事なものを託して行つた筈だが、不明な私は永いこと何を託されたかがわからなかつた」と書く。「それがわかつてきたのは、四十歳に近く、氏の享年に徐々に近づくにつれてである。私はまづ氏が何に対してあんなに怒つてゐたかがわかつてきた。あれは日本の知識人に対する怒りだつた。最大の『内部の敵』に対する怒りだつた」。

昭和十八年の日本文学報国会での石川達三に対する大喝が、まさしくそうだったのだ。口先ではもっともらしいことを言いながら、真剣にわがこととして考え詰めず、行動に出ることなどない。続けて「戦時中も現在も日本近代知識人の性格がほとんど不変なのは愕《おどろ》くべきことであり、その怯懦《きょうだ》、その冷笑、その客観主義、その根なし草的な共通心情、その不誠実、その事大主義、その抵抗の身ぶり、その独善、その非行動性、その多弁、その食言」。

とめどもないこの手厳しい批判は、そのまま『英霊の声』（文藝、四十一年六月）や「果たし得てゐない約束」（産経新聞、四十五年七月七日）に繋がるだろう。

引用をいま少し続けると、「……それらが戦時における偽善に装飾されたとき、どのやうな腐臭を放ち、どのやうに文化の本質を毒したか、蓮田氏はつぶさに見て、自分の少年のやうな非妥協のやさしさがとらへた文化のために、憤りにかられたのである」。

「偽善」とは、敗戦以降のわが国の在り方を指弾する三島のキーワードである。占領下において強要された民主主義を、真正の民主主義であるかのように言い繕い、軍政局に迎合、他者の糾弾に奔走したのが当時の言論界の主流であり、占領が終わっても本質的な変化はなく、同じ態度を押し通し続けて、今日に及んでいる。その不真面目さは言語に絶するが、この風景は戦時中のものでもあったのだ。同じ類いの輩が権力に迎合、わがもの顔に振る舞い、文化なるものを毒していたのだ。その事態に対する「騎士的な憤怒」こそ蓮田のものだったのだが、それを「当時の私には理解できなかつたが、戦後自ら知識人の実態に触れるにつれ、徐々に蓮田氏の怒りは私のものとなつた。そして、氏の享年に近づくにつれ、氏の死が、その死の形が何を意味したかが、突然啓示のやうに私の久しい迷蒙を照らし出したのである」と書く。

ここまで引用すればよかろう。われわれにしても、蓮田の死と二十五年を隔てて、いままた、文業と行動の目もくらむような断絶に、向き合うことになったのである。そして、三島が謎を認めないところに、痛烈な謎を見ずにおれない状態へと、倍するに近い年月、押しやられたままになっているのだ。

**【注】**

（1）歴史的事実としてこの呼称を用いる。「太平洋戦争」はthe Pacific Warの訳で、アメリカ側の呼称であり、敗戦後に占領政策の一環として強制したものである。

（2）安岡真「三島事件の心的機序の研究――『仮面の告白』の虚偽を中心にして」（東京国際大学論叢　人間科学・複合領域研究1、平成二十八年三月）が、入隊検査に当たった医師を特定、誤診というよりも虚弱ぶりを見ての判定であった可能性を指摘している。軍隊側にしても虚弱者なり病人を抱え込み、困惑していた側面があった。

（3）右論は、防衛省防衛研究所戦史室編『本土決戦準備　関東防衛』（戦史叢書）に基づいて、同連隊が小田原で終戦を迎え、全員、無事帰還したことを明らかにした。

（4）松本健一は、小高根二郎『蓮田善明とその死』について、主観的色合いが強く採り上げた証言者に信用が置けないこと、中條連隊長は大分県宇佐の出身で、対馬の菓子店に婿養子として入った有能な職業軍人であったことを明らかしている。それとともに蓮田は、中国戦線から帰還して以来、日本の社会に身の置き所なさを感じ、水戸の天狗党の総大将武田耕雲斎が降伏したことをもって歌を認めず、初志貫徹、敗死すべきだったとしていたらしいことを語り、蓮田も美しい死を求めたとする。説得性ある論だと思うが、「承詔必謹」が要《かなめ》であったと考える。

(5) 「承詔必謹」の語は、終戦時点から最晩年まで、三島の念頭にあった語のひとつで、戯曲『朱雀家の滅亡』の主題は、「この精神の実存的分析ともいへる」と述べている。

(6) 小高根二郎は、『蓮田善明全集』(平成元年四月)解説で、ジョホールバルでの事件について取材した鳥越元副官の、当時の行動に疑問を抱いた旨を書いている。それによると鳥越に半ば誘導された、という見方を採ろうとしているようだが、蓮田はあくまで自らの考え、決意によって行動したと見るべきだろう。

## 武田泰淳

# 自我の「虚数」の行方

**武田泰淳**（たけだ　たいじゅん）

明治四十五年（一九一二）～昭和五十一年（一九七六）。僧籍に在り、「第一次戦後派」の中心的作家として活躍。『ひかりごけ』では食人というテーマを扱い論議を呼んだ。代表作は、『司馬遷』『風媒花』『貴族の階段』『富士』『快楽』など。

戦後派作家たちの結集を図って河出書房が雑誌「序曲」の刊行を企画、準備に入ったのは、昭和二十三年（一九四八）早々だったようである。以下、埴谷雄高の文章（『戦後の文学者たち』）によって記すと、同人は椎名麟三、武田泰淳、梅崎春生、野間宏、船山馨、寺田透、中村真一郎、島尾敏雄、埴谷雄高、それに三島由紀夫の十人と決め、夏に社長河出孝雄が築地の料亭に招待した。当時は神戸にいた島尾以外は全員が出席した。

互いに初対面の者が多かったが、談論風発の趣であった。十人中九人が三十歳代、一人だけ飛び抜けて若かったのが三島で、二十三歳であった。それにもかかわらず回りの面々と対等に、君、僕で話し合おうとして、どこかぎこちなく、自身で元気をつけ、踏み切る感じで、「君」と呼びかけていたようである、と言う。

明治四十三年（一九一二）生まれ、三十六歳だった武田泰淳もこう書いている、頭の回転の早さが目だち、対極のスローテンポの野間宏に向かって、「野間君」と話しかける口調には、「思いきって決然といっているといった趣き」があった。酒が回って来ると、弁天小僧の一くさりを台詞廻しも見事にやってのけた。遊び人であった河出孝雄がひどく喜んだが、その三島が「実に可愛らしかった」（「『序曲』について」）と。

後日、神田・神保町のランボオの二階特別室で編集会議が開かれた。病気の寺田、船山に、神戸の島尾の三人を除く七人が、ビール瓶を並べた卓を囲んだが、三島の「間髪をいれず左右を振りむいてする素早い応答」は壺に嵌まって見事であった、と埴谷は言う。ただし、その店の女性と武田泰淳は関係があり、やがて結婚するのだが、三島はまるで気づかなかったらしい。「三島のなんという観念性」（大岡昇平との対談『二つの同時代性』）と笑っている。

そして、「序曲」同人による座談会（十月六日）となったが、早々に酒が回り、放談会の様相を呈した。これをとにかくまとめて創刊号（十二月）を出すとともに、小説は三島の『獅子』、武田の『「愛」のかたち』が掲載された。ただし、雑誌は後が続かず、創刊号で終わった。

このためもあって以後三島は、上記の戦後文学を代表する作家たちと親しい関係を持つところまで行かずに終わった。

埴谷はこう書いている、三島は戦後文学の文学者たちが生み出していた「メエルストロームの渦へ近づいて、まだ口を開いている漏斗状の渦のかたちを遠望し、その旋回速度の見かけ上の鈍さと泡立つ付近の擾乱《じょうらん》を眺めただけで立ち去った」と。

三島はこの年の九月に、大蔵省を辞め、作家としてやっていく道を歩み出したところだったから、文学仲間を必要としていたと思われるが、高級官僚への道を捨て、筆一本で生きていこうとする三島にとって、会えば酒というような者たちと睦み合う時間はない、と思っていたかもしれない。とにかく三島は急いでいた。戦時下、敗戦と続いて身内に溜まったものを書こう。書くことによって自分の人生を一日も早く切り開こう。そして、作家という一職業人として一人前になることを、急いでいた。祖父、父、次いで弟も高級官僚の途を採ろうとしていたから、長男の身として無為徒食は許されなかったのである。

ただし、一時であれ同人として知り合った人たちを無視するわけではなく、競い合い、反発もすれば吸収する存在として、絶えず意識し続けた。

その中でも武田泰淳に対しては、親しみを覚え、武田の方も、三島が『仮面の告白』の原稿（中程までの分）を紫の袱紗から出して編集者に渡すのをランボオの片隅から見ていたこともあって、その直向《ひたむ》きな姿勢に目を見張る思いでいた。

作柄はまったく異なり、年齢も交友関係も違っていたから、一定の距離を置きながら、尊重しあい、理解を示しあい、時には意外に影響を与えあったと思われる。そして、晩年には意外に近いところに立っていた。

＊

二人は「序曲」で作品を並べたが、その武田の『「愛」のかたち』は、中篇といってよい分量で、大陸帰りの、交わろうとしても何故か意のごとくならない男女が、苦悩にまみれながら肉体を重ね合う奇妙な肉感の横溢した、およそ形の定まらない作品である。

それに対して三島の『獅子』は、古代ギリシア悲劇『メーデア』に拠り、満州帰りの女性の激しい復讐を扱っているが、古典劇としての整然たる構成を持ち、『「愛」のかたち』と対極をなしている。

ただし、対比すべきは、「序曲」刊行の直前、三島が出した最初の長篇『盗賊』だろう。戦時下の最後の夏に生まれ、不首尾に終わった恋愛を、高踏的な童話風物語に仕組んでいるが、核心は、あけすけに言えば性的不能であった。その点で、この二作品は共通する。ただし、『盗賊』はあくまで純粋無垢、性どころか肉の匂いさえ潔癖に退けるが、『「愛」のかたち』は、肉の匂いでむんむんしている。

この作品をお互いが読み、不思議な共感を覚えたようである。

昭和二十四年十月には、「武田泰淳氏の近作五篇を読んで、殊のほか共鳴を覚えた」(「武田泰淳氏の近作」)と三島は書き、まず『「愛」のかたち』を持ちだす。そして、「以来、所与の人間を描くことに言ひがたい含羞を感じて、人間関係としてメカニックにそれをつかまへるか、それとも人間の原質にまで降りて行つて、そこでそれをつかまへるか、二様の手段をちやんぽんに使つてきた作家である」と指摘する。その「含羞」とか「ちやんぽん」とかは、武田作品を読んだからこそ、出て来た言葉であろう。独特な感染力を持っているのを鋭敏に受け止めているのだ。

ただし、この「二様の手段」(前者を論理・観念、後者を非論理・肉体とも言い換えている)をちゃんぽんに使うことによって、『私』はこの二つのものの間をうろつき、果ては追ひつめられ、サンドウヰチにされて音をあげる。〔……〕『私』は自我の虚数なのである」と指摘する。

ここで言う「私」が、作者なのか作中人物なのか、判別し難いところがあるが、戦後文学にあって基軸になるのは何をおいても「私」=自我であった。すべてに先行する中心的存在であり、課題であり、何であれそこから発現して来るし、そうでなくてはならないとしていた。ところがこの優れて戦後的、埴谷が言う「メエルストロームの渦」的な作者の「私」は、「自我の虚数」だと言うのである。

この指摘は武田の核心に意外によく届いているようである。

そして、武田の前期を代表する、いわゆる戦後派文学の成果の一角をなす長篇『風媒花』（昭和二十七年一〜十一月）が完結すると、いち早く評（群像、昭和二十七年十二月）を書いたが、まず、「一種の綴織風小説」だと指摘する。「多くの登場人物がそれぞれの行動の姿態を保つたまま封じ込まれてしまつた小説、時間の同時性が辛うじてかれらの人間関係を保証しそれ以外の登場人物たちが何らの因果関係も結合の自覚も持たないやうな小説、滑稽な悲惨・悲惨な滑稽にみちた小説」である、と。

すなわち、ここにおいても作品の中核には、「虚数」が座っていると言っているのだ。

ただし、この登場人物たちの背後には中国が横たわっており、これがこの長篇の女主人公であり、「憧憬と渇望と怨嗟と征服とあらゆる夢想の対象」であるが、その各人の恋は「片恋」で終わり、この「小説一巻が恰《あたか》も返書のない恋文の観を呈して」いる、と言う。

この中国だが、日中間の戦争が終結した後、内戦が続き、やがて共産主義国家として統一された姿を現わして来た当時、人々はかつて自らの中国体験を踏まえながら、大いなる歴史の時間に立ち会っている思いを抱いたものである。殊に武田は『司馬遷』を書き、大陸での留学と従軍体験を持っていたから、この作品では、そこから汲み出した熱い思いをぶちまけるように表現した、というようなところがある。だから三島はこうも言う。

「鳩合《きゅうごう》せられる目的のない分散した情熱、かつて不幸にも戦争（それは古代以来、民族的恋愛の一形式であるが）によつてだけ鳩合せられた情熱、それが一個の強烈な主人公の性格にあつめられることなく、おのおの完全に孤立してしまつた人々の裡に破片となつて鏤《ちり》ばめられてゐる」と。そしてこの小説の独創性＝とらざるを得なかった奇怪な形式は、この点にあるとした。

先の「武田泰淳氏の近作」ですでに言ったことを踏まえて、作家武田が抱える問題点を指摘したと言ってよかろう。ただし、この作品をこう読み、こう要約したことが、やがて三島自身にとって重い意味を持って来る。

*

先に『「愛」のかたち』とほぼ同時期に出た『盗賊』の不思議な共通性と対極性を指摘したが、その『盗賊』が文庫化（昭和二十九年四月）されるのに当たり、武田泰淳が解説を書いた。

折しも最初の集成『三島由紀夫作品集』全六巻（昭和二十八年七月〜二十九年四月、新潮社）が、二十歳代では異例だが、刊行中であった。『仮面の告白』『愛の渇き』『青の時代』『禁色』『潮騒』と並ぶ堂々たる内容であったが、第一巻には『盗賊』が収められ、その「あとがき」に、三島自身がラディゲの向こうを張って書いたものの、「無慙《むざん》な結果」に終わったが、その「稚心を少しも恥ぢようとは思はない」と記した。

そのところを武田は引用して、決して「無慙な結果」でなく、むしろ誇るべきであり、「稚心」とは無縁である、とした。そして「作家が自己の精神を吟味し表現する操作に関して、豊富な手がかりを提出」しており、『仮面の告白』よりも大切な長篇である、と。

この評価は、三島にとって望外の有り難いものであったろう。失敗作と言われ、自分でもそう思っていたのだが、作家として出発するのに際して、書かずにおれなかった作品であった。そのところを分かってくれたのは、川端康成ひとりだと思っていたのだが、もう一人いたのである。

武田はさらに、主人公の明秀と清子がそれぞれ独自の経緯を辿って死を決意するところに注目、人間関係がきわめて理知的に処理されており、その人物二人は「とりわけ理知の結晶した氷花で飾られ」ており、「純情ではあるが弱々しくはな」く、その関係には「肉体のからみあいも精神の葛藤もよせつけない、一種の純粋な頑固さ」「冷徹な精神の持続」があると言う。

これは『「愛」のかたち』に欠けているものだろう。武田は自らの欠陥を通して、理解を届かせているのだ。

また、この作者は、単なる自虐や自己暴露、「甘ったれた誠実さ」を嫌悪、明秀が「自分の本質をさらけ出しながら運命を形成していけるよう」ぬけめなく配慮しているのは、小説家の愛の実践にほかならない、と言う。

「小説家の愛」といった言葉は、三島が密かに期待しながら、与えられるはずがないと思っていたのではないか。川端さえ、そうは言ってくれない。

それとともに、明秀にとっての死は、彼の「生の投影」に過ぎず、それをうすうす勘づいていて、「自分の『死』を恥ずかしがって」いる。作者の三島も小説に死を利用することに対して「潔癖な羞恥心」を抱いていて、それが生み出す「抑制と礼儀正しさ」が、その「技術をただ技術とのみ言い棄てさせぬ秘力である」と、多分、あまり触れてほしくない敏感なところに優しく配慮しながら、言及してくれたのだ。ただし、核心部の性に関しては口にしなかった。

多分、『「愛」のかたち』の作者ならではの理解と配慮に基づいたこうした言辞が、三島を喜ばせ、力づけたろう。

そして、文庫判『盗賊』が出た二ヶ月後、武田の『風媒花』が同じ文庫に収められるに際して、上に触れた三島の評が解説として収められた。こうして二人は、期せずして文庫解説によって、エールを交換しあったのである。

それに加えて、この昭和二十九年、『昭和文学全集35　武田泰淳集』（昭和二十九年四月、角川書店）に三島が月報を寄せ、自分は愛読者であり、戦後の作家のなかで一番多く読んでいると言い、その特色について、「とにかく日本であんなに感覚的なものと抽象的なものとがうまく調和のとれた作家はゐないんだよ」と答えよう、と。これはまさしく三島が不断に目指しているところであった。

＊

昭和三十年代に入り、戦後は終わったと盛んに言われるようになると、『金閣寺』を書き終えた三島は、さらに大きな野心をもって書き下ろし大作を書こうと構想を練った。

そうして昭和三十三年三月から書き出したのが『鏡子の家』であったが、これがまさしく「一種の綴織風小説」であった。

これまでのように「個人」ではなく「時代」を描くのを主眼とし、主要人物は四人だが、いずれも鏡子の家——夫が留守の豪壮な家に娘と二人で住む——に気ままに出入りするという共通項があるばかりなのである。そして、「それぞれが孤独な道をパラレルなまま進んで」行くため、「ストリーの展開が個人に限定され、ふれ合わない」「反ドラマ的、反演劇的な作品」（毎日新聞インタビュー、昭和三十四年九月二十九日）である。すなわち、三島自身はその言葉を使わないものの、まさしく「綴織風小説」を意図したのだ。

実際に、俳優、拳闘選手、日本画家、商社員の四人の若者が、それぞれ詳細に描き出されるが、彼らは互いに絡み合うことなく、それぞれに破滅への道を突き進む。そのため、作品全体として立体的な構造を示すことなく、力動感をもって展開することがない。

敢えてこのようにしたのも、「鳩合せられる目的のない分散した情熱」を「おのおの完全に孤立してしまつた人々の裡に破片」として「鏤ばめ」、背後に横たわる「時代」を浮かび上がらせようと意図したためであったろう。『風媒花』の「綴織風」方法を、大々的に用いたのである。

ただし、こうすることによって武田と三島の作家としての資質の違いが決定的に作用することとなった。この方法は、武田の場合、内にも外にも渦巻いている言いようのない混乱を押し出すのに有効であったが、三島にあってはそうならなかったのである。高度経済成長の到来とともに建設用地となる焼け跡、『盗賊』以来なおも引きずっている欠落感、そして、早くも倦み疲れた心情に囚われ、破滅へと滑り落ちて行こうとしている青年たちの、孤立した姿ばかりが綴られ、躍動感は生まれず、時代が奥行をもって浮かび上がって来ることもなく、平板な印象にとどまった。世評も芳しくなかった。

同時代の作家ならではの、創作の内実に深く踏み込み、示唆を受けた上での工夫だったのだが、それが裏目に出た、と言わなくてはなるまい。

＊

それればかりか、『鏡子の家』第一部の執筆が山を越えて脱稿に近づいた昭和三十三年十二月、武田は二・二六事件に取材した『貴族の階段』の連載（中央公論、昭和三十四年一～五月）を開始した。

『貴族の階段』は、いま読んでも面白い。当時の政界のキーマンの一人西の丸公爵の娘氷見子が主人公である。「女子学芸院」（実際は女子学習院）在学の華族の令嬢たちのなかでも、才気溢れた彼女と親しい者たちが親睦会「さくら会」を作っていて、噂話に耽るのだが、まことに可愛らしくも無遠慮、辛辣な言葉が飛び交う。そのやり取りと、父親を尋ねて来る男たちの政治に係る会話を、父親に命じられて隣室で密かに記録する、その中身が、まずは叙述の中心になる。この設定が、二・二六事件が勃発するに至るまでの政界の状況、その内幕を描き出すのに、まことに効果的である。

この令嬢たちが、近衛師団の兵営見学に出掛けて、二・二六事件の中心になる青年将校の一人と顔を合わせるし、彼を尊敬する西の丸公爵の長男で氷見子の兄の義人が身を置いている状況もつぶさに見る。また、やがて襲撃により殺される自邸に詰める巡査とその妻の暮らしぶりも描き込まれる。

氷見子は、幾人かの男たちと密かに親密にしているが、その一人、自動車会社の社長は、「大義って何ですかいな」「セイシンって、言やはって、あほらしなるわ」などと言う。右翼理論家のO博士(大川周明を思わせる)は「私は奴らに『死ね』と、勧める。死ぬための、睡り薬をあたえてやる」と嘯く。

また、青年将校たちが担ぐことにしている陸軍大臣や、皇道派と対立する統制派と繋がる祖父が、父に会いにやって来るが、この父と祖父のやりとりは、公家ならではと言うべきか、長年権力に係って来た一族の、明け透けで、罵倒に終始しながら、周到な配慮・打算を踏まえたものである。そして、西の丸公爵家当主が如何に桁外れの食わせ者であるかが、徐々に明らかになって来る。

青年将校の襲撃事件が起こると、公爵はまんまと姿をくらまし、三ヶ月後には、政権を掌中にするのだ。

ただし、誠実で謹厳な息子義人は自決する。彼は進んで兵役に就き、見習い将校として近衛隊に配属され、決起に参加するのだが、その前夜、別れを告げに西の丸家を訪れ、妹氷見子に強力な睡眠剤を飲まされる。そのため、目覚めたのは西の丸家が襲撃を受けた時で、慌てて持ち場の湯河原へ駆けつけるが、間に合わず、林の中で切腹、拳銃で喉を撃ったものの死にきれず、病院に収容される。氷見子が駆けつけるが、間もなく絶命する。

実はこの小説には、もう一つの物語が、やや目立たないかたちで書き込まれている。義人は、源氏の君にも擬せられる貴公子で、騎士的愛を捧げる相手・陸軍大臣の美貌の娘節子がいる。ところが西の丸公爵はその節子の美貌に目をつけ、密かにわが物にする。そのため節子は、義人の求愛を喜びながら、退けなければならない。そして、氷見子を姉とも慕い、求められるまま青年将校たちの動静を逐次報告、襲撃直前に西の丸公爵を逃がす役割を果たす。その上で、義人が切腹したほぼ同時刻、自室で自決する。期せずして、心中したかたちになるのだ。

＊

三島はこの作品をどう読んだか。

『鏡子の家』の執筆中であったから、早々に正面から向き合うことはなかったと思われるが、単行本として刊行（昭和三十四年五月）されるのに際して、卓抜な推薦文を寄せた。「ブリリヤントな作品」と題して、こう綴られている。「幼年時代に経験した二・二六事件は、私の生涯にわたるヒロイズムの観念を規定したと云つていい。武田泰淳氏はこの事件を背景として、昭和のロミオとジュリエットの物語を書いた。それは同時に重臣政治といふものの不思議なロマネスクである」。

義人と節子の悲劇的恋愛に注目、ロミオとジュリエットに見立てるとともに、重臣政治に「不思議なロマネスク」を見出しているのだ。

つづけて、「政治と青春、悪と清純な魂といふ二元論が、氏の小説の根本モチーフとするなら、『貴族の階段』は、かういふ二元論が抒情詩的昂揚のうちに示されたブリリヤントな作品である。武田氏の筆は、一人の不羈奔放な貴族の少女にのりうつつて、彼女のまことに貴族的な、偏見を知らぬ魂を借りて、政治的事件や、肉の恋や、魂の恋の上をかけめぐる。その文体は、「飛ぶ絨毯」に似てゐる。／ここに氏は再び、余人の企て及ばぬ一つの文学上の実験に成功した」。

この作品の特徴から粗筋まで、適確に要約しているが、こうしてこの時期の「時代」を描いた、と認めたのである。三島は武田の「綴織風小説」の方法を大々的に適用して「時代」を描くのに失敗したが、武田は、また別の新たな方法で二・二六事件を採り上げ、成功したのだ。ここで三島は、その二・二六事件こそ自分の「生涯にわたるヒロイズムの観念」を規定すると、公言するだけに留めた。

この後、三島は都知事選を扱った『宴のあと』(中央公論、三十五年一～十二月)で、政治に係った男女を描いたが、武田に対する対抗意識があったとしても不思議はなかろう。貴族の奔放な少女に代えて、料亭の百戦錬磨とでも言うべき女将を主人公にして、政界有力者も登場させ、都知事選の裏面を描いたのである。そして手応えある出来栄えとなったと思われたが、モデルの元外相有田八郎からプライバシーを犯したと訴えられ、裁判になり、率直な評価を受ける機会が失われた。

三島としてはやりきれない思いをしたようである。そうした折、昭和三十五年九月、「小説中央公論」から短篇の執筆依頼があり、二・二六事件の外伝ともいうべき『憂国』(十月十六日に脱稿)を書いた。新婚ゆえに決起の仲間に入れて貰えず、討伐側に回ってしまったため、自決した若い将校と妻を扱い、叙述の中心は、この夫婦の情交と死に至るまでとし、冒頭には、墓碑銘的な文章を置いた。

この作品の成立には、深沢七郎『風流夢譚』との係りが指摘されているが、武田の短篇『ひかりごけ』（新潮、二十九年三月）の影響が本質的でなかろうか。北海道の北端の冬の海岸で難破、船員たちは岸にたどり着いたものの孤立、餓えた挙句、死んだ仲間の肉で命を繋ぎ、やがて殺人に至るのだが、後半、裁判の場面になると、小説形式を崩し対話劇となる。その形式上の放胆さ、孤立した場の設定、食の一点に主題を絞ったことなどと呼応している。

いずれにしろこうして三島は懸案の二・二六事件の一端を作品化したのだ。このことが持つ意味は大きい。

＊

三島は引き続き戯曲『十日の菊』（三十六年十一月、文学座公演）を書いたが、『貴族の階段』の中の一挿話とひどく似た設定を採っている。当時の重臣の一人、その名も森重臣となっているが、二・二六事件で青年将校の襲撃を受けながら、女中頭のお菊の機転によって救われ、生き延び、今や盆栽を相手に日々を消している。そして、襲われたあの日こそ、自分にとって栄光の日だと考えている……。そこへ当のお菊が訪ねて来て、事件当日の様子を甦らせる。

この狙われ、襲撃されたことを栄光の証とする見方が、『貴族の階段』ですでに扱われている。事件の午後、見舞いの電話が掛ってくると、氷見子は相手の状況を訊ねる。すると、こういう答えが返って来るのだ、「だめ、だめ、ねらわれないようになっちゃ、お仕舞いよ。うちは、石一つなげられなかったもの」「ほんとは、ねらわれてたすかるのが、一番いいんですって。うちの父なんか、ブラック・リストにものらなかった位だから、政治的評価は、ガタ落ちよ」。

その狙われて助かったのが、森重臣なのである。同じ二・二六事件を扱っている以上、このような類似は気にしてしかるべきだが、三島はそうせずに、積極的に使っているのだ。作家としてライバル関係にあるはずだが、それを越えた意識が生まれていたのだろう。

三島に対して絶えず辛辣な態度に終始した寺田透が「死の数年前から、三島氏が文学仲間のうちで頼りにし、甘えてさえいると見えたただひとりのひと」が武田であったと言っている（『豊饒の海』）が、この頃から目立ってそうだったのだろうか。

この後、三島が『美しい星』（新潮、昭和三十七年一～十二月）を連載、単行本として刊行すると、武田が書評を書いた。「未来小説、SF物とちがい、三島氏はあくまで、地球上の美と愛の問題に執着している」「あらゆる夢は、皮相なほど滑稽さをもっている。この夢みる家族たちの会話をきいてみたまえ」「彼らの夢が純粋であればある程、彼らの理想と現実の矛盾、くいちがいがむき出されて来る」と。

この長篇は、三島にとって殊に大事な作品であったと思われる。戦時下において目前にした日本の壊滅が、いまや原水爆により世界的規模で現実になりかねない危機感を覚えて、構想されたものであり、地球の存続をめぐる宇宙人たちの対立を主軸とする。その点で観念小説の極北と言ってよい作品で、先に挙げた武田の『ひかりごけ』、三島自身の『憂国』の手法を押し進めたと見ることもできよう。しかし、多くの人々は、SFまがいの、本道から外れた作品と受け取った。

この作品への武田の最上の評価は、じつは市ヶ谷での事件直後の「三島由紀夫氏の死ののちに」（中央公論、昭和四十六年一月）に見られる。

「なぜ、あの予言的な小説が、評判にならなかったのでしょうか。分かりきっています。人間たちは、地球人であることがニンゲンであり、自分たちこそ地球人そのものであると信じ、かつ、主張して一歩もゆずらず、別の星の気持わるいにんげんであるとまちがえられることを、何よりも怖れるからです。ああ、わが愛するミシマ遊星から派遣されてきたミシマジンよ。虚空に響く、あの高わらいを聞きながら、寂しくもならずに、気持わるくもならずに、何となく愉快になってくるのは何故だろうか」。

武田自身も、タケダ遊星から派遣されてきたタケダジンだったのだな、と思わずにおれない。通じ合うものが間違いなくあったのだ。かつて『盗賊』を採り上げ、「……一種の純粋な頑固さ」「冷徹な精神の持続」を指摘したが、それが新たな実を結んだ、と見たのかもしれない。

＊

『美しい星』を予言的と言い、自らは僧侶として形而上学的領域へ大胆に踏み込む姿勢を鮮明にしつつあった武田にとって、唯識論を踏まえた大作『豊饒の海』四巻（昭和四十年九月から）は、見過ごせない仕事だったろう。

実際に昭和四十四年十月から連載を始めた『富士』（海、～四十六年六月）は、『豊饒の海』を強く意識したものであったと考えられる。なにしろその第三巻『暁の寺』（昭和四十三年九月から）は、インドの仏教哲学を正面から扱っているのだ。

大東亜戦争の戦況も厳しさを見せて来た時期、富士山麓の精神病院を舞台にして、正常と狂気、秩序と混乱、神とそれに従う者との対立といった、根本的で重い問題について、登場する者たちが長広舌を振るう。かつて埴谷が言った「メエストロームの渦」を、より大きく起こそうとするものだ、と言ってもよさそうである。そこには、三島を巻き込んでやろうという思いがあったかもしれない。

そのような二人の仕事ぶりに注目、「文藝」編集長の寺田博が対談の座（四十五年九月十四日）を設けた。「文学は空虚か」（四十五年十一月）だが、三島が最後に打ち解けて語った、貴重なものとなった。ただし、ここでは立ち入らない。

それから二ヶ月余の後、『富士』の連載は後半に入っていたが、まとまりがつかないで苦慮していたところ、三島が市ヶ谷の自衛隊において自決する事件が起こった。

この衝撃によって、まとまりをつけることができた、と武田は言う。「彼が死んでくれなければ、終わらなかった作品ですよ。三島さんが死んでくれたお陰で、なんとなく筋が出来ちゃったような気がするんだな」（談話「三島由紀夫のこと」）と話している。ただし武田は、事件が起きる直前に、三島事件とひどく似た事件を描いていた。第十五章「事件の発生、その直後」がそうだが、宮様を詐称する精神病院の患者一条実見が、警官を装って御陵参拝の宮の前に現われ、「日本精神病院改革案」を手渡し、警備員らと乱闘した挙句、青酸カリで自殺する——。楯の会制服姿の三島らが市ヶ谷で、自衛隊東部方面総監部総監室において総監を拘束、隊員と乱闘した末、そのバルコニーから演説、憲法改正を訴え、「檄」を散布、自決したのと似ているが、この章の校正刷は事件の起こる数日前に出ていた。[1]そして、筆を加えることもなかったようである。

九月には対談を行うなど身近に接し、その言動を詳細に見聞きしていたから、それらを踏まえ、当時の政治情勢なり自衛隊の実態と突き合わせ、三島に似た人物の行動として想像力を働かせて描けば、上記のようになるのも、さほど不思議はないかもしれない。少なくとも作家武田泰淳にとっては想像できたことだったのだ。「日本精神病院改革案」は、北一輝の「日本改造法案大綱」のアナロジーだろうし、血を流すことはできるだけ回避し、自衛隊に入り込み訴えたいことを訴えて死ぬとすればどういうやり方があるか、考えたろう。一条が死を前にして「私は、復活する」と宣言するのは、三島が「七生報国」と墨書した鉢巻をしていたことに対応するが、輪廻転生を基軸に『豊饒の海』を書いていたから、これまた自ずと出て来よう。

いずれにしてもこう書き上げた上での事件であったから、武田が受けた衝撃は大きかった。自分が観察と想像力をもって描いたことが、偶然、現実に生起した事件とかなりの点で吻合《ふんごう》したのである。驚き、畏れを覚えたが、しかし、ある意味ではリアリティを保証されたと受け止め、この小説を先へ推し進めることができたのだ。「死んでくれたお蔭で」と言ったのはそのためであろう。これまで武田の書いたことによって三島が刺激を受けることが多かったが、今回は全面的に逆になったのである。

そうして三島に関して新たに考えをめぐらすことになったのは、先に引用した「三島由紀夫氏の死ののちに」に認めることができよう。例えばその続きは、こうである。「民衆、つまり隣近所があなたを理解できなかった、それ以上に、あなたはニンゲンを理解できなかったのです」。

下手をすると作家として全面否定になりかねない言葉だが、「それがあなたの『天才』の秘密でもありました」と続ける。このところをどう解すればよいのか、難しいが、この文章の冒頭に戻るのがよかろう。「息つくひまなき刻苦勉励の一生が、ここに完結しました。疾走する長距離ランナーの孤独な肉体と精神が蹴たてていった土埃、その息づかいが、私たちの頭上に舞い上り、そして舞い下りています。あなたの忍耐と、あなたの決断。あなたの憎悪と、あなたの愛情が。そしてあなたの哄笑と、あなたの沈黙が、私たちのあいだにただよい、私たちをおさえつけています」。

そして、三島が「生真じめな努力家」で、「道徳」ぬきに生きられない人で、「だらしがないという要素は切り棄て」て、「執念ぶかい克己心」でもって自分を支えていた、と言う。「執念ぶかい」とは、欠点をいう言葉のはずだが、克己心の尋常ならざる強さを言うために、こう言ったのだ。まさしくその通りだった、と思う。

その意味で、根本のところは誰よりも良識を踏まえて外すことのない「もっとも普通人」であったが、そのあなたが、「普通人の安定のすべてを破棄」するようになったのは、いつ頃か、何故だったのか、と武田は問いかける。

そして、すべてを棄てよとするのが仏教の教えだが、『暁の寺』においてさえ、あなたは仏教的でなかった。難解な仏教哲学に踏み入っても、「苦業難業、人のやれない突進」をしたのにすぎない、と言い切る。

続いて、陽明学についても語ったが、その百分の一も旧約新約聖書に触れなかったことを指摘して、「カミの救いも、ホトケの救いも、あなたは求めなかった」と言う。

この指摘は、重要である。もっとも学習院中等科時代、新約聖書マタイ伝に取材して戯曲を書いているし、『弱法師』の、世界の終わりを見た、という場面では、旧約聖書の黙示録が踏まえられているのは明らかだろう。その他、『仮面の告白』にも『サド侯爵夫人』にも、典拠とする文章がみられる。しかし、信仰へ入り込むのは自らに厳しく禁じていた。救済を待ち望むのではなく、自力でもって、刻苦勉励、行くところまで行くことを自らに厳しく課したのだ。輪廻転生を採り上げても、悟達へと進まず、川端康成と同様に、物語を自在に紡ぎ出すためのものとした。死の闇へと降りていくのではなく、この生、作家としての活動に賭けた、と見るべきであろう。

この点において、武田と三島の根本的な違いが鮮明になる。武田は基本的に法然の浄土教に依拠して、悟達なり救済を求め、キリスト教やわが国の神々、そして山川草木、シナ大陸での事象にも及んだ。

その立場から、武田はつづけて書く、「では、どんな救いを求めて、死への急傾斜を駆け降り、はなばなしい行動の険路を駆けのぼって行ったのでしょうか。自己肯定を求めすぎた結果、自己破壊のみが『救い』だと、思い定めたのでしょうか」。

武田にとっては「救い」が究極的な目的であったから、三島の最後の行動も、自己肯定を求めすぎた末の「自己破壊」かと疑うことになり、「あなたはニンゲンを理解できなかった」との発言ともなったのであろう。

ただし、三島は絶対的存在を排除しているわけではまったくない。逆に、わが国の作家として珍しく、厳しく探究しているのだが、そこにおいて信仰し、帰依し、救いに与かろうとする態度を徹底して排し、絶対者の下にあっても可能な限り自由であろうとしたのである。それが芸術家としての責務であり矜持であり、また、神が死んだと言い離される現代において、採るべき態度とも考えたのだ。それとともに、自らのただ今の具体的在り方として、日本を意識することにおいて、天皇が自ずと浮かび出て来たのを、真正面から受け止めた。

その天皇は、このわれわれの相対世界に在って、歴史伝統を体しながら、神々に祀り、祈念することを通して絶対へと繋がる存在である。

天皇と言えば、従来のさまざまな既成観念、イメージ、伝承、歴史が纏《まと》い付いているため、議論の道筋は錯乱しがちになり、三島自身にしても幾らかブレをみせたようだが、いま言った点は貫いている。政治的概念ではなく、文化的概念であるのは、このことに係る。この問題は、これから先、折に触れ見ていくことになろう。

＊

事件後、武田は『富士』を書き継ぎ、一条実見の死から四つ目の最終章（「神の指」と題されている）に至ったが、舞台となった精神病院の院長は、戦況の悪化に伴い、軍隊に徴用され、南方戦線へ送られる。その身の上には戦死の運命が待っていると夫人は覚悟を固めながら、その半生をあれこれ思い、助手に向かって夫の言葉を口にする、「人間はみんな〔精神の〕病人である。しかし、……まるで神の指になったみたいにして働かなければならないことがある」。

多分、この「神の指」云々にこの大作が至りついたところが示されているようだが、そのところは、武田が「三島由紀夫の死ののちに」に書いたのといささか異なり、三島の立場に意外に近いと思われるのだが、どうであろうか。

【注】

（1） 樋口覚『富士曼荼羅——三島由紀夫と武田泰淳』（平成十二年十一月、五柳書院）。

# 六世中村歌右衛門

## 虚構を生きる

**六世中村歌右衛門**（ろくせい なかむら うたえもん）
大正六年（一九一七）～平成十三年（二〇〇一）。戦後の代表的な歌舞伎役者で、女形の最高峰と言われた。当たり役として、『京鹿子娘道成寺』の白拍子花子、『祇園祭礼信仰記』（金閣寺）の雪姫、『籠釣瓶花街酔醒』（籠釣瓶）の八橋、『積恋雪関扉』（関の扉）の小町・墨染など多数ある。

祖母が歌舞伎好きで、よく出掛けた。帰ると、プログラム（筋書と言った）を見せて貰い、歌舞伎への憧れを強めたが、容易に連れて行ってはくれなかった。中等科に進んで、やっと叶えられたが、桟敷席の目の前の花道へ、ひどく派手な衣装の、白粉も分厚く塗った皺くちゃの男とも女ともつかぬ人物が素足で出て来て、いきなり奇妙な声を出した。それが『仮名手本忠臣蔵』の、高師直の好色心を掻き立て、大事を引き起こす元となった絶世の美女顔世《かおよ》御前（十二代目仁左衛門）であった。呆気にとられて見ているうちに、「美味しい妙な味がある」（「悪の華――歌舞伎」）と、子供ごころにも感じて、夢中になったという。

最初の出会いを三島はこのように語るが、その夢中の度合いが尋常でなかった。中等科の頃こそ祖母や母に連れて行ってもらったが、やがて一人でも行くようになり、戦時下では、気になる舞台が開くと知ると、何を措いても出かけた。『芝居日記』によると、勤労動員で群馬県太田町にいても、口実をつくっては家族に呼び帰してもらい、駆けつけている。すでに米軍機の空襲が激しくなっていたし、昭和二十年（一九四五）二月になると、召集を受けて兵庫県加古川へ出向き、十日に入隊するはずだったが、身体検査で即日帰郷となり、自宅に戻ると、十八日には、明治座の新生新派の公演に弟の千之と出かけている。そして、二十四日には新宿第一劇場へ一人で行き、芝翫《しかん》の『紅葉狩』を喜び、四月末日には新橋演舞場で菊五郎の舞台を、といった具合である。よくも劇場が開いていたものだと思うが、見に行く方も凄まじい。国家とともに自身も存亡の淵にありながら、こうだったのである。そして、他の時間は、小説を書くことと読書に当てていた。もはや死ぬしか途はない、と覚悟せざるを得ない状況にあっても、いや、そうであったからこそ、こうまで熱中したのであろう。

しかし、思いがけず生き残り、占領下に身を置くことになったのだが、これから先、どうなるかお先真っ暗なまま、小説を書き、読書し、芝居を見続けた。終戦から二十日とならない九月四日には、東京劇場で猿之助の『黒塚』などを一人で見、「歌舞伎道頽落ノ一途ヲ辿ル、危シ危シ　一刻モ早ク立直シニカカラザルベカラズ」と書き付けている。

ただし、小説を書く以上、これからの自分の生き方、この日本社会の在り方に思いを巡らさないわけにいかなかっただろうし、芝居にしても、劇場の片隅に身を置いているだけではすまない成り行きになる。

実際に、敗戦の厳しい現実は、劇場において明白な姿を現わした。『芝居日記』を見ると、昭和二十年十月四日、アメリカ軍情報頒布係長が、歌舞伎などは「封建的色彩」が強いと批判、「ポツダム宣言の趣旨に沿ふ」新作を上演するよう要求したとのニュースが流れた旨を記し、「嗚呼、歌舞伎より封建的色彩と軍国主義をマイナスして何が残る」と書いている。

わが国の全演劇界が一係長の指示に従わなくてはならなくなったのである。その新作、宇野信夫作

『いわし雲』が異例の早さで翌月、新宿第一劇場で幕を開けると、早速見に行き、「マ司令部〔マッカーサー司令部〕迎合で無味乾燥」と批判している。十二月十九日付新聞にはその係長の要求に基づく演目が報じられていて、「遂に怖れてゐた事態は来た。丸本物の名作は全滅、実に致命的な禁演命令である。言論の自由がきいて呆れる」とある。

つづいて昭和二十一年一月二十日、「遂に歌舞伎最後の日が来た」とあり、時事新報が掲げる上演希望の演目を挙げ、「この99%が上演禁止になるのだ」とある。占領政策とは、こういうものだったのである。

この後、占領軍は強圧的態度を改め、やや緩いマ司令部の許可演目が出、さらに五月二十三日には『勧進帳』の解禁が報じられた。

こうした記述の中に、一人の役者についての記載が目立って来る。

昭和二十年十一月六日、東京劇場、「吉野山道行」芝翫の静もよい。

同月十八日、(同舞台) 芝翫の静は舞台が大きくなつた。歌右衛門以後の唯一人のお姫様役者たるこの人の、八重垣姫を見たく思ふ。

昭和二十二年二月二十二日、三越劇場、芝翫の中村流道成寺頗《すこぶ》るよし。金烏帽子を脱ぎ紅白の縄にかけて見込む型あり。

すでに終戦前、二月にその役者の名を記録しているが、三島より八歳上で、大正六年(一九一七)に五代目中村歌右衛門の次男として生まれ、五歳で児太郎を襲名、昭和十六年十一月に芝翫を襲名していた。奇しくもその同じ年に平岡公威は「花ざかりの森」を連載するに当たって、三島由紀夫の筆名を得ていた。そうして戦後末期から大役が付き始め、女形役者として実力を発揮し出していたのである。敗戦の年の十一月、東京劇場で一度ならず二度も見た『吉野山の道行』の芝翫の美しさに、歌舞伎が戻って来たとの思いを覚えたと、晩年になっても語っている。

昭和二十二年十一月に東大を卒業、同年末に大蔵省事務官となったが、九ヶ月で退職、作家として立つべく長篇小説『仮面の告白』に取り組んだが、その傍ら「中村芝翫論」(季刊劇場、二十四年二月)を書いた。短いもので、掲載したのは演劇界の主要誌でなかったが、共感する人が少なくなかったようである。その論の一節、

「中村芝翫の美は一種の危機感にあるのであらう。／金閣寺の雪姫が後手に縛されたまま深く身を反らす。ほとんどその身が折れはしないかと思はれるまで、戦慄的な徐やかさで、ますます深く身を反らす。その胸へ桜が繚乱と散りかかる」。

その独特の美をまず採り上げたのである。「歌舞伎は西洋演劇のやうな台詞の激突でもつて、あるひは台詞の内容でもつて客に頭から理解させるといふ方法をとつてゐないんですね。すべて感覚です」。「一瞬の美しさ」「感覚的魅惑」に尽きる(前出「悪の華――歌舞伎」)と、晩年に語っているが、この時から一貫してこうだったのである。そして、この姿勢でもって真正面から向き合うことのできる対象が、芝翫だった。それにしても美なるものと向き合い、美を語り、論じるとは、なんとも言えぬ快楽であろう。「かうした刹那刹那に、芝翫のたぐひなく優柔な肉体から、ある悲劇的な光線が放たれる。それは舞台全体に、むせぶやうなトレモロを漲《みなぎ》らす。妖気に似てゐる」と綴る。

そして、「芝翫の美には〔……〕古典的均整に近代的憂鬱の入りまじつた何かがある。花の小面《こおもて》や

孫次郎の面に共通する何ものかである。それはわれわれが歌舞伎と呼ぶものの一つの原型までわれわれを連れてゆく」。

「小面」「孫次郎」いずれも美しい若い女の能面であり、「原型」の語にしても、おろそかに持ち出されたものではあるまい。その上で、こう言う、「歌舞伎とは魑魅魍魎の世界である。その美は『まじもの』の美でなければならず、その醜さには悪魔的な蠱惑《こわく》がなければならない。『金閣寺』や『金殿』のやうな狂言の奇怪な雰囲気は一種の黒弥撒《みさ》に他ならぬ」。

こうまで来ると、抵抗を覚える人もいるだろうが、なにしろこの時、三島は『仮面の告白』を書いている最中であり、そこから芝翫独自の魅力を言い尽くそうとしているのだ。論とあるが、論ずることは放棄して、自分の感じ取ったものをひたすら表現しようとして、小説のために浮かんで来た想念、言葉を書き込んでいるのだ。そして「芝翫の美しさは、歌舞伎の落日の美なのである」と締めくくる。

この年、歌舞伎の年間回顧で、「一年を通じて陰々滅々たる厄年であつた」と記すのだが、例外として十一月の「芝翫の綺麗なこと。鳴神《なるかみ》の姫、道行のお染、堀川のお俊など、ただただ唸るばかりだ。お染のスマートなこと、白粉で塗りつぶされた白い繊巧な咽喉仏までがエロティクに見えるから妙だ」と書き、十二月の『関の扉《せきのと》』については、「芝翫は小町の引込みの優艶艶麗、墨染の目遣ひの凄艶の迫力が圧倒的で」「このまま行けば歌舞伎の未来は明るいといふ期待を抱かせた記念すべき一幕であつた」とする。

こうした三島の論評は、低迷する歌舞伎界に小さくない刺激を与えたようである。

＊

芝翫の六代目中村歌右衛門襲名が昭和二十六年四月と決まると、三島は幾つものエッセイを書き、批評家と対談した。その中でも「芝翫」（芸術新潮、二十六年四月）が、目配りもよい好論であった。

ここでも芝翫の美を問題にする。それは「金泥よりも銀泥」に近く、この「花やかさの秘義」に達したのは、終戦直後の道行の静を演じた時であり、「往年の淋しさの影を払つて、一種の精神の濫費にまで達した目的のない献身の深い無際限な歓喜を歌つてゐるやう」だと書く。もしかしたら三島自身、芸術家たる者として目指すところに目覚めた思いを暗に語っているのかもしれない。

そして、こうも言う、「丈の優柔なエネルギーが、あらゆる役々の底に蛇身のやうに波打ちだした。その暗くよくたわむ力の印象、その悪意のやうに深くひそんだ闘志、その冷たい凄愴な迫力、それでゐていひしれぬ薄命の不安、明日をもしれぬ不吉な美しさ」。

こう並べて、「丈のこれらの非人間的な特質は、非人間的なものを通して人間性を露出する歌舞伎の伝統的な発想法と古い仮面劇の美学とを、今日の観客の胸裡に復活させた。／それがたまたま今日の時代にとつて意味を帯びたのは、他でもない芝翫が女形としてこの発想法の身を以ての担ひ手となり、この美学の生きながらの犠牲となることを、自覚しはじめてゐたからである」と書く。三島自身、『仮面の告白』を書き、自らの美学を身に体して、その「犠牲」になる覚悟も固めたのかもしれない。

その上で、「演ぜられた古い悲劇の頂点は、丈の優柔な肉体が今絶えなんかと思はれるはりつめた危機感を以て描き出されるのが常であつたが、歌舞伎劇の象徴的な力を信じてゐる丈の所演を見れば、その危機感は舞台の危機感にとどまらず、われわれの生きてゐる時代の精神生活の危機感に触れ、われわれの時代の悲劇的な核心に触れるやうな思ひをさせた」と記す。

歌舞伎は古典劇だが、歌右衛門の舞台を見るなら、われわれ自身が現に抱え込んでいる危機、現代という時代の悲劇性を思い知ることになる、と言うのである。いま、三島自身が芸術家たることに目覚めた云々と書いたのも、理由のないことではないのだ。

この襲名の年の秋、三島は新歌右衛門と楽屋で会った。それまで「舞台上の幻影がほんのわづかでも崩れるのがおそろし」く、対面を避けていたが、舞台の扮装のままという条件であった。以後、急速に親しくなり、歌右衛門のために脚本を幾本も書くことになり、三島自身の私生活上でも、転機をもたらすことになった。

*

当時、東京の柳橋では、歓楽街として復興するため、柳橋みどり会を結成、さまざまな行事を開催していたが、その一環として芸者による温習会（二十六年十月下旬の五日間、明治座）の舞踊脚本を、三島に求めて来た。高橋誠一郎と蘆原英了の仲介であったが、新作歌舞伎『源氏物語』で人気を呼んだ舟橋聖一も関与したかもしれない。(1)

そうして書かれたのが『艶《あですがた》競《くらべ》近松娘《ちかまつむすめ》』三幕であった。近松の心中ものに夢中の娘と貸本屋の若い手代が、浄瑠璃そのままの恋に陥り、反対されると心中を図ろうとする。それに親が折れ、めでたしめでたしとなる。近松の章句を多く借り、いわゆる色模様も幼く可愛いらしく、喜ばれたと思われる。戦争末期、憑かれたように近松に読みふけり、劇場通いをしたことが、とりあえず実を結んだのである。(2)

この年は年末から五ヶ月近く、初の海外旅行に出たが、帰国すると、十月、当時、文藝春秋社が催していた文士劇『弁天娘女男白浪《べんてんむすめめおのしらなみ》』に初めて出た。この文士劇で中心的役割を果していたのが久保田万太郎で、この久保田を知ったことも歌舞伎に係る道筋を開いたようである。

翌二十八年、三月には歌舞伎座で山田美妙作『胡蝶』を舟橋聖一と共同演出した。「一パーセントといへども僕の仕事とは申せません」と、川端康成宛書簡で言っているが、歌舞伎座に通い、幕内の様子を多少知るようになったはずである。

柳橋みどり会からは、再度、舞踊脚本を依頼され、『室町反魂香《むろまちはんごんこう》』三幕(二十八年十月末の五日間、明治座)を書いた。短篇『中世』で扱ったと同じ、足利義尚の早死とその父義政の悲しみに取材したもので、今様、室町小唄などの章句を多く借用した、歌舞伎劇脚本と言えるものであった。没後に国立劇場で歌舞伎として上演された。

それとともに、歌舞伎座十一月の公演の台本を依頼された。芥川龍之介『地獄変』の脚色であったが、当時、三島の奇才ぶりは芥川に擬《なぞら》えられたから、そこから出た注文であったろう。歌右衛門、勘三郎、幸四郎らの出演、久保田万太郎演出であった。見せ場は絵師良秀の娘露艸《つゆくさ》が縛られ、檳榔毛《びろうげ》の車に閉じ込められた末、火で焼かれる場面であった。歌右衛門が『祇園祭礼信仰記』(金閣寺)の散る桜の下、縛られて悲嘆と痛苦に悶える雪姫を得意とするのを承知していて、散る桜を炎に、縄を車に換えて見せたのであろう。三島自身、「金閣寺の松永大膳の如きはわが理想の人物」で、露艸を車に入れて焼き、哄笑する堀川大臣は「日本のサド侯爵であり、チェーザレ・ボルジヤであり、幼児殺戮者ジル・ド・レエである」。「私はローマ頽唐期の皇帝の悪趣味を感じて、恍惚として作劇の筆を執」ったと、上演プログラムに書いている。

それよりも人々を驚かせたのは、この脚本が古典歌舞伎も義太夫狂言（丸本時代物）の様式に徹底して忠実で、浄瑠璃（チョボ）も下座音楽も入れれば、渡り台詞や割り台詞といった歌舞伎ならではの技法を存分に用いていたことであった。明治も中期以降、こうした脚本を書いた人はいない。時代錯誤だと批判する人もいたが、三島は、演劇としてこの形式が持つ表現力の強さを、固く信じていた。「歌舞伎、殊に義太夫狂言は、嵐の如き感情の表現技法として、おそらく、世界最高のものを持つて」（上演プログラム）おり、これを活用しない法はない、と考えたと言う。

この形式では、語り物性と音楽劇性を濃厚に持つ。その点で、近代が希求する演劇とは対立する。新劇では勿論、歌舞伎においても明治以降、これらの技法が顧みられなくなっていたのはこのためであった。しかし、三島は逆に、それらを緊密に縒《よ》りあわせ、多層性と交響性、さらには立体性、緊張感を持たせる方法としたのだ。歌舞伎は「一瞬の美しさ」をカナメとし、独自な劇場性も備えていたから、近代演劇の知らないそれらの表現力を存分に発揮できると確信したのだ。そして、創作性に拘らず、既存の章句、設定、構成も利用して、脚本を仕上げた。これには『邯鄲《かんたん》』（二十五年十二月初演）に始まる「近代能楽集」の成功が自信となったろう。

だからこの舞台を演ずるのは、丸本時代物の大曲を多く演じ成功を収めて来た歌右衛門でなくてはならなかった。言い換えれば、これまで歌右衛門の上に三島が見て来た、歌舞伎の精華を現出する脚本を目指したのである。

もっとも『地獄変』は嗜虐性が顕著であったこともあり、それと対照的な明るく楽しい芝居を、ということになったのであろう。翌二十九年十一月の歌舞伎座公演のために『鰯売恋曳網』一幕二場を書いた。「古い健康な歌舞伎の精神を復活させよう」と思ったと、三島自身言い、室町時代の御伽草子「猿源氏草子」をもとに、「魚鳥平家」「小夜姫の草子」の部分を取り入れ、他愛ない恋の物語に仕組んだ。鰯売の男が、都の廓《くるわ》一の遊女を輿の御簾の隙間から覗き見て、恋に陥る。その遊女は、じつは熊野・丹鶴城の姫で、鰯売の男の売声を耳にしたばっかりに、その売声を追って城を彷徨い出て、廓に売られた身の上であった。その品高く、一途な恋に悩み続ける遊女役を歌右衛門が演じた。ここにも歌右衛門の魅力を存分に発揮させようとする狙いがあったのは言うまでもない。鰯売は物の分かった父親たちの協力で、大名に化けて廓に乗り込むが、次々とヘマをやらかし、計画は水泡に帰すかと思うと、遊女の恋する男は当の鰯売と判明、めでたしめでたしとなる。その点で見事なナンセンス笑劇《ファルス》――三島自身はこの評価には不満だったようだが――となっており、祝祭性も獲得、今に至るまで繰り返し上演されている。演じていて「非常に清々しい感じ」がして、歌舞伎に「新しい空気が入った」と思ったと、歌右衛門は語っている（『芝居日記』付載、織田紘二による聞き書き）。なお、同時期、小説『潮騒』（昭和二十九年六月）が書かれたことも留意しておきたい。

この成功を受けて、歌右衛門が能「熊野《ゆや》」の歌舞伎舞踊劇化を注文、次の年の二月、歌右衛門の主宰する莟会の歌舞伎座公演で上演した。能では平宗盛に連れられて遊女熊野が清水へ花見に行くものの、故郷で病む母を案じて憂い顔のまま、花の下で舞う、その姿に焦点が当てられる。歌右衛門が注文したのも、そこに眼目があったと思われる。以後、歌右衛門は好んで幾度となく演じたが、劇としての奥行はやや乏しい。

この年の十一月歌舞伎公演には、三年連続で『芙蓉露大内実記《ふようのつゆおおうちじつき》』一幕を書いたが、ラシーヌ『フェードル』に拠った。年来、オペラ化なりバレエ化を考えていたが、わが国に「移植するなら必ず竹本劇」という思いがあったし、日本唯一のフェードル役者は歌右衛門だとのイメージがあったと、上演プログラムに書いている。

周防の大内義隆が戦場にあり、妻芙蓉は義理の息子晴持への思いに苦しんでいるところへ、義隆の敗死の知らせがもたらされる。弔い合戦へと逸る晴持を、芙蓉は引き留め、胸の内を明かす。ところが義隆は、敗軍を率いて帰還する。そこで芙蓉に仕える忠実な女が女主人を守るため、晴持が芙蓉に恋慕していると義隆に告げる。その真偽を父から問われた晴持は潔く自決、芙蓉は真実を夫に告げて、自殺する。

その許されぬ恋に苦悩する女の悲劇を、歌右衛門が雄々しくも健気に演じるはずであった。義理の息子への恋は、『摂州合邦辻《せっしゅうがっぽうがつじ》』玉手御前《たまてごぜん》役などで手の内のものとしていたのだが、説得的に演じることができず、不評に終わった。

これには、作曲が十分に熟していなかったこと、芝居の流れ・テンポが希薄であったことを、歌右衛門自身が指摘しているが、義隆役の猿之助が役不足を言い立てて加筆させたことも影響したかもしれない。演出は三島が担当したが、意欲が空回りして、十分に肉付けができなかったのかもしれない。

ただし、作そのものには自信を持ち、後々まで再演を望んだ。

＊

こうした舞台のため、三島は歌右衛門の楽屋に出入りしたが、歌右衛門出演の役が決まると、それに合わせた意匠に染め、仕立てた着物でやって来る、贅沢で派手な女と知り合った。赤坂の料亭の娘で、まだ十代だったが、男女の事は何もかも承知しているふうで、急速に親しみ、関係を持った。初めてであったから、奥野健男に電話で報告した（『三島由紀夫伝説』。筆者は奥野から直接聞いた）とのことだが、この体験は従来の性意識を変えるのに十分であった。やがて連載を始めた『新恋愛講座』（明星、三十年十一月〜三十一年十二月）では、こう書いた。「同性愛は、すべて心理的原因ですから、心理的に自分で解決していくことです。それが解決できない人は、何も解決できないのだといふことを、同性愛ほどはつきり例示してゐる例はないでありませう」。どれだけ生理学的医学的に正しいか分からないが、この時期、こういう確信を持ったのである。

この確信が、『鰯売恋曳網』の大らかさの根底にあるかもしれないが、同時にボディビルを本格的に始めた。肉体自体の変革にまで及んだのである。

そして、『金閣寺』（新潮、三十一年一月〜十月）を連載、『鹿鳴館』（文学座、十一月公演）を書き上げ、小説家としても劇作家としても、一つの頂点に立った。

そこで書いたのが、短篇『女方』（世界、三十二年一月）であった。佐野川万菊の名になっているが、これまで芝翫論で書いて来た魅力を振り撒く女方役者を、その虜になった挙句、歌舞伎座の作者部屋に入った増山の視点から描く。楽屋に入って行くと、自分が男であることを妙に意識させられるが、それも万菊の日常が女の言葉と身のこなしで貫かれているからで、その仮構の日常が、じつは仮構の舞台を支えている。そして、役を演じ終えて楽屋へ帰って来ると、こういう情景を目にすることになる、「今演じてきた大役の感情のほてりが、まだ万菊の体一杯に残つてゐる。それは夕映えのやうでもあり、残月のやうでもある。古典劇の壮大な感情、われわれの日常生活とは何ら相渉らぬ感情〔……〕さういふものが、つい今しがたまで万菊の身に宿つてゐたのだ。どうやって万菊の細身の体がそれに耐へてきたか不思議なほどだ」。それが徐々に「彼の身から立ち去つて」「役の激情のほてりが納ま」り、今演じた役「雛衣《ひなぎぬ》の顔は遠ざかる。彼は別れを告げる」のだが、「あした又雛衣の顔は、万菊の顔の、しなやかな皮膚の上へかへつて来る」。その様子に、増山は見入ってしまうのだが、万菊は万菊で、そういう増山を意識している……。

新作の上演が決まり、新劇の若い演出家がやって来る。長身の、彫り深い、男らしい、しかし、神経質で、在り来たりの新劇青年そのままの身なりであった。大名代の歌舞伎役者たちは無視するが、万菊ひとり、ひどく素直に指示を聞く。その若い演出家に恋したのだと増山は察するが、当の演出家は、万菊が一等冷笑的で、腹の底から非妥協的だと腹を立てる。しかし、万菊は、歌舞伎劇の女たちの壮大な感情をもって、その恋を育てた末、増山に食事の場を設けさせ、淡雪が降る中、演出家に傘を差し掛けて出て行く。その姿を見送る増山は、万菊に抱いて来た幻想が砕けるのを自覚するとともに、嫉妬の情に襲われる……。

歌舞伎の女方という特異な存在を捉えて、芸術の世界と現実の懸隔、交錯、衝突を鮮やかに浮かび上がらせる。併せて、歌右衛門という抗い難い魅惑を放射する存在の秘密と、三島という才能の秘密も窺い見せてくれるのである。

昭和三十二年三月に歌右衛門は明治座で『鰯売恋曳網』を、四月には歌舞伎座で『熊野』をそれぞれ再演するとともに、八月の自ら主宰する莟会と新派の合同公演に、新作を三島に求めた。

この頃になると、三島の活動が呼び起こしたと思われるのだが、歌舞伎と新劇の境界を越えた上演企画が動き出していた。文学座と松本幸四郎（白鸚）一門が提携、福田恆存演出による福田作『明智光秀』の上演である。九月、その幕が東横ホールで揚がったが、それに合わせて歌右衛門は、莟会と新派合同で、三島作『朝の躑躅《つつじ》』一幕を新橋演舞場で上演した。

歌右衛門は、最初『鹿鳴館』を望んだが、同意が得られず、新作となったという経緯があり、貴族の多くが資産を預けていた銀行が破綻した昭和二年四月当夜の、子爵家のパーティから始まる。当の子爵夫人（歌右衛門）は典雅な洋装で臨み、これまで貞淑を貫いて来ていたが、この事態に成り上がり者の事業家に多額の小切手と引き換えに身を任せ、夫を守ろうとする。が、当の夫は、愛人がいて、その女のため財産を消尽、そのことを明かして自殺する……。

三島は開演前に渡米、アメリカからの便りとして公演プログラムに文章を寄せ、この戯曲は「古風な、十九世紀趣味の横溢するやうにつくられ」ており、歌右衛門が「身辺に漂はせてゐる雰囲気をそのまま活かせば、おのづとこの戯曲の狙ふものも現はれるでせう」と書いている。しかし、評判は芳しくなかった。歌右衛門自身、「何か変ったことがしたい」という気持が先走り、無理に書いてもらったことと、その舞台で生かす腕が自分になかったため、「大失敗だった」と認めている(3)。また、三島の中には、歌舞伎でない舞台に出てほしくない気持があったのではなかろうか。

＊

続けて三十三年十月、歌右衛門は、名古屋・御園座で『鰯売恋曳網』を出し、十一月には、三島の新作『むすめごのみ帯取池』を歌舞伎座で上演した。

山東京伝『桜姫全伝曙草紙』の「蝦蟇丸《がまる》の伝、帯取の池の記」にヒントを得たもので、草紙ふうの頽廃的でありながら大らかさのある、人を驚かせる趣向の作であった。北嵯峨の山中の池には、夜な夜な金襴の帯が浮かぶ。それを囮にして、人を誘拐するのが盗賊蝦蟇丸で、そこへ母を探しに菊姫がやって来て、蝦蟇丸の手に落ちる。ところが母はその蝦蟇丸と夫婦になっていた。続いて菊姫を案じた家臣左馬之助がやって来る。この左馬之助に菊姫が恋心を抱いていると知ると、蝦蟇丸と母親は、二人を一緒にするとともに、左馬之助に蝦蟇丸の名跡を譲る、という成り行きになる。『鰯売恋曳網』と同様、階層制を打ち砕き、恋とエロスの成就の夢を紡ぎ出す。ガンドウ返しと呼ばれる大掛りな仕掛けが使われ、舞台効果にも工夫が凝らされていた。

「歌右衛門、延二郎、時蔵の配役が申し分ない上に、猿之助が括目すべき古風な大時代の味を出した」(「裸体と衣裳」三十三年十一月一日の項)と、初日の印象を三島は記している。

ただし、この台本を掲載(日本、三十三年十二月)した際、末尾にこう付記した、「私はいはゆる現代語歌舞伎に反対を唱へ、台本は、新作といへども、歌舞伎根生のセリフや形式美や舞台技巧や種々の約束事を、そのまま活用して、その中に近代的テエマや、モダンな機智を盛り込まねばならぬと考へてゐるからで、台本の形式そのものは、あくまで伝統を墨守して擬古文で綴られてゐる」。

日頃からの考えをわざわざ繰り返しており、一般読者に対してよりも、上演に係る人々に念を押す思いからであったのではなかろうか。

次いで三島が持ち出したのは、歌右衛門のこれまでの姿を一冊の写真集にまとめる企画であった。講談社の編集者川島勝を相手に詳細な編集プランを練った。(4)

この企画が動き出すと、歌右衛門は自分が納得するかたちを要求、新たな撮影も行い、写真一枚の選定にも三島と川島を呼び出し、しばしば深夜に及んだ。その様子を川島が著書『三島由紀夫』で描いているが、三島は予定を狂わされ、悲鳴を上げた。そして、写真は膨大な分量になり、収拾の付きかねる様相を呈した。多分、三島としては、歌右衛門に自らの芸質を自覚させ、そこをさらに掘り下げてくれることを期待してのことだったと思われるが、歌右衛門は、そうした三島の思惑を越えて、のめり込んだのだ。

刊行は遅れに遅れ、企画から二年余後の三十四年九月となった。その『六世中村歌右衛門』の「序説」で、三島はこれまでの論の総括を図った。冒頭、傑出した俳優は必ず時代を代表するが、経済的な安定・繁栄をひたすら追求する現代は、個性がなく、過ぎ去るまま忘れられる時代である。ところが六世歌右衛門は、その現代を代表しながら、「その仕方は、徹頭徹尾、反時代的」で、「ほとんど直接には、現代社会と相互らない」。この俳優の「美の一切は、現代といふものの虚相、現代が必然的に担つてゐる大きな暗澹たる欠如の相そのものを、代表」しているのだ。そればかりか「丈の舞台を象徴するやうな、ひたすらに美的なもの、虚無と紙一重なほどに純粋に美的な力」によって、この時代を「大本のところで束ね」ているのかもしれない、と書いた。

やや晦渋な表現だが、「虚無と紙一重ほどに純粋な」という言い方は、三島が川端康成の作品を論じて、虚無の前に張られた一本の絹糸、虚無の海上に漂う一羽の蝶のようだと言ったことを思い起こさせよう。三島が川端に求めたものと歌右衛門に求めたものは、繋がっているのである。そして、その微妙・繊細な一線は、比類ない強靭さを持ち、「悪とほとんど同等な力を帯びて存在する」と付け加える。

ここで三島は、書き上げてまだ間のない『金閣寺』の、主人公溝口がいよいよ放火しようとして向き合い、闇夜に沈む金閣の、幻とも現実ともつかぬ極限の美を見る、そのところを思い浮かべていたのではなかろうか。

かつて美は社会秩序の別名でもあったが、現代ではネガティブな位置に置かれていると、続けて言うが、その通り、溝口は、放火犯というネガティブな存在になることによって、金閣の美を一時、顕現させるのだ。それこそ「虚無と紙一重ほどに純粋」な美だろう。そして女方とは、現に在る自らの性を否定して、現実と異なる性を演じる俳優であり、歌右衛門は、「否定されつつ否定する者として生きる」決意をした人なのだ。

女方たる者は、それに加えて、特有のナルシシスムを持つと付言する。この点が溝口と決定的に異なり、驚くべき強さを持つ根拠となる。それというのも、このナルシシスムは「いはば自分ではない者へのナルシシスム」であり、自分自身への否定に居直ることによって、ひたすらな自己肯定を手に入れ、現代社会から突きつけられる否定さえものともしなくなる。その意味で「このやうなナルシシスムこそ、永遠に不敗であり、無敵である。従つて六世中村歌右衛門は不敗なのである」と言い切る。

この論理がどれだけ説得性を持つか、分からないが、その歌右衛門の傍らに、三島自身が寄り添って立っているのは確かだろう。自分ではない者へのナルシシスムとは、言い換えればゾルレン（当為）を徹底して生きることに他ならず、そうすることによって自分もまた「不敗」であり得るのではないか。真の美を認めないこの現代世界を相手にして、行くところまで行くためには、こうするのが有効なのだ、と考えている……。

しかし、続けて書く、「このような条件に置かれた人の創造意欲は、言葉のほんたうの意味で孤独であり、どれほど多くの讃美者の数に囲まれてゐても、本質的に反響のない世界に棲んでゐる。それは燦然たる自己開花ではあるが報いのない愛であり、呼べども答へぬ愛である」。

これは現に歌右衛門が身を置いているところであり、かつ、三島が身を置き、生き続ける限り生きて行かなくてはならないところであろう。そうと承知し、暗澹たる思いに襲われつつ、筆を運んでいるのである。

そして最後、こう記す、「歌右衛門は女方の宿命を身に引き受けることによつて、貴重な宝石のやうな存在となつた。不幸にして、われわれの国は、かうした宿命的芸術家は、暁天の星ほどに稀である」。

じつは、このような激越な賛美の言葉を捧げることによって、三島は、歌右衛門に別れを告げていたのだ。この後、三十四年十一月、歌右衛門の出る歌舞伎座公演『桜姫東文章』の監修を務め、歌右衛門の方も『鰯売恋曳網』『熊野』を再演したが、三島の方からそれ以上係ることはなかった。

多分、写真集の編集に付き合い、仕事ぶりの凄まじさを見せつけられ、ともに仕事をする限界を思い知らされるとともに、自分が傍らにいては、歌右衛門があらぬ方向へ踏み出す恐れがあると感じたと思われる。『朝の躑躅』のような失敗は繰り返してはならないのである。それとともに三島自身、これまで希求して来た美的世界と別のところへ、現実と向き合うところへと進み出ていた。それも皮肉なことに、歌右衛門の楽屋を介して生身の女を知り、かつ、いまや結婚して一家を構える身の上になっていたのだ。

そして、十年後の三島最大の歌舞伎『椿説弓張月《ちんせつゆみはりづき》』三幕八場（国立劇場、四十四年十一月）は、歌右衛門と関係のないところでの仕事となった。そのことがこの大作が豊かな彩りを欠く決定的な原因になったが、その稽古が行われた国立劇場の屋上で、三島は楯の会の一周年記念パレードを、来賓の川端康成を欠いたまま挙行、それが最期の行動への第一歩となった。

しかし、三島が歌右衛門のために書いた歌舞伎は、歌舞伎なるものの本質に深々と根を下ろしていて、上演するたびに、その「原型」を今日に甦らせる大事な演目の一つとなっている。歌右衛門自身にしても、舞台に立てる限りは演じつづけた。筆者が見たのは平成元年十月の国立劇場での『熊野』であったが、すでに足許がおぼつかない様子で、執念を感じさせられたのを記憶している。

【注】

（1）高橋誠一郎「『室町反魂香』由来」（国立劇場、昭和四十六年六月）によると、昭和二十六年、柳橋の料亭の稲垣平十郎が、出講先の大学に訪ねて来て、柳橋みどり会の舞踊脚本の新しい書き手を紹介してほしいと依頼したので、葦原英了に相談するよう図ったところ、葦原が三島を推薦したという。また、歌舞伎なり柳橋に係りを持つ舟橋聖一が主宰する伽羅の会に、昭和二十四年八月、三島は舟橋に誘われて参加している。

（2）神山彰「三島由紀夫の歌舞伎舞踊」、山中剛史「三島演劇における歌舞伎の源流」（いずれも「三島由紀夫研究」9、鼎書房）参照。

（3）前出の『芝居日記』付載、織田紘二による聞き書きによる。

（4）三島の詳細なノートが残っている。犬塚潔「三島由紀夫が作りたかった六世中村歌右衛門写真集」（「三島由紀夫研究」9、鼎書房）参照。

# 大岡昇平

## 回帰と飛翔と

**大岡昇平**（おおおか　しょうへい）
明治四十二年（一九〇九）～昭和六十三年（一九八八）。フィリピンでの戦場体験を克明に綴った『俘虜記』で文壇に登場し、フランス文学の影響を受けた緻密な心理描写と知的な構成を持った作品を多数発表した。スタンダールなどの翻訳もある。代表作は、『武蔵野夫人』『野火』『花影』『レイテ戦記』など。

三島由紀夫と大岡昇平の出会いは、幸福なものだった。『俘虜記』を初めとする、いわゆる俘虜記ものを発表した段階で、三島は「面識のない大岡昇平氏」(読売新聞、昭和二十四年十一月二十七日)と題する文章を書いているが、そこでこう書いた、「氏の文体は美しい。純粋な散文だが、散文としては美しすぎるやうな気さへする」と。

この文章・文体の傑出している点を称揚する姿勢は、一貫して保持される。「新古典派」(文学界、昭和二十六年七月)では、「『俘虜記』の文体は、戦後の猥雑な文体の氾濫のあとに来た、めざましい効果であり、氾濫を見おろす悩める朝空を吹きわたる朝風のやうな効果を帯びた」と。

つづけて、

「彼の文体は独創性のあらゆるむなしさを語つてゐた。戦後の小説の文体がはじめて文体それ自身の力で何事かを語つた」。

三島はさらに文体について述べる。「文体の諸要素は言葉であり、言葉は注意深く独創性を排除してゐる。事物を正確に見、感じるとは、言葉のギャンブルをやることではなく、言葉の配列を正し、一語一語の意味内容とニュアンスとを限定することである。みんながこれと反対のことをやつてゐた。レンズを磨くことをわすれてただ対象を性急に見ようとするあまり、レンズの曇りを対象の曇りとまちがへ、あるいは故意に歪んだレンズをのぞいて興がつたりした。作者の目といふものは、実は目それ自体がメチエなのであり、従つて言葉なのである」。

ここで言っていることは、言うまでもなく三島自身が自らに課していることでもあろう。そして、戦後の混乱し、惑乱している状況を新しさ、独自性と思い込み、拍車をかけているなかで、この課題を粛然と実践している作家を、大岡に見たのだ。

こうした二人の在り方は、初めて顔を合わせたと思われる対談「犬猿問答」(文学界、昭和二十六年六月)でも、互いに表明しあった。この年、三島は『禁色』を、大岡は『野火』を連載中であった。「大岡さんの文章は、ぼくは初めから好きでね。ほんとにいい文章ですよ」と三島は言う。

これに対して大岡も「三島さんの文章は、奔放で美しいですよ。あなたは大胆な比喩を使われますね」。昔、新感覚派がやったのとは違って「抽象的なものをもって来てあなたはやっておられますね」と、応じている。

さらに大岡は、『愛の渇き』で試験的な「狭いところを追及していたが、『禁色』になると、ちゃんと広いところに出ている。美しいですよ」。また、「『男色』というものが出て来た。そこで初めて真の心理が、自然とか分娩とかいうイデーから解放された。二十世紀が心理的に解放されたら、男色になったということは、面白い問題だと思う」とも言う。

これは注目すべき指摘であろう。それに応えて、「男色の世界の人は、自分が現実社会に於いて現実性を持っていないということを苦しんでいるんです。小説家にとっては、そこが眼の着けどころで」と創作の内実を明かしてみせる。この「現実性を持っていない」点こそ、当時の三島にとっては核心的課題であった。

翌年、福田恆存を加えた座談会「僕たちの実体」（文藝、昭和二十七年十二月）で、親密度は一層強まった。

福田の捌《さば》きによって話は進められたが、大岡と三島は戦後派として一括されるものの、いささか遅れてやって来たこともあり、違うところがあるのではないかと福田が問いかけると、大岡は、自分は戦後派に対して反感があり、自分の方が戦場でより深刻な無秩序状態を見て来たとの思いがあると言う。もしかしたら、戦後派を結集したとされる「序曲」に加えられなかったことが、拘りとしてあったかもしれない。三島は、既述のように加えられたものの、自分は戦後派と思ったことはないし、彼らと友達になりたいという気もなかった。自分は戦争の中で育ったのだ、と言う。

ここに当時の二人それぞれが拠って立つ位置がよく示されていよう。いわゆる戦後派に数えられるものの、その枠からともに逸脱していると自覚していたのだ、それもひどく対極的なかたちで。

大岡は、明治四十二年（一九〇九）生まれ、小林秀雄からフランス語の個人教授を受けるなど親しみ、京都大文学部フランス文学科に進み、日仏合弁の会社に就職、神戸で暮らし、結婚、子をもうけたが、昭和十九年六月、三十五歳で教育招集を受け、そのまま従軍、八月、フィリピンのミンドロ島で一兵士として任務に就いた。しかし、反攻して来たアメリカ軍の前に、軍は壊滅状態となり、単独、山野を彷徨、意識を失っていたところを捕らえられ、俘虜となったという、戦後派作家の中で最も過酷な戦場体験を持ち、その体験を書くことによって文学的出発をしたのである。

これに対して三島は、大岡より十六歳下、すでに触れたように大正十四年（一九二五）生まれで、小学生以来学習院に通い、大東亜戦争下では学習院高等科、東大と学生の身分に終始した。一人前の社会人としてこの実社会に生きることなく、戦争と向き合い、ひたすら国家の存亡と自らの生死を一体化し、間もなく訪れるであろう死を迎えるべく、一日々々を過ごしたのだ。

このこと自体もまた、恐ろしく過酷な体験であったが、この若者にとっては、敗戦による終戦こそ一段と過酷な事態の到来であった。訪れるはずがないと思い込んでいた、人々が世俗に塗《まみ》れて生きる明日のある日々が、いきなり到来、覚悟も予測も持ち合わせないまま、その坩堝の中へ引きずり込まれたのだ。そこにおいて自分なりに生きる道筋を見つけなくてはならなくなったのだが、いまや抜け殻になったひたむきな死の覚悟、死の準備ばかりを持ち合わせているだけであった。

およそ戦後派作家たちの知らない、別種の事態であった。その点で、大岡と対極的であったが、しかし、文学に取り組む姿勢、そして作品には明らかな共通性があるのを、互いに認め合ったのである。

そのところを福田も指摘する。圧倒的な砲火によって徹底的に打ち砕かれ、解体した軍隊の生き残りとして、熱帯の山野をさまよい続けた状況こそ、無秩序そのものであったが、その場において大岡は一人の人間として振る舞おうとし続けた。そして、その姿勢を、帰国すると書く行為へと繋げたのであり、描く対象こそ、惨憺たる無秩序そのものだが、「折目正しい」文章でもって書く時、人間としての最低の誇りを堅持し、そのために不可欠の秩序を紡ぎ出す働きをすることになる。そのことが、人間の自由を確保し、自立的世界を開くのを可能にする……。

三島にしても、生命を奪われる危険こそなかったが、大岡がフィリピンの敵がいたるところに潜む密林のなか、生存への道を求めるのとほとんど同じ状況にあったのではないか。「戦争の中で育った」者として占領下、惑乱状態に陥りながら、できる限り一人の若者として誇りをもち「筋目正しい道筋」なり「秩序」を紡ぎ出そう、戦時下の死を前提にした言葉を綴る営為を、今や武田泰淳の言う「冷徹な精神の持続」として、行ったのだ。『盗賊』など敗戦直後の作品がそうであった。

このような二人の、言葉を綴る営みに賭ける思い、姿勢の一致点を、福田は見たのだ。

この鼎談で大岡は、三島の『禁色』第二部に触れ、「感心した。つまりものが端的に頻繁に現われている。それを読むとぼくは自分の芸が進むような気がする」とまで言う。これに対して三島は、『禁色』はぼくにとっては社会小説なんです。あれは一種の社会ですからね、つまり大岡さんの『俘虜記』みたいなものです。ある同一の条件に置かれた人間の社会ですよ」と応じている。このやりとりに、上に指摘したような共通性へのそれぞれの自覚があったと見てよかろう。

以降盛んに刊行された現代日本を対象にした文学全集では、三島と大岡がセットにされて収録された。『昭和文学全集』（昭和二十八年十月、角川書店）を初め、『日本現代文学全集』（昭和三十六年十月、講談社）、『現代日本文学大系』（昭和四十四年一月、筑摩書房）がいずれもそうである。共通性がより広く認められるようになったのである。

＊

大岡とは、こうして親しくなり、福田恆存とは劇作者同士として付き合うようになった。また、吉田健一には文庫版『愛の渇き』の解説を書いてもらい、中村光夫とは最初の海外旅行から帰国して対談していたから、彼らがつくっていた鉢の木会にゲストとして招かれたのを切っ掛けに、昭和二十七年後半にはメンバーの一員となった。

鉢の木会は、毎月一回、会員の家に酒食を持ち寄り、歓談する集まりで、昭和二十二年、福田と中村光夫、吉田健一によって発足、そこに吉川逸治、神西清、大岡が加わっていた。福田は批評家としても劇作家としても一目置かれる存在となっていたし、中村は『風俗小説論』で恐れられ、吉田は吉田茂首相の息子で、英文学者で独特なエッセイストとして知られ、大岡は『俘虜記』『武蔵野夫人』『野火』で作家としての地位を築いていた。神西にしても知る人ぞ知る作家であり、吉川は美術評論家であった。そこへもってきて福田と大岡の二人が小林秀雄と親しかったから、文壇最強のグループなどと噂されたようである。これまで親しく付き合う仲間を持たなかった三島にとっては、心強いことであったと思われる。

昭和二十八年十二月、三島は目黒区緑ヶ丘の自宅で、初めて鉢の木会の忘年会を主催し、翌二十九年十二月にも、自宅で忘年会を開いた。その時は、パリ滞在中の中村光夫宛に、出席した者たちが封緘葉書に寄せ書きした。三島が最初に筆を執り、アメリカから帰国した大岡が久しぶりに顔をみせたが、おかげで日本は柄が悪くなった、とふざけ、福田が平和論で活躍、自分は『潮騒』で新潮賞を受けたことを報告している。次いで福田、吉田、神西、大岡が書いている。

昭和三十年四月の例会の様子は、招かれたドナルド・キーンが書いている(『二つの母国に生きて』)が、会場は当番の吉田の新宿の家で、殺風景なブロック建築であったが、七人全員が集まり、気ままに我流の連句を巻いた。この時と思われる写真が残っていて、三島が連句を記した帳面を開いて笑っており、他の面々も笑っている。キーンが招かれたのは、その著『日本の文学』(筑摩書房)を吉田が翻訳、刊行されたためで、これにより連歌を知った吉田が例会ごとに連歌を巻き、記録とするよう提案（『このひとすじにつながりて』）、戦後はほとんど忘れられていた文芸に期せずして光を当てることになった。

やがて大岡がこんなことを書いてくれた。「三島は五年来僕等の仲間である。歳は十以上違うのだが、元来彼には同時代人はいないので、中村光夫、福田恆存、吉田健一なんぞ、思想は持っているが、観念性はもっていないいずれっからしの間に入って、却って気楽な様子だった。若さだけでなく、僕等の中には三島のようないい男もいない」（「三島由紀夫の『休暇』」新潮、昭和三十一年三月）。

こうした親密な付き合いぶりは、『鏡子の家』執筆期の日録『裸体と衣裳』にも見ることができる。昭和三十三年になるが、二月には鎌倉に川端康成を訪ね、その後、大磯の福田家での鉢の木会に出て、吉田健一と一緒に東京へ帰ったが、話題は怪魚とか大蛇の話ばかり。六月一日には三島が結婚、披露宴の後、新婚旅行に出たが、箱根泊まりなので湘南電車で小田原まで乗った。ところが途中の大磯で、披露宴に出てくれていた福田恆存夫妻が姿を現し、「さつきからずつと隣の席で様子を見てゐた」と言い捨て、下車して行った、といった調子である。

この年の十月、鉢の木会員の編集による雑誌「聲」（発行元・丸善）が創刊された。大判の贅沢な雑誌で、文学運動を意図するものではなく、「書きたいものを、書きたいときに、書きたいだけ」書いて、誌面を埋めるのが方針であった。なお、神西清は病没、編集同人は六人であった

創刊号に三島は書き下ろし刊行予定の『鏡子の家』の第一章と第二章の半ばまでを掲載した。この雑誌に注ぐ思いが強かったからだが、そのためよく売れたという。

福田は『私の国語教室』の連載を開始、歴史仮名遣いと正漢字の正統性と合理性を主張した。すでに昭和二十九年秋から「平和論の進め方についての疑問」（中央公論）を書くなど、精力的に社会批

評の分野で活躍していたが、その立場に軸を通す仕事であった。これまで三島も歴史仮名遣い、正漢字を使っていたから、全面的に賛同した。大岡は、自らの出発期に関心を向け、『富永太郎の手紙』を連載した。吉田健一は年来の文学観を独自な文章でつづる『文学概論』に取り組み、中村光夫は戯曲『人と狼』などを書いた。中村は、終戦直後、「展望」に持ち込まれた三島の作品をマイナス百二十点と評して、没にした過去があったが、顔を合わせるうちに親しみを覚え、付き合いを深めていた。

「聲」は季刊で、昭和三十六年一月まで十号出たが、この間、文字通り選りすぐりの文学仲間を得て、三島は活気ある日々を送った。引き続いて戯曲を幾編も掲載したが、その一方、「にはか編集者」(当時のエッセイの題)となって働いた。企画案を出し、新たな執筆者を発掘、執筆依頼をするのだが、最も熱心だった相手が澁澤龍彦であった。詳しくは当の章で述べるが、同人の了解を取り付け、サド論の寄稿依頼の手紙(三十三年九月十日付)を出し、原稿ができてくると、同人間に回し、中村光夫と大岡昇平の反応を澁澤に伝えている。翌年には古代ローマの少年帝、ヘリオガバルス論を依頼、原稿料の額についてこまごまと説明、その校正刷が出ると、大岡と二人、編集室で一緒に読んだ上で、澁澤宛(三十四年九月二十一日付)に葉書を書いている。「……大岡氏も小生も感嘆これ久しうしました。大岡氏と小生は時々こんな具合に趣味が合ふから妙です」。

多分、二人が最も親しんだ時期であった。文学雑誌仲間としての時間をともにしたのである。

また、こんなこともあった。三島が大田区馬込の高台に自宅を新築、昭和三十四年九月二十三日に鉢の木会を開いたところ、吉田が酔っ払ってやって来て、多分、ヴィクトリア朝風のアメリカ人自身が「醜い」と言う建築様式が、英国の貴族趣味に馴染んだ彼には我慢ならなかったのだろう、それに合わせた家具の一つ一つを嫌みたっぷりに値踏みして回った。傍らの者たちははらはらしたが、誰よりも大岡が身の置きどころがない思いをした様子だったという。

もっともそれでいて三島と吉田の仲が悪くなったわけではなかったようである。三島自身、この家の建築様式なり家具類に、一種の悪趣味を敢えて誇示する側面があったから、受け流すことができたし、吉田にしても酔余の悪ふざけを出るものではなかったようだ。以後も三島は求められれば、吉田の仕事に対して好意的文章を書いているし、吉田も同様であった。

*

この年の春には、新安保条約反対運動が始まっていた。ピークを迎えるのは翌三十五年(一九六〇)夏だが、三島は秋に戯曲『女は占領されない』(聲5、昭和三十四年十月)を発表した。占領下も昭和二十二年に新憲法が施行され、片山内閣が成立する前後を中心に、占領軍司令部GHQ政治局長(モデルは民政局次長ケーディス大佐)と炭鉱家の優雅な夫人との恋愛を扱い、GHQの専横ぶりと日本の政治家たちの右往左往ぶりを遺憾なく暴いた。三島はその二十二年、東大を卒業、新憲法下最初の大蔵省事務官として任官、勤務したのは八ヶ月だったが、GHQの専横ぶり、日本側の哀れな対応ぶりをつぶさに見聞していた。そのところを恋愛劇に仕立てて、占領以降の日米関係の在り方、安保条約の問題などを考える切っ掛けに資すればとの思いがあったようだが、シャンソン歌手として人気のある越路吹雪が主演、芸術座で上演されたためか、華やかな恋愛劇と受け取られて終わった。時期が僅か早過ぎたし、人々の間に占領下に置かれたことを正視したくない思いが根強かったためであろう。

そして、昭和三十五年(一九六〇)になると、三島は『宴のあと』(中央公論、一~十月)の連載を開始した。武田泰淳の章で触れたが、『鏡子の家』不評の一因への反省を踏まえ、東京都知事選を踏み込んで扱い、政治を動かそうと苦闘する男女の姿を扱った。

こうした動きに応ずるかのように、大岡は、小松川事件の犯人の助命運動に関与する一方、七月から安保反対運動そのものを扱った小説『微光』（新潮）の連載を始めた。

主人公は、他家に養子として入った大学二年生で、実家との間を行き来しながら、実姉や父、友人たちと安保を話題にする。この設定で、翌年の初夏に最終段階を迎えるまでの推移を追いつつ、筆を運ぶ意図だったようである。しかし、主人公は、ごく漠然とした反対論を口にする程度のままで経過、当の三十五年五月十九日深夜、養家で横になっていたところを義妹に起こされ、テレビの臨時ニュースで、二十日零時過ぎ、安保法案が自然成立したのを知り、「ぼくの中で、なにかが破れたようだった」と感じる……。

休載三回を挟んで連載は九回に及んでいて、ようやく動き出す気配を示したのである。ところがここで中断、そのままとなってしまった。病気が直接の原因で、この後、十月には入院、胆嚢の摘出手術を受けたが、実際は書き継ぐだけのものを醸成できなかったのが主因だろう。

こういう結果になる恐れは十分にあったのだが、時代に向き合おうとする三島、武田の動きと、早くから『平和論にたいする疑問』（昭和三十年）などを書き、いわゆる平和論に対して批判を展開、反安保運動に対して辛辣な姿勢を執る福田がいたことが大きかったようである。後に埴谷雄高との対談『二つの同時代史』（昭和五十九年）で、「おれにとっては、分岐点はやっぱり六〇年安保だよ。安保をおれは軍事同盟だと思ってたから。〔……〕戦争の経験におれは意外に縛られているということだね」と語っているが、殊に福田への違和感が強かったようである。

そこで敢えて準備はせず、進行中の反安保運動を採り上げ、書き出したと思われるのだが、如何に書き進めても問題意識を深めることができず、書きあぐねるまま、無理に書き継いでいるうちに病気になり、安保反対運動も急速に萎んでしまい、筆を措いたというのが実情であったろう。

大岡は、挫折感に囚われたようである。この後、やったことはすでに連載（三十三年八月～三十四年八月）を終えていた『花影』に加筆、刊行（三十六年一月）することだった。こちらは好評で迎えられた。

三島の『宴のあと』の方は、モデルの元外相有田八郎がプライバシー侵犯されたと訴える動きを見せ、有田と吉田健一の父で元首相の吉田茂が外務省官僚として旧知の間柄であったことから、健一が仲介の労を採ろうとした。それを三島は、有田の肩を持ったと受け取ったことから、対立するに至った。そして、翌二十六年三月、有田から正式に提訴され、単行本の発売差し止めが求められた。この作品の出来に三島は自信を持っていただけに打撃を受け、健一との仲も険悪になった。

こうした最中、「聲」は十号、昭和三十六年一月で終刊と決まった。赤字つづきであったし、同人間の和気藹々の雰囲気が失われかけていたので、頃合いと考えたのであろう。実際に三島は、鉢の木会の退会を考えるようになり、十月六日、自宅で例会を開くと、翌月の出席を最後として、中村光夫に退会を申し出たと思われる。

それに加え、この年の一月二十日には澁澤龍彥の訳書、サド『悪徳の栄え・続』が発売禁止となり、八月から東京地裁で公判が始まった。三島としては関与したいところだったが、プライバシー裁判に引き出されている身であった。そうした事情があったためと思われるが、十二月の第五回公判には、大岡が弁護人側証人として、奥野健男とともに出廷、大いに弁護を行った。三島を介して澁澤を知り、サドに関して知識を深めた成果を踏まえてのことであったが、三島の代理という側面もあったのではなかろうか。

しかし、昭和三十七年末、菊池寛賞を受けたドナルド・キーンを囲む会が翌年春にライシャワー駐日大使の主催で開かれ、三島、大岡もともに招かれたが、その席で「彼は最後までおれに声をかけなかった。なんか中途半端なんだよ」と大岡は『二つの同時代史』で語っている。ひどく意外なふうだが、三島の方はすでに訣別を決めていたと思われる。

その三十七年秋に刊行された『日本文学全集　大岡昇平集』（三十七年十月、新潮社）の月報に「大岡さんの優雅」を寄せ、大岡文学の魅力を書いている。『武蔵野夫人』『酸素』『花影』の女主人公がいずれも「氏の若かりし日に夢みたであらうフランス小説のサロンの貴婦人の優雅の影を曳いてゐる」て、その大岡の憧れの原型に近いほど小説は成功しにくく、『酸素』『武蔵野武人』『花影』と遠ざかるにつれ成功していると指摘する。そして、「ますますリアリストとしての風貌を強めながらほかつ見果てぬ夢をいかに十全に表現するかといふ世間智とが、はつきりあらはれてゐるやうに思はれ、この見果てぬ夢の具現を、大岡さんほど巧妙にやり、みごとに成功した作家を、私は他に知らない」と書く。『俘虜記』以来の作品に対する評価はいささかも変わっていなかったのだが、その文章の末尾に微妙な一行を書き加えている。大岡が若年より親しんでいるスタンダールの日記の一節、「素朴といふことが日常生活においての崇高美であるやうに思はれる」を引用した上で、そのようなところへ大岡はこれから「いそいそと帰つていくだらう」と。

「日常生活」は、三島にとって少なくとも出発期においては「仇敵」であった。そのことを大岡は承知していたはずで、それを踏まえての言であろう。自分と無縁なところへ、言い換えれば『俘虜記』

や『野火』などを書いた人間として「折目を通す」ところから、それ以前へと戻っていく、と見たのだ。ただし、大岡は、そうとは受け取らず、怪訝な思いをしたのである。

そこへもって来て、昭和三十八年一月十四日、福田と文学座の有力俳優たち二十九人が劇団雲を結成する事件が起こり、三島は文学座に残り、福田と袂を分かつかたちになった。その経緯は別に詳しく述べるが、この年、三島は前々から準備していた『林房雄論』(新潮、三十八年二月)を書き、これまた当該章で詳しく見るが、いわゆる右翼と指さされるのも辞さない姿勢を鮮明にしたのである。そして、翌年正月の文学座公演のため、戯曲『喜びの琴』を書いたが、これまた反共的台詞が頻出するものであった。このように思想的立場を明らかにしたのは、「聲」を廃刊、鉢の木会も抜けたことにより、同人たちに配慮しなくてもよくなったという事情があったかもしれない。福田とは思想的立場が近いが、大岡となると、真正面から対立することになりかねないのだ。

その『喜びの琴』だが、文学座内から反発の声が挙がり、上演中止となると、三島は脱退した。また、その上演予定の翌月には、日生劇場で三島最初のオペラ『美濃子』の上演が予定されていたが、黛敏郎の作曲が間に合わず、これまた上演中止となった。この時期、三島にとっては不如意なことが立て続けに起こったのだが、『喜びの琴』は最後に天から琴の音がひめやかに聞こえて来るという設定で、オペラ『美濃子』は、須佐之男命にも比すべき野放図で乱暴な若者と清純な神の女ともいうべき巫女との激しい恋愛を扱い、最後には、二人ともに雷撃を受けて死ぬ。一方は徹底的に地味なのに対し、他方は恐ろしく派手な舞台だが、ともに超越的次元を窺わせ、神秘的性格を持つ。

このところは、神的次元をうかがう戯曲『サド侯爵夫人』に、さらには現人神が出現する『英霊の声』に、また、神風連を扱う『奔馬』にも繋がると考えられる。

これに対して大岡はどうであったか。その姿勢を端的に示す文章がある。

「現代の児童は日本歴史を縄文土器と卑弥呼から教わっているらしいが、これは彼らが大人になっても、揺らぐことはない確固たる知識である。もし彼らにその代りに記紀の神話を教えるなら、それは彼等が十六七歳になった時、大きく覆えされる知識を教え込むことになる」(「紀元節の思い出」展望、昭和四十年四月)。神話を迷妄とし、無駄なお話と捉えているのである。この姿勢は、昭和二十七年、「僕らの実体」で福田が、三島と大岡の共通点を指摘して「現実とは別次元に秩序をこしらえよう」としていると、期待を語った、その期待に応えないばかりか、逆の方向へ向いたことを示していよう。三島が指摘する「素朴」を「日常生活の崇高美」とする態度とは、まさしくこのことだったのではないか。神話的なり超越的領域へ及ぶことを、ひどくお手軽に否定する立場を採るに至っていたのだ。『俘虜記』『野火』が目指したのと反対の方向である。

何が、大岡をしてそうさせたのか。

*

この頃の大岡は、虚構を構えた小説に代えて、史実に即した歴史小説を企てるようになっていた。『天誅組』(産経新聞、昭和三十八年十二月〜翌年十一月、未完)、『将門記』(展望、四十年一月)がそうであった。森鷗外の史伝に倣ったと考えられる。ただし、そこに至ったのには、『野火』を書いて以来、大岡が抱えていた厄介な問題と係っていよう。すなわち、超越的絶対者・神、あるいは狂気の問題である。

長篇『野火』(二十六年一月から六月まで連載、翌年二月刊)は、後半になると、殺人と人肉食が出てくるとともに、神が迫《せ》り出して来る。そして、最後、主人公は復員、帰国すると狂気に陥り、精神病院に収容され、記憶を呼び覚ますため書いた手記がこの作品であるという形で、まとまりがつけられているが、このことが大岡の中では燻りつづけたのだ。

大岡は、初稿の段階（昭和二十三年「文体」に掲載）では、冒頭でこの手記が狂人のものであることを示して、始まるかたちであったが、完成稿の段階で、最後に明かすかたちに変更した。そのため「読者を失望さす結果になったのが遺憾です」（「『野火』の意図」二十七年七月）と断っている。その通り、最初から狂人の手記として承知して読む場合と、読み進めて終わり近くなって知らされるのとでは、読者の印象は大きく違う。後者の場合、下手をすると、作者に騙された、と思う人がいるかもしれない。

この二つの書き方の間で迷ったのは、主人公が「独特な『神』を得るはず」だったのにもかかわらず、その「神の観念が作品の進行と共に分裂」、作者自身が迷路に踏み込んでしまい、狂人の視点を採らなくては書きあげられなかったためだったと、大岡自身は言う。

そうなったのも、現実と次元を異にする領域なり、あるいは神話の意味を認めるところへと踏み込まず、あくまで現実の事実に即するなり、その次元に立ちつづけ、結局のところ、小説世界を十分に押し広げ展開することができなかったため、と考えてよいのではないか。それがそのまま虚構を構えた小説を書くこと自体を断念する方向へと、じりじりと進むことになったのだ。大岡自身、『ハムレット日記』『微光』『天誅組』を中断したことに触れ、自分には「対象の論理的構造を明らかにするのに必要な、抽象と比較の能力がない」（「私の戦後史」四十年八月）と、自己診断を下しているが、安保反対運動の推移の叙述を軸にして『微光』を書こうとしたのも、虚構を構えることを断念したところで、なおも今の時代を扱って小説に書こうとしたからであろう。

大岡には強烈すぎる戦場体験があり、その場にあって知性を批評的に働かせつづけた、という過去があったが、その働きをなおも持続、かつ、さらに展開しようとしたものの、思うようにできず、立ち止まり、思案しながら歳を重ねるうちに、体験が重みを増し、現実の日常生活の次元へと降下、その場を踏みしめることを選ぶ方向へ進んだのかもしれない。その気配を三島はいち早く見て取ったのではないか。

なにしろ三島は、先に『サド侯爵夫人』や『英霊の声』を挙げたが、さらに現実の次元を大きく越えて、自らにとって在るべき世界――ゾルレンの世界――を追い続け、小説世界を創出し続ける方向へ突き進もうとしていたのである。そして、行き着く先が『豊饒の海』であった。輪廻転生の哲学を根底に据え、宇宙的規模でもって、その小説世界を展開しようとしていたのである。

＊

三島は晩年、少年期への回帰を切望する思いを吐露している。それが蓮田善明へ、そして、二・二六事件へ、その青年将校たちの心情へ、さらには特攻隊として散華した同年配の若者たちの心情、さらには明治の黎明期の神風連の者たちの心情へと向かわせたのだが、それに対して大岡もまた、少年期に親しんだ富永太郎、中原中也へと関心を寄せた。さらに『少年――ある自伝の試み』（四十六年四月から五十年七月）を書いた。その点では、共通するところが認められる。

ただし、大岡はこの現実の地平に生きる者としての領域に立ち戻り、文化秩序なり神的領域へ踏み込むことはしなかった。そうして帰って行ったのは、結局のところレイテ島という戦場での体験だったのだ。

昭和四十一年五月、レイテ島捕虜収容所で一緒だった人たちの「レイテ同生会」に出席すると、レイテ島東海岸でアメリカ軍を迎撃した十六師団の戦記の執筆を求められるまま、約束した。

この時点ですでに調査を進めていたようだが、翌年一月から、『レイテ戦記』の連載を「中央公論」で始めた。三月には、戦跡訪問団に加わり、レイテ島へ行き、ミンドロ島は単独で訪れた。そして、鉢の木会からも退いた。

退会の理由について大岡は、福田が平和論・反戦論を厳しく批判するのに耐えられなくなったためだと言う。福田にしても戦争を歓迎しているわけでも、アメリカの軍事戦略のお先棒を担いでいるわけでもなく、その反対であった。その上で反戦論の視野狭窄、独善、そして偽善に陥りがちな点を、一般的風潮に抗して厳しく批判したのだ。そのところが大岡に見えなかったとは思われないが、先に「おれにとっては、分岐点はやっぱり六〇年安保だよ」との『二つの同時代史』での発言を引用したが、その続き――昭和五十九年時点の発言――は、こうである、「どうしたって、おれは戦争に行って、いろんな兵隊が死ぬのを見てるからね。死体を自分で埋めたっていうことがあるからね。おれもいまこうやってからだが動けなくなっても、どうしてもいつまでも突っ張ってなきゃならないと思っているんだよ。戦争の経験におれは意外にしばられているということだね」。

反戦とか平和論とかよりも、戦場での体験が、大岡の中ではいよいよ重くなってきていたのだ。そして、『レイテ戦記』の連載は昭和四十四年七月まで及んだ。

それから三島没後の昭和五十二年だが、六十八歳になった大岡はこう言う、「大東亜共栄圏の理想は、敗戦後三十二年にして、経済的に達成されたことになる。〔……〕とにかく利巧な人はたんと新しい構想を立て、お儲けになるがよろしい。私は三十二年前と同じく、ただの一等兵として、死者のことを、思い出すだけで沢山である」(「三十三年目の夏」)。

この言は、次の三島の言とひどく似ているのではないか。「無機的な、からつぽな、ニュートラルな、中間色の、富裕な、抜け目がない、或る経済大国が極東の一角に残るのであらう。それでもいいと思つてゐる人たちと、私は口をきく気にならなくなつてゐる」(「果たし得てゐない約束」四十五年七月)。

ただし、三島はあくまで作家としての道筋を果てまで突き詰めようしたのに対して、大岡は、一兵士の戦場体験に固執する姿勢を執ったのだ。

三島が自決した日、大岡は、短篇『焚火』(新潮、四十六年一月)を書いていた。締め切り当日であったが、書けなくなり、一日延ばしてもらい、やったことは、この短篇のなかに「三島の肖像を入れ」(『二つの同時代史』)ることだったと言う。空襲の最中、倒壊した建物の下敷きになって動けなくなった母と無理に引き離されたことによって、無事に成長したものの、確かな生きる場を持てず、男から男へと渡り歩くような暮らしをしている女が主人公である。家事手伝いとして家に入り、先妻の少女の面倒を見るが、男は家に帰って来なくなる。そこで少女と一緒に旅に出て、死のうと思い、十和田湖へ行く。そして、紅葉に彩られた湖岸で穴を掘る。と、間近かから鷲がいきなり飛び立ち、天地を震わせた。異様に大きく、顔は人間のようであった。「女の幻想ということにして、三島の死を記念したつもりだ」と大岡は言う。これがどうして「三島の肖像」になるのか分からないが、この鷲に驚かされ、少女を殺しそこない、自分も死にそこなう。そして、少女の誘拐、殺人未遂で裁判にかけられる。その裁判での女の供述を綴ったのが、この作品という形をとる。

戦火に翻弄され、生きる術を失った女の哀れさが、引き締まったかたちでくっきりと表現され、優れた短篇となっており、忘れがたい印象を残すが、多分、大岡は、この女を殺さずにすむ方策を考えあぐねていたのだ。そこに三島の自衛隊乱入、自決の報が入り、驚かされ、その驚きそのものを大驚の突然の飛翔に託すことによって、書き上げることができたのだろう。そして、三島を悼む一束の花としたのだ。

福田恆存

劇なるものを求めて

**福田恆存**（ふくだ つねあり）
大正元年（一九一二）～平成六年（一九九四）。昭和三十年前後、当時全盛であった進歩派による平和論への批判を展開し、保守系の評論家として名を馳せた。シェークスピア作品を中心とした翻訳や舞台演出でも知られる。代表作は、『文化とはなにか』『人間・この劇的なるもの』『私の国語教室』、戯曲『龍を撫でた男』など。

## 雲の会

岸田國士が提唱して、昭和二十五年(一九五〇)九月十六日、雲の会が結成された。いわゆる新劇が活力を失っていると考え、劇団の枠を越え、さらには演劇のジャンルも越えて文学と繋がり、新しい芸術の芽を育てたいと意図してのことであった。「演劇と文学の立体化」とも称し、岸田が中心の文学座だけでなく、千田是也、菅原卓ら他の劇団の俳優、演出家、劇作家に、小林秀雄ら作家・評論家など、総勢四十三人が集まった。

そのなかに三島由紀夫と福田恆存も加わっていた。

三島は、戦後に初めて書いた『火宅』(人間、昭和二十三年十一月)が、昭和二十四年二月、俳優座の創作劇研究会(七日間)であったが、千田是也、村瀬幸子ら出演、青山杉作演出という第一線の陣容により、三越劇場で上演され、次いで『灯台』(文学界、昭和二十四年五月)も、翌年二月、同じ俳優座創作劇研究会で、永井智雄、岸輝子、関弘子ら出演、三島自身の演出により、毎日ホールで上演された。いきなりの初演出であったから冷や汗もので、青山杉作の助けを受けて乗り切ったものの、「借りてきた猫ならぬ子山羊のよう」だったと矢代静一は書いている（『旗手たちの青春』）。

こうして小説家より一歩遅れて劇作家として歩み出したのだが、戯曲をまず文芸誌に掲載、あまり時を置かず一流劇団によって上演される幸運に最初から与かった。「たまげた才人ですね。やはり天才で、芥川龍之介でしょうかね」と、『灯台』について中山義秀（「群像」創作合評）が評したことも働いたのであろう。それに三島自身、「ときどきむしやうに芝居を書きたくなる瞬間がある」（「戯曲を書きたがる小説書きのノート」日本演劇、二十四年十月）と言う。殊に小説という不定形な言語芸術に専念していると、その曖昧、渾沌たる状態を抜け出て、舞台・俳優・観客による制約の下、二者対立的に捉え、表現したくなる、と。そして、生涯にわたって小説と戯曲、双方において幾多の傑作、秀作を書き続けた。噛み合った二つの歯車のようにそれは働いた、と言ってよかろう。三島の創作活動としては、もう一つ、評論エッセイを加えなくてはならないが。

福田は、大正元年（一九一二）生まれで、すでに文芸評論家として活躍、戦後早々に『作家の態度』『近代の宿命』『西欧作家論』などを出す一方、岸田國士、岩田豊雄から期待され、『キティ台風』（人間、二十五年一月）が昭和三十五年三月、三越劇場で文学座により上演された。芥川比呂志、杉村春子、中村伸郎ら出演、長岡輝子演出であった。日常会話の次元を越えた機知に溢れた会話に終始、知的な男女がその知によって自らを破壊して行くさまを扱い、話題を呼んだ。三島は「創作合評」（風雪、四月）でその「新しい試み」を認めるとともに「一種異様な近代主義的産物」として危惧の念を表明したが、「合評座談会」（日本演劇、四月）では賛辞を呈した。そして、雲の会結成に伴う座談会「新しき文学への道――文学の立体化」（文藝、十月）に、武田泰淳、加藤道夫と一緒に二人とも出た。

また、『仮面の告白』が早々に文庫化（新潮、二十五年六月）されると、福田が解説を書いた。文芸評論家としてよりも『キティ台風』の逆説に逆説をもってする台詞運びで観客を驚かせた、それが「仮面」の「告白」を揚言するこの作品に相応しいと見ての起用だったろう。福田も「豊饒なる不毛――そんな感じがする」と書き出し、「そこには黒を白と〔……〕、仮面を素面といひくるめる苦しさ」があるが、そのかげで「作者は逆に素面を仮面として突きはなさうとしてゐる」。「苦しそうではあるが、手品はとにかくみごとに遂行される。しかもときに、比喩的なレトリックが軽快な一回転とともに、嘘を真実にすりかへる。その瞬間、心理主義があざやかに形而上学へと転身する」などと記した。これに三島は苦い顔をしながら、喜んだろう。最後に「戦後文学としても、のちのちに残る最上の収穫のひとつ」と書いてくれた。

こんなふうにして十四歳隔たっていながら、劇作家として同時期に出発、互いを認め合ったのである。以下、この二人の演劇活動に絞って見ていくが、二十年にも及ぶので、駆け足になるのをお断りしておく。やや長くなるので、この章ばかり見出しを付けた。

## 『邯鄲』と『堅塁奪取』

この二人の戯曲が、昭和二十五年十二月の文学座アトリエ公演で同時に採り上げられた。三島の『邯鄲』と福田の『堅塁奪取』で、矢代の企画であった。

『邯鄲』（人間、二十五年十月）は、邯鄲の里の枕で眠ると、粟が煮えるまでの一時、人生の栄華のすべてを夢に見て無常を悟る、というシナの古い伝承を扱った謡曲に基づくが、ここでは逆に、絶望した若者が同じ夢を見て生きる決意を固める結末になる。人々は機知の発露を見たが、当時、三島自身、絶望のなかに身を置いていて、生きたいと願っていた、その率直な表明であった。そして、何より意味を持ったのは、能を踏まえることにより、演劇の新たな可能性を開いて見せたことであった。その舞台は虚空に浮かぶ空間に等しく、写実性から恐ろしく自由で、演じられる事象は時空を超えて推移し、形而上学的な領域へも易々と踏み込む。芥川比呂志の演出、出演したその舞台を三島自身が見て、その可能性を改めて自覚したと思われる。以後、一幕物のシリーズ「近代能楽集」として書き継ぐことになった。

『堅塁奪取』(劇作、一月)は、『キティ台風』を一幕にしたような作で、評論家の家を訪ねて来た客と主人の、不可解な会話に終始する。しかし、その台詞のやり取りを通して、今日の知識人たちのいたずらに知的で定まることのない、自己破壊的な精神構造が明らかになり、これまた目を見張らせるものがあった。福田の関心は、現代日本の知識人の在り方に向けられていたのである。矢代静一の演出も見事であったらしい。

翌昭和二十六年(一九五一)末、三島は横浜からアメリカ客船に乗って太平洋を横断、世界一周の旅に出た。その留守の間に、二月は『綾の鼓』(中央公論文芸特集、二十六年一月)が俳優座勉強会により二日間だったが三越劇場で上演され、『卒塔婆小町』(群像、二十七年一月)が文学座アトリエ公演で一週間、上演された。いずれも現実の次元を越え出て、恋情なり美意識を突き詰めてみせ、その独自性を一段と明らかにした。

この旅行に出る前に、初の三幕もの『只ほど高いものはない』(新潮、二十七年二月)を書いて編集者に渡して行ったが、パリでトラベラーズチェックを盗まれ、再発行まで一ヶ月滞在しなければならなくなると、余勢を駆ってもう一本、『夜の向日葵』四幕(群像、二十八年四月)を書いた。いずれも家庭劇の枠組みを持ち、ワイルド『ウィンダミア卿夫人の扇』の影響があるようだが、多幕物の出発点となったと思われる。

## 公共の作品

昭和二十七年五月に帰国、『禁色』第二部「秘薬」の連載を再開（八月から）したが、福田は、『現代の英雄』五幕（群像、七月）が六月から七月にかけ俳優座により三越劇場で上演された。小沢栄、東山千栄子ら出演、田中千禾夫演出であった。破産寸前の会社の社長浪速梅吉（その名のとおり大阪出身のアクの強い性格の人物）の悪足掻きぶりがくりひろげられる。世評は芳しくなかったが、三島は「普遍的人間の小類型を追求」した「古典的な喜劇」となっている（新潮文庫『龍を撫でた男』解説、三十年十月）と評した。

福田はつづけて『龍を撫でた男』二幕（演劇、二十七年三月）に加筆、十一月、文学座により三越劇場で上演された。精神病医の家を舞台に正気と狂気の間に彷徨うような男女五人の、日常の危機的な様相を、見事に立体化してみせた舞台で、出演の芥川比呂志、杉村春子、中村伸郎らも存分に力を発揮、好評で迎えられた。この戯曲に読売文学賞が与えられると、三島は「これによつて氏の作品が、古代の喜劇のやうに、『公共の作品』になつたわけで、お目出度い」（演劇グラフ、三十年三月）と敬意を表した。明治以降、ヨーロッパ近代演劇を手本に苦労して来ていながら、一般市民が享受し話題にするような「公共性」を獲得するに至っていないと批判していたが、それに応えた、と言うのである。

三島の詳しい言及は、上記文庫解説に見られるので、紹介すると、「……この狂人のクウ・デタ劇」は初め平穏な心理劇の形をとり、しばらくは「どれが狂人だか見分けが付かない」が、そのなかの一人「和子が『夢だつて人生とおなじくらゐ複雑よ、たとへ気ちがひの夢でもね』というあたりから、そろそろ狂人の強力な論理が働き始める。藤井兄妹の登場によつて、狂人の情熱とドグマとあくどい諧謔が渦を巻きはじめ」「二幕第一場の幕切れの、おそるべきクウ・デタに発展し、ついに狂人の論理が勝ちを占めるのである。間然するところのない構成である」と、賛辞を寄せた。その上で、「この作品が喜劇として厳粛味を帯びてゐる点は、作者が、狂人の論理に対抗するに足るものを、現代精神のうちについに見出しえなかつた絶望が、笑いの裏から、暗澹と響いて来るからである」と、現代のすぐれた喜劇たる所以を指摘した。

このように福田は、『キティ台風』『堅塁奪取』の主題を、さらに展開してみせ、批評活動と一貫していることを示した。そして、文学座の演出部に身を置き、昭和二十八年六月には三島の『夜の向日葵』（長岡輝子演出）が文学座で上演されたこともあって、二人は親しみを深め、鉢の木会で毎月顔を合わせるようになった（大岡昇平の章参照）。

その一方で三島は、中村歌右衛門の章で触れたように、徹底した擬古歌舞伎脚本『地獄変』（二十八年十一月、歌舞伎座上演）を書き、人々を驚かせた。この舞台を見た川端康成は「御自在けんらんの御才華羨望しても及びません。感嘆するばかりです」（十二月十八日付葉書）と書いてくれたが、才能ある新進作家の奇矯な企てと見る向きもあった。しかし、三島自身は、歌舞伎に家族ぐるみ親しんで育っただけに、そこに根差さなくてはならないとの強い思いを持っていたのだ。「公共性」はそこに実質を持つと考えていたのだ。その点で、近代演劇はあくまで個人の活動であるとする当時の演劇界にあっては、異質であった。

東西の古典から汲み上げる

「源氏物語」の六條御息所の生霊が光の正妻葵上を責め殺す一場を扱う謡曲に拠って、「近代能楽集」第四作『葵上』（新潮、二十九年一月）を書いた。舞台は精神分析治療を行う病室となっているが、この設定は精神科医が登場する福田の一連の作品――「一種異様な近代主義的産物」とも見た――を意識したものであろう。そうして平安朝の高貴な誇り高い女の恋情の妖しさ、恐ろしさを、現代のただ中に出現させ福田との違いを明確にした。

これと対照的なのが『若人よ蘇れ』三幕（群像、六月）であった。戦争末期、動員先の工場の寮で暮らす大学生たちの群像を扱うが、自身の体験に基づく。同じ題材を『魔神礼拝』（改造、二十五年三・四月）で書いたものの、満足できず、再挑戦したのだが、これまた面白味を欠いた。事実に即そうとすると、うまくいかないのだが、逆にそこに可能性を認めたのであろう、十一月には俳優座劇場で千田是也演出により上演された。

その同じ月、歌舞伎座での第二作『鰯売恋曳網』が歌右衛門らにより上演され、人気を呼んだ。新劇は中小劇場が常だから、三島にとって大劇場での最初の成功であった。そして、このことが劇場芸術としての演劇に目覚めさせる契機となったと思われる。なお、この初日に、歌舞伎座前で三島はドナルド・キーンと初めて会った。「自作の材料を、日本の伝統芸術から汲み上げている現代作家に会いたい」との希望を受けて、嶋中鵬二中央公論社長が手配したのだが、二人は生涯を通して友情を持ち続けることになった。

まず昭和三十年（一九五五）に『班女』（新潮、一月）を発表すると、キーンが感銘を受け、早々に英語に翻訳、海外で三島が広く知られる道筋を開いた。当時の欧米では、小説よりも劇作が社会的影響力を持っていたし、古典の域に根を下ろしたところでの交流が、より豊かな成果をもたらすことを示したと言ってもよかろう。

六月には、『只ほど高いものはない』三幕と『葵上』の二本立てが文学座により公演され、水着姿の若い男女ばかりの実験的な『三原色』一幕（知性、三十年八月）を書くなどした。ただし、注目すべきは『白蟻の巣』三幕（文藝、三十年九月）である。青年座から経費を切り詰めるため一杯道具で、出演者も少なくとの注文を受けて書いたのだが、初の世界旅行で訪れたブラジルの農場を舞台に、外界をほとんど切り捨て、かっちりと構成された、緊張感ある室内劇であった。フランス古典劇の「三一致の規則」（時、場、筋の単一）を基本的に生かし、三島自身、この作によって多幕ものの確かな技法を掌中にしたと思われる。

そして、十一月にはラシーヌ『フェードル』を踏まえた『芙蓉露大内実記』が歌舞伎座で上演されたが、歌右衛門の章で見たように不評であった。その理由だが、『白蟻の巣』で劇なるものを厳密に追い詰めたことが、劇と語り物の混淆体である歌舞伎を十分に膨らませるのを阻むよう働いたのではなかろうか。

## シェークスピアとラシーヌ

岸田國士が昭和二十九年三月、『どん底』の演出中に倒れ、初日の五日朝に死去した。アメリカにいた福田はショックを受けたが、秋に帰国すると、シェークスピアの新訳に着手、翌三十年五月から『シェークスピア全集』の刊行を開始、第一回の『ハムレット』を同月、文学座で上演した。主役は芥川比呂志で、演出は福田であった。ロンドンのオールド・ピック座の舞台に学び、スピード感溢れる、行動的なハムレット像を作り出した。文学座がシェークスピアを本格的に採り上げた最初で、評判を呼び、翌年には再演された。

このように福田はシェークスピアを選び、三島はもっぱらラシーヌに拠り、それぞれ活動して行くことになったが、「フランス古典劇こそ日本の伝来の演劇理念から一等遠いもので、シェークスピア劇などは、〔……〕はるかに日本的風土と伝統に受け入れやすい」(「『ブリタニキュス』のこと」)と三島は言う。福田を意識した発言だろう。そして、悲劇は「すべてが台詞、台詞、台詞であつて、そこには脈々と、西欧の劇の源流であるギリシア古劇の、ディスカッションの伝統、劇的対立の伝統、劇的状況の極度の単純化の伝統、抽象化の伝統、反写実主義の伝統、劇的論理の厳格性の伝統が流れてゐる」と指摘する。歌舞伎を初めとする日本の古典劇を踏まえつつ、古代ギリシア劇の伝統を採り入れ、目指すところを述べているのだ。それは当時の演劇人が目指したところとは違っていた。

福田のほうは、創作劇として、一年前のT・S・エリオットの詩劇に倣った放送劇『崖のうへ』を改作、『明暗』四幕(文学界、三十一年一月)とし、文学座創立二十年記念第一回公演として昭和三十一年三月に上演した。『龍を撫でた男』を受け継ぐとともに、劇として日本語の調べを探求しようとする企てで、舞台は成功したと言ってよかろう。ただし、配役をめぐって杉村春子が注文を付けて紛糾、福田は四月に文学座を退いた。三島は擦れ違いに文学座に入るかたちになった。

その文学座創立二十年記念公演だが、つづいて飯沢匡『ヤシと女』、田中千禾夫『肥前風土記』、最後が三島の『鹿鳴館』四幕(文学界、十二月)で、十一月下旬から上演された。権謀術数を巡らし殺し屋も操る政治家と元芸者の夫人が、鹿鳴館での舞踏会の開催を賭けて駆け引きするが、そこには夫人自身の昔の恋と、その結実である若者の恋が絡み、思いがけない悲劇をもたらす……。杉村春子、中村伸郎、北村和夫らの出演で、杉村はこの夫人役を見事に演じ、存在感を一段と大きくし、評判となったが、当初は違和感を覚えたようである。[1]なにしろ新劇の枠を破り、「劇場芸術」の実現を目指したからである。「日本の演劇では、ドラマとシアターといふ二つのものの、調和や対立が軽視されている（「ロマンチック演劇の復興」三十八年七月）というのが三島の認識で、その調和を企てて成功したのだ。そこでは歌舞伎の実作体験が生かされた。以降、この戯曲は繰り返し上演され、大劇場でも演じられるようになり、三島は劇作家としての地位を不動のものとした。また、演出した松浦竹夫は、三島演劇にとって欠かせない存在となった。

## 歌右衛門と幸四郎

この年は、『金閣寺』を連載・刊行、作家としての地位を揺るぎないものとしたが、それとともに上記の五編を集めて『近代能楽集』（三十一年四月、新潮社）を刊行、独自な演劇性を打ち出した。この時点で取り上げる謡曲は尽きたと考えたためだったが、年末には『道成寺』（新潮、三十二年一月）を書いた。原曲が有名なだけ手を付けるのを躊躇していたのだろうが、主役の白拍子を蓮っ葉な小娘の踊り子、鐘を巨大なタンス、乱拍子は近くの工場の機械音に置き換え、満開の桜に代表される「自然」との「和解」を語った。このシリーズは『邯鄲』の絶望感から始まったが、いまや内なる相克を克服しおおせた達成感を示したと見られる。三島はしばしばこの一幕物で恐ろしく率直に告白をするのだ。

三月にはラシーヌ作『ブリタニキュス』（安堂信也訳）を三島が修辞を担当、芥川比呂志ら出演、矢代静一演出で文学座が公演した。こうして『芙蓉露大内実記』の不評を越えて、ラシーヌの存在を改めて強く押し出した。また、この月には『鰯売恋曳網』が明治座で、四月の歌舞伎座では『熊野』がともに歌右衛門により再演され、いわゆる三島歌舞伎の健在ぶりが示された。

夏には、クノップ社からドナルド・キーン訳『近代能楽集』が刊行されることになり、七月にハワイ経由でアメリカへ渡った。その不在中であったが、八月には、前章で述べたように『朝の躑躅』一幕四場（文学界、三十二年七月）が新派と菪会の合同により新橋演舞場で上演されたものの、評判は芳しくなかった。

これに対して福田の『明智光秀』四幕七場（文藝、三十二年三月）の同月の東横ホールの舞台は、初の本格的な歌舞伎俳優との合同公演で、好評であった。八代目松本幸四郎（後の白鸚）に杉村春子、岸田今日子、中村万之助（現・吉右衛門）、芥川比呂志、中村又五郎ら出演、福田自身の演出であった。これまでの知的喜劇と打って変わり、本能寺の変を中心に、信長も秀吉も登場すれば、不気味な妖婆も活躍する骨太な、シェークスピア『マクベス』を換骨奪胎した史劇であった。その稽古を三島は見たのであろう、成果を認め、幸四郎が「福田氏の世界とシェークスピアの世界をつなぐ理想的な霊媒に」なったと書き、戯曲についても「セリフの言葉には、スピードとダイナミズムと鋼のやうな張りがあつて〔……〕格調と独自の気品を保つてゐる」（「『有間皇子』について」公演プログラム）と評した。

歌舞伎と結びついたのは、三島が先であったが、福田がより大きな果実を得たかたちとなったのを、素直に認めたのである。いずれにしろこの二人の仕事が、当時の演劇界を大きく動かしたのだ。雑誌「演劇界」（三十二年五月）が「共同研究・三島由紀夫の実験歌舞伎」を特集、三島を招いて座談会を催したのも、その一つの現われであろう。

## 男の芝居、女の芝居

三島のアメリカ滞在は、ニューヨークで「近代能楽集」上演の話があり、構想中の大作（『鏡子の家』）の取材もあって、長期にわたった。ただし、上演は実現せず、年末に発ち、ローマ経由で帰国した。

帰国すると、『鏡子の家』を起稿するとともに、見合いをし、結婚したが、挙式前に『薔薇と海賊』三幕（群像、昭和三十三年五月）を書き、挙式後の七月には文学座によって、芥川比呂志、杉村春子、中村伸郎ら出演によって上演された。女性童話作家と、その作中人物だと信じる男との奇妙な恋愛劇が展開されるが、童話作家は強姦されて一緒になった夫に体を許さず、「純潔」を保っている。その点で最初の長篇『盗賊』の変奏という側面が認められそうだが、それとともに、実生活を他所に独自の作品世界に没入して来た自身への別れが、織り込まれているようである。

その年の十月、鉢の木会から雑誌「聲」を創刊、福田と一緒に仕事をするかたちになり、親交を深めたが、同月、福田は『ハムレット』の成功を引き継ぎ、『マクベス』を文学座により東横ホールで、自らの訳・演出で上演した。

三島は、十一月、歌舞伎座で四作目の『むすめごのみ帯取池』一幕二場を上演、好評であったが、この頃には、キーンの英訳『近代能楽集』をもとにして各国語への翻訳が進み、殊にドイツでは盛んに上演され、ブームを引き起こすまでになっていた。

それを受けてと思われるが、三島は「近代能楽集」の『熊野』（聲3、三十四年四月）を書いた。

歌舞伎の『熊野』と同じく、もとの謡曲は雨が降り出して桜が散る中、病の母を案じて憂い顔の遊女熊野が舞う場面が眼目だが、大企業経営の男が愛人を花見へ誘うと、女は断り続ける。恋人と密かに逢うためだが、そのことを男は承知していながら、その手練手管ぶりを眺めて、最後には、これも花見よ、と言い、今一時を享受する哲学を説く。嘘や企みも呑み込んで、肯定的に受け取る自信に満ちた立場をわがものとした思いが踏まえられているようである。

こうした折、六〇年安保反対運動が動き出したのを受けて、『鏡子の家』で時代を描こうと企てたばかりだったから、『女は占領されない』四幕十一場（聲5、十月）を書いた。福田の『平和論の進め方についての疑問』以来の活発な時評活動の影響もあったと思われるが、占領下の日本の実態を鋭利に展開して見せたものの、既述したように反響はなかった。この時点で、社会は三島に対して見解を求めていなかったのである。

十一月の歌舞伎座は、三島が監修した『桜姫東文章』四幕六場で、江戸の悪の華ぶりを見せ、評判を呼んだが、それと並行して、『熱帯樹』三幕二十三場（聲6、三十五年一月）を執筆した。近親相姦の糸が複雑に張り巡らされ、兄妹の心中で終わる、背徳的な、しかし、清冽といってもよい心情が流れている。

その十一月末、三島は映画俳優として大映と専属契約を結び、話題となり、翌三十五年（一九六〇）二月「からっ風野郎」撮影に入ったが、その直前、一月から『熱帯樹』が文学座により、杉村春子、山崎努ら出演、松浦竹夫演出で、第一生命ホールで上演された。『火宅』や『灯台』から親子、夫婦、兄弟姉妹の関係が縺《もつ》れるところに生まれるドラマを追って来たが、『白蟻の巣』において手中にしたラシーヌの作劇法を、ここで存分に駆使し、集約してみせたと言ってよかろう。

そして、四月には、ワイルド『サロメ』一幕を三島が演出、文学座により東横ホールで岸田今日子、仲谷昇ら出演で上演した。福田による新訳が出ていたが、古風な日夏耿之介訳による、ビアズリーの挿画に基づく白と黒の装置が目立つ舞台であった。中学生の時に読んで以来の思い入れがあり、凝りに凝ったが、『帯取池』から『桜姫東文章』『熱帯樹』を経てこの舞台まで、通底するものがある。「自殺と斬首と扼殺と近親相姦と嫉妬と夥しい宝石の型録とからなる戯曲」(「オスカア・ワイルド論」)と『サロメ』を要約しているが、この退廃的なエロティシズムの追及には、ボディビルによって肉体を獲得したという意識がもたらした側面がありそうである。

七月、「近代能楽集」『弱法師《よろぼし》』一幕(聲8)を書いた。原曲は四天王寺西門の夕陽をめぐる浄土信仰を扱うが、日没に赤々と染まるさまに、世の終わりと戦時中の空襲による惨禍を重ね、盲目の少年の思いを表現する。折から国会周辺では、安保反対運動が頂点を迎えていた。幕切れの少年の台詞「誰からも愛される」は、如何に厳しくこの世を糾弾しようと、相手にしてもらえぬ悲哀を表現しているが、それはそのまま、三島の思いでもあったろう。「このような創造意欲は……孤独で……どれほど多くの讃美者の数に囲まれてゐても、本質的な反響のない世界に棲んでゐる……」と、『中村歌右衛門序説』で綴った自らの言葉を思い返したのではないか。

福田はその前の六月、『オセロー』を松本幸四郎、森雅之、新珠三千代ら出演、自らの演出により産経ホールで上演した。三島は、三人の演技を褒めながらも、「不幸ないきちがひ」が認められると指摘した。歌舞伎、新劇、映画と出身が違ったため、統一感を欠いたのである。もしかしたら歌右衛門をして『朝の躑躅』を演じるところへ引き出したことへの反省を踏まえていたかもしれない。一緒に仕事をしたのは『桜姫東文章』が最後となった。

つづけて翌三十六年九月、福田は『有間皇子』（文学界、十月）を東宝劇団特別公演として、松本幸四郎を初め、中村万之助、市川中車、山田五十鈴、加藤和夫、草笛光子ら出演、戌井市郎との共同演出により芸術座で上演した。この上演プログラムに『明智光秀』のところで引用した文章を三島は寄せ、「不幸ないきちがひ」は解消されたわけではなかったようだが、福田の史劇の大掛りな上演として世から迎えられた。また、この月には、文学座創立二十五年記念アトリエ公演として『ジュリアス・シーザー』が、やはり福田演出により都市センターホールで上演された。

これに対して三島は、翌月の文学座創立二十五年記念の本公演として『十日の菊』（文学界、十二月〜）を上演した。杉村春子、中村伸郎、岸田今日子ら出演、松浦竹夫演出であった。青年将校たちの襲撃を受けながら、女中菊の身を投げ出した対応によって逃れ、以後無為に日々を消している男の、索漠たる心中と、菊の苦難が扱われる。その生きながら死んでいるに等しい男とは、緊張感を欠いた戦後の日本そのものだろう。短篇『憂国』（三十六年一月）に続いて二・二六事件に取材した作で、武田泰淳『貴族の階段』などを意識したものであることは別章で述べたが、裏返しにされた昭和の史劇といった趣である。そうしてこの事件を扱ったことが後に繋がることになった。

翌昭和三十七年、「近代能楽集」『源氏供養』（文藝、三月）を発表した。紫式部が「源氏物語」を書いたため、人々を迷わし、自らも迷い、供養を求めるという謡曲に基づくが、「いま紫式部」とも呼ばれた女流作家の碑が観光名所になっていて、そこへ当の女流作家の亡霊が現われ、若者二人と一緒に自作の主人公が投身自殺する場面を繰り返し見る。そして、「実在のまねをして人をたぶらか」して来た自らの罪を言い、子宮癌で苦しんで死んだことを、死から激しく「愛された」記憶として語る……。このように芸術家の在り様をあからさまに、かつ、死との係りを端的に語ったのを、活字にした後になって悔んだのであろう、作品として抹消し、「近代能楽集」も終わった。このシリーズでは、先にも言ったが三島は直截な告白へ走る傾向があり、それを警戒したためかもしれない。ただし、三島の演劇上の華々しい業績の一角は、間違いなくここに在る。謡曲を踏まえ、根源的問題に迫り、前衛的で独自の美的世界を現出させた。

同じ月、『黒蜥蜴』三幕十三場（婦人画報、三十六年十二月）がサンケイホールで上演された。吉田史子プロデューサーの委託により、江戸川乱歩原作を脚色したもので、水谷八重子、芥川比呂志らが出演、松浦竹夫演出であった。黒蜥蜴と呼ばれる女怪盗と探偵明智小五郎が対決、それが恋愛となる時、悲劇が訪れる。歌舞伎の手法も用い、頽廃的な美意識・恐怖にも彩られ、「一夕の楽しみ、存分のお楽しみ」「嘘八百の裏側にきらめく真実もある」舞台を目指した（「『黒蜥蜴』について」）と三島自身が語っているが、人気を呼び、映画化も二度におよび、以後、繰り返し上演され、オペラ化もされている。

この年は四月に歌舞伎座で『鰯売恋曳網』が、五月の新橋演舞場の新派公演で『綾の鼓』、十一月は同じく新橋演舞場の新派公演で『鹿鳴館』が採り上げられた。三島戯曲は、こんなふうにいろんなところで採り上げられるようになっていた。

この時期、福田、三島の二人とも驚異的な仕事ぶりを見せたが、それとともにそれぞれの違いも明らかになっていた。一言でいえば福田の劇は、知的に過剰な喜劇と史劇ともに「男の芝居」であり、現代を鋭く、激しく糾弾する。それに対して三島の劇は、男女の関係にほぼ集約、ラシーヌ張りの規矩正しさを持ちながら歌舞伎に通ずる多層性、柔軟性、華麗さを併せ持ち、官能性に富む「女の芝居」と言ってよい。それでいて、異次元まで突き抜ける、すぐれて男性的なところがある。

ところが昭和三十八年（一九六三）一月十四日、毎日新聞の記事に、演劇関係者は驚かされた。文学座が分裂、芥川比呂志、岸田今日子らが脱退、福田と劇団「雲」を結成するというのであった。

この計画を三島は発表前日になって福田から知らされ、参加を誘われた。本来の新聞発表は二月になってからであったが、[2]丹阿弥谷津子が身の振り方を新聞記者に相談、記事になる事態になったため、急遽、繰り上げたという事情があった。

脱退者は演出者を含め二十九人に及び、文学座は崩壊状態になったが、三島は残って、理事に就任、再建に努めることとし、その決意声明文も起草した。

その一方で、雲の旗揚げ公演パンフレットには「『演劇のよろこび』の復活」と題する文を寄せた。『雲』の創立声明書を読んだ時から、私は我が意を得たと感じた。福田氏の長年にわたる文明批評のバックボーンが通つてをり、単に演劇だけの問題だけでなく、近代日本のあらゆるジャンルの芸術の批判になつてゐると思つた」と、全面的な共感を述べた。行動はともにしなかったが、思いは同じだったのである。

そして、文学座再建第一歩として、三島は自ら潤色した『トスカ』五幕六場を六月に厚生年金会館小劇場で上演した。杉村春子、長岡輝子ら出演、戌井市郎演出である。「今度の『トスカ』上演は、ヨーロッパで、かつて、最も劇場的と考へられてゐたものの紹介であり、この点では日本の新劇が主として目ざしてゐたいはゆる『近代劇』以前に、俳優の技芸本位の、一切がシアトリカルな効果をめざして作られた本が沢山あつたことを、観客各位に知つていただきたいからである。〔……〕文学座も年功を経た今は、かういふものをやれる筈である。ロマンスとスリルとサスペンス、息もつかせぬ芝居の面白さを味はつていただきたい」とプログラムに書いた。『鹿鳴館』はその俳優の技芸と劇場芸術向けの戯曲であり、その主演で大きく存在感を増した杉村春子を中心にして、観客を獲得、文学座再建の柱にしようと考えたのだ。劇団雲がシェークスピアの『夏の夜の夢』（四月）で旗揚げしたのに対抗する思いもあった。

ところがこの三島の方針に賛同するどころか、抵抗する勢力が座内にあった。当時、いずれの劇団でも根強かった左翼的イデオロギーを奉ずる者たちが、芥川らが抜けた後、急に力を持つようになったし、杉村春子が昭和三十二年の新劇五劇団の中国公演以来、中国熱に取り憑かれ、森本薫『女の一生』の改変事件を福田に手厳しく批判され[3]ながら、居直り続けているという状況があり、加えて三島が主導権を握るのを忌避する者たちもいた。

折から、翌三十九年正月の文学座公演の戯曲を依頼されていたので、書いたのが『喜びの琴』三幕であった。劇場芸術の華やかさは皆無、舞台は警察署内、登場するのはほとんどが警察官で、女優といえば掃除婦が顔を出すだけであり、反共的台詞が飛び交う。ただし、男ばかりの集団劇という野心的な側面も持ち、政治思想と人間相互の信頼関係の問題を扱い、かっちり構成されていた。十月二十四日に脱稿、十一月十五日から稽古に入り、読み合わせを繰り返したが、ソ連から東欧、中国へ行っていた杉村らが十九日に帰国すると、二十日、緊急の総会が開かれ、総務部から『喜びの琴』の上演に異議を唱える意見が出された。――扱われている事件が松川事件を連想させる。労演が買わない。NHKも中継しないだろう。こんな芝居の切符は売りたくない。また、反共的な台詞はしゃべられません、と主役の役者が言い、三島との決別も致し方ないとの意見も出た。

翌日、幹事会で上演保留が決まり、理事の戌井市郎がその旨を三島に伝えると、保留ではなく中止、理由は「思想的理由」によると確認、書面を交換した。そして、「文学座諸君への公開状」を新聞に寄せ、「芸術至上主義の劇団が、思想的理由により台本を拒否するといふのは、喜劇」であり、「文学座創立以来の芸術理念」の崩壊だと厳しく指弾、文学座を脱退した。改作問題を含めて、文学座を初め新劇の劇団が抱える問題を、白日の下に晒す結果になった(4)。

この芸術か思想かの問題に関して、三島はこの戯曲で「踏絵」を突き付けたという見方があるが、その意図があったのは確かだろう。文学座の一員として、杉村とともにやって行くことができるかどうか、見極める必要を覚えていたのだ。

これと並行して、三島最初のオペラ『美濃子』が、開場間もない日生劇場で上演される企画が進められていた。黛敏郎作曲、小澤征爾指揮、浅利慶太演出で、最初は三十九年二月上演予定だったが、黛の作曲が遅れ、五月公演に延期したが、それにも間に合わないことが判明、中止となった。

その日生劇場で、三月には福田がシェークスピア『リチャード三世』を中村勘三郎と劇団雲により、自らの演出で上演した。勘三郎の個性が生きた舞台であった。そして、五月にはオペラの替わりに『喜びの琴』三幕(文藝、二月)が、浅利慶太の演出で、上演された。ただし、大劇場には不似合いで、成功とは言えなかった。

そうした状況であったが、三島はこの年、一月から『絹と明察』(群像、~十月)を連載していた。近江絹糸の労働争議をモデルに、家族主義を経営方針とする社長を主人公とするが、福田の『現代の英雄』の浪速梅吉によく似ていることを指摘しておかなくてはなるまい。実際に利用していると見てよかろう。そうして古い日本人らしい日本人を描き出す一助としたと思われる。

また三島は、『豊饒の海』第一巻『春の雪』の連載を「新潮」九月号から開始、十月には日生劇場で『恋の帆影』三幕（文学界、三十八年十月）を、水谷八重子、東山千栄子ら出演、浅利慶太演出で上演した。「だんだん鏡花がかつてきて、テレくさいやうな芝居」（岩田豊雄宛葉書、三十九年九月十五日付）と自ら言っているが、評判は芳しくなかった。決して悪い作ではないが、新派とは合いそうで合わないところ、形而上学的色合いを滲ませなくてはならないところがある。この頃、三島は舞台に恵まれなかった。歌右衛門、杉村春子と縁を切れば、こういうことも起こってこよう。

なお、この月、福田が発足させた劇団雲の母体、現代演劇協会がホールと図書室を備えた建物を竣工させ、拠点の整備を着実に進めていた。

文学座では、三島の脱退の後、中村伸郎、賀原夏子、丹阿弥谷津子、北見治一、南美江、村松英子、松浦竹夫、矢代静一らが続いた。この騒ぎの最中（十二月か）、渡米する福田を羽田へ見送りに行くと、「三島もついに俺の軍門にくだるか」と冗談まじりに言われ、腹を立てるようなことがあったらしい。この時期、演劇界の人間として、福田に水を開けられた、との思いを抱いたかもしれない。それに脱退者を受け入れてくれる組織として雲なり現代演劇協会が恰好だと見る向きもあったようである。

しかし、脱退組の主だった者たちは、翌三十九年一月に劇団NLTを結成、三島は顧問に就任、旗揚げ公演の戯曲の執筆を引き受けたが、それが『サド侯爵夫人』であった。このNLT結成には、福田への対抗意識があったとする見方があるが[5]、改作問題をめぐっての対応などで、二人は互いに信頼を深めた側面もあったと思われる。

この後、二人は対談「歌舞伎滅亡論是非」（中央公論、三十九年七月）を行っている。三島が歌舞伎においてエロティシズムと、古典主義に拠る現代への抵抗精神が失われていると指摘すれば、福田は歌舞伎役者が新劇に対して劣等感を持つようになっていると応じ、滅亡を言う。それに対して三島が異議を唱え、背中がぞくぞくするような感じを観劇中に覚えることがあるが、新劇ではないと言うと、福田も賛同、その上で役者たちが写実主義、心理主義を追う欠点をともに指摘した。

西欧演劇の輸入で始まった「新劇」が、歌舞伎と出会い、ようやく演劇として「公共性」を持つようになって来たと思われたところ、歌舞伎の方が怪しくなって来ていたのだ。ただし、こうした議論の行われるようになったのも、もっぱらこの二人の働きによる成果であった。

『サド侯爵夫人』三幕（文藝、四十年十一月）は、こうした推移をきちんと踏まえて書かれたといってよかろう。昭和四十年（一九六五）十一月、紀伊國屋ホールで幕を上げたが、丹阿弥谷津子、南美江、村松英子ら女ばかりの出演で、松浦竹夫演出、舞台は一貫して侯爵家の典雅なサロン。サドは登場せず、獄中で書くことによって神に反逆しとおした男の生涯が、女たちの繰り出す台詞によって浮かび上がって来る。それはグロテスクな、血塗れの、神も顔を背ける快楽の世界が、優美繊細な紗のレースを透かしてほの見えるような趣である。フランス古典劇の、生々しい事柄は舞台に出さないという決まりに見事にかなっているが、それでいて現代的な課題を鋭く差し出す。

それとともに、興味深いのは、日本の劇場で日本人俳優により上演されるべく、日本語で十八世紀のフランス貴族のサロンが扱われている点である。「神をおそれぬ大それた振舞」と三島は言うが、明治以来、欧米の翻訳劇の上演で苦労して獲得した「悪名高い翻訳劇演技」を活用するかたちになっているのだ。海の彼方の国々の人を真剣に真似て赤毛の鬘を被り、それらしく演じて来たが、日本語による創作劇となれば、その演技術を活用して、自由に演じることができる。このことが持つ意味は意外に大きく、日本人が日本語で欧米を舞台にして書いた戯曲が欧米で上演される途を開くことにもなった。

## 暗渠で繋がる西洋と日本

昭和四十一年三月、福田はシェークスピア『じゃじゃ馬ならし』を劇団雲で自らの演出により日生劇場で上演した。

三島は小説『英霊の声』を発表、大きな反響を呼んだが、十一月、『アラビアン・ナイト』二幕十五場を日生劇場で上演した。北大路欣也ら出演、松浦竹夫演出であった。三島は少年期に『アラビアン・ナイト』を読んで心を奪われた体験があるが、その挿話を幾つか連ねる形で、華やかに繰り広げ、一夕の慰みとしたのである。この頃になると、大掛りな舞台機構を駆使しての舞台づくりに関心が向くようになっていた。

福田は、久しぶりに喜劇『億万長者夫人』三幕(展望、四十二年三月)を書くと、昭和四十二年三月、現代演劇協会内に雲と別に劇団欅を作り、鳳八千代らが出演、農協ホールで上演した。億万長者の一粒種の娘を中心とする、『現代の英雄』張りの騒々しい喜劇で、社会への批評性を前面に押し出しただけ、劇としての含みの薄い恨みがある。この上演は芥川らの反対を押し切った上であったから、劇団雲の内に対立抗争の種子を持ち込むことになった。

ただし、シェークスピア劇は引き続いて雲が当たり、七月に『ジュリアス・シーザー』を日本青年会館で、十二月に『リア王』を日生劇場で、その間の八月には四季により『ヘンリー四世』を日生劇場で、いずれも福田の新訳・演出で上演した。『シェークスピア全集』第一期十五巻の完成に合わせて、精力的に推進したのだ。

この年早々、ベトナム戦争が本格化、中国大陸では文化大革命が拡大、学問芸術の自由のためのアピールを三島は川端康成、石川淳、安部公房と出した。アメリカでは大規模な黒人暴動、ベトナム反戦運動が起こり、パリの学生運動が激化、日本国内でも学生運動が盛んになって来た。そこで三島は防衛問題に関心を寄せ、四月、自衛隊に一個人として体験入隊する挙に出た。これにより川端康成らとの間に波紋を広げることになった。

その一方、三島は『朱雀家の滅亡』四幕（文藝、十月）を書き、十月、劇団NLTの中村伸郎、南美江、村松英子ら出演により、紀伊國屋ホールで上演した。大東亜戦争を主導して来た首相を退陣へと追い込み、終戦への道筋をつけると、朱雀家当主は侍従の職を辞するが、息子は恋人がありながら海軍士官となり、実母らの反対を押し切って激戦の地・南の島へ赴く。そして、戦死。実母も空襲で死に、老いた当主ばかりが生き残る。その彼は、ひたすら天皇の苦衷を思いやり、英霊となった息子に対して、天皇の悲しみを知るためにも戻って来い、と呼びかける。『英霊の声』では天皇の振舞いを厳しく糾弾したが、ここでは深い悲しみを通しての融和が示される。ただし、その元侍従の「とうのむかしに滅んでゐる、私は」との呟きで幕となる。先の戦争について、深い奥行きをもって一つの答えを差し出した記念碑的な作品と言ってよかろう。

こうした折、三島と福田の対談「文武両道と死の哲学」（論争ジャーナル、四十二年十一月）が行われた。冒頭、三島は「芝居を棚上げにすればいくらでも仲良く話せる」と言って笑うが、その通りで、採り上げた論点は、三島がやがて書く『文化防衛論』そのままと言ってよく、福田も同調するところが多かった。これまで評論家とくに時評家としての福田と正面から顔を合わせることがなかったが、ここでは信頼できる論者同士として向き合った。

ただし、憲法に関して福田は、「当用憲法論」を唱え、現憲法は法的に成り立たないから、帝国憲法に戻し、改正を考えるべきだとすると、三島は法学部出身者として手続きに拘り、クーデターを話題にするが、現憲法下では、クーデターそのものが法的に成立しないことを確認し合う。そして、現憲法そのものが連合国軍の占領目的遂行のため強要したもので、掲げる民主主義も平和主義も「偽善」と化していると指摘する。

この「偽善」が、三島が戦後体制を糾弾するキーワードだが、そこから天皇論になる。左翼的イデオロギーに対して最終的に守るべきものとして掲げるだけではダメで、われわれ自身が体現している文化として捉えなければならないと福田が言い、三島も賛同する。

話は広範にわたっていて、要約するのが難しいが、三島は、天皇は「没我の精神」で、「国家的エゴイズムを掣肘《せいちゅう》するファクター」であり、国家、国民の「エゴイズムといふものの、一番反極のところにあるべき」で、「天皇がなすべきことは、お祭、お祭、お祭、お祭、──それだけだ」と言う。それに対して福田は「大賛成だよ」と応ずるものの、世界性を持つかと問い返す。三島は、世界性を持つと答える。「世界の行く果てには、福祉国家の荒廃、社会主義国家の嘘しかないとなれば」「世界的なモデルケースになれる」と言う。福田は、『英霊の声』に触れて「なぜあなたは、私の理想どほりぢやないのか」と天皇に向かって言い、「つらい役割を負わす」と指摘すると、それが「忠義」だと応じる。

こんなふうに共感しながら、微妙な違いを示しつつ、話は進むが、三島が危険な領域へと突っ込んで行く気配を福田が早々に察知、案じている節もないわけではないようだ。

しかし、翌四十三年一月になると三島は、「福田さんは暗渠で西洋に通じている」と言い放つ（『討論・日本人の再建』四十六年一月、原書房）。これを福田は不快に思ったようで、三島の没後になるが、「まるで不義密通を質《ただ》すかのやうな調子で極めつけられ」たが、「三島の『国粋主義』こそ、彼の比喩を借りれば『暗渠で日本に通じてゐる』としか思へない」（文藝春秋版『福田恆存全集』第六巻「覚書」）と応じている。

福田は欧米文化に造詣が深く、常にそこに立ち戻って考察する立場を崩さない。神についてもキリスト教、とくにカトリックを主にして考える。そして、己が立場の均衡を常に心がける。そこに三島は、苛立つようになっていたのだ。「天皇がなすべきことは、お祭、お祭……」であるが、それを通して現人神として顕現する一時があり、秩序をこの世に課すとともに、徹底したアナーキーを許容する詩的存在でなくてはならないと主張、そのような天皇に従う在るべき在りように思いを凝らすのである。そして、大塩平八郎、吉田松陰から、さらに神風連へと傾倒して行く。緻密に思考し、論理を追うのではなく、行動する者としての立場に立つようになっていたのだ。それに対して福田は、あくまで批評家の立場に徹していて、天皇を尊ぶのに賛同しながらも、その三島の在り方を「暗渠」の語で諷せずにおれなかったのだ。

### 「虚妄」への信仰

上述の会話が交わされた昭和四十三年一月、福田は自ら訳した『ヴェニスの商人』を民芸により日生劇場で、浅利慶太演出で上演した。さらに六月には、自作の喜劇『解つてたまるか！』四幕（自由、七月）を四季により日生劇場で、日下武史ら出演、浅利慶太演出で上演した。金嬉老事件（借金の縺れによる殺人の末、ライフルとダイナマイトを持ち、人質をとって立て籠もり、新聞記者にさまざまな要求を出した）を採り上げ、何でも解った振りをして、解決したことにする日本人の対応ぶりに怒りをぶつけた。『億万長者夫人』の社会批評をより強力に仕組んだと見ればよかろう。三島は「『龍を撫でた男』以来の〔……〕傑作で、氾濫するセリフの作柄は『現代の英雄』の系列に属するかと思はれるが、最後の独白場面で、福田氏の喜劇と悲劇の二つの流れがみごとに総合する」（「谷崎賞選考評」中央公論、四十三年十一月）と称賛した。

引き続いて福田は、十一月、『ハムレット』を四季により浅利慶太演出で、十二月、『アントニーとクレオパトラ』を雲により荒川哲生演出で、各々に日生劇場で上演した。

これに対して三島は、明治百年記念としてバレエ『ミランダ』の台本を書き、十月、日生劇場で上演した。生まれて初めての台詞のない台本で、「手足を縛られたやうな不自由さ」があった（上演プログラム）が、それがスリルになったという。橘秋子演出、戸田邦雄作曲、渡辺暁雄指揮、谷桃子ら出演で、サーカスの美少女と魚河岸の若者との悲恋を軸に、文明開化派と攘夷派の対立と和解を群舞で表現、祝賀の舞台とした。その一方、『わが友ヒットラー』三幕（文学界、十二月）を発表、年を越して昭和四十四年（一九六九）一月、松浦竹夫が中心になって結成した劇団浪曼劇場の第一回公演として紀伊國屋ホールで、村上冬樹、中村伸郎、勝部演之ら出演で上演した。その初日十八日は、東大安田講堂を占拠していた学生たちが警官隊によって排除され、騒然とした空気の漲《みなぎ》る最中であった。『サド侯爵夫人』が女ばかりであるのに対して男ばかりで、口では友情を言いながら、冷然と裏切る、偽善で固めた非情な政治の論理を生々しく示した。

七月には『癩王のテラス』三幕七場（海、四十四年七月）が、雲・浪曼劇場・東宝の提携で、帝国劇場で上演された。巨大な装置を使い、美と救済を目指す芸術家と統治者の営為と、三島が終生思い悩んで来た精神と肉体の係りを、十二世紀のカンボジアの王を主人公にして扱い、肉体の勝利でもって閉じられる。そこでは営々と築いて来た自らの肉体の衰亡への恐れと、それを拒否しとおそうとする思念とが正面からぶつかり合う。その点で遺言的性格の強い舞台であった。北大路欣也、山田五十鈴、岸田今日子、森雅之ら出演、松浦竹夫演出で、この上演には劇場経営陣内の確執があったことを、川端康成に訴えている（四十四年八月四日付書簡）。

十月には松浦竹夫と共同監修でサルドゥ『皇女フェドラ』三幕を浪曼劇場が紀伊國屋ホールで上演した。劇団設立の趣旨として「演劇本来の劇場性の確立」を掲げたが、それに応じた上演であった。

十一月、国立大劇場で開場三周年記念として三島歌舞伎最大の規模の『椿説弓張月』三幕八場（海、十一月）が上演された。前年末、国立劇場の理事が集まった席で、大佛次郎の『三姉妹』（四十三年十一月、国立劇場）は歌舞伎でないと、当の作者に向かって三島が言い出し、口論になった末、それなら実作をとなって、書かれたものであった。馬琴の同題作に基づき、伊豆大島から讃岐の白峰、肥後の山中、そして、薩南の海上から沖縄へと舞台が移る、壮大な作で、最後に主人公源為朝が天馬に跨り飛翔、忠誠を捧げる亡き崇徳帝の許へ赴く。幸四郎、猿之助、雁治郎、玉三郎らが出演、三島の大演出で、前もって台詞も音曲もレコードに吹き込み、装置、意匠、照明、ポスターも細かに指示、大規模な舞台装置をフルに使った。三島としては歌舞伎への期待のすべてを注ぎ、自らの裡を貫くものを提示して、遺言とする考えがあったと思われる。しかし、手ひどく裏切られたとの思いを抱いた。古林尚との対談（四十五年十一月十八日、於・三島邸）で言う、「歌舞伎はもう絶望的ですよ」「歌舞伎俳優がフォルムという形式美を生みだす意欲を完全に失っているんだな。だから古典を模作しようと思っても、ダメなんだな」(『戦後作家は語る』四十六年一月、筑摩書房)。それにしても「模作」を最後まで目指し続けたところに、三島が歌舞伎なりわが国の伝統文化に対して持ち続けた夢の深さが知られる。

この年の福田は、三月にその幸四郎と欅により、帝国劇場で『明智光秀』を再演した。また、シェークスピア『オセロー』を尾上松緑と四季により、九月には『空騒ぎ』を欅により、日生劇場で上演した。

三島最後の年、昭和四十五年(一九七〇)は、『天人五衰』の完成と最後の行動の準備に専心、浪曼劇場による『薔薇と海賊』の再演にとどまった。村松英子、中山仁、中村伸郎ら出演により、十月下旬、紀伊國屋ホールで始まり、地方公演を終えたのは十一月十五日であった。三島はその舞台稽古と初日の二度、二幕目終わりの場面で涙を流し、周囲の者を驚かせたという[6]。その帝一の台詞。

船の帆は、でも砕けちやつた。帆柱はもう折れちやつたんだ。
僕は一つだけ嘘をついてたんだよ。王国なんてなかつたんだよ。

その再演のプログラムにはこう書いていた、「私の中では〔……〕形こそ変はれ、虚妄への信仰は衰へない。衰へないのみか、倍加したのである」。先に『盗賊』との繋がりを指摘したが、作家として活動してきた生涯を思い返していたのだ。

そして、自らの追悼公演になるはずの浪曼劇場による『サロメ』の演出に最後の力を注いだ。中等科時代に心を奪われて文芸へ、「虚妄の信仰」を奉じて人生へと出発した、そのところへ立ち戻ろうとの思いからであった。ただし、回帰ではなく、より苛烈な飛翔のためであったと言うべきであろう。

これに対して福田は六月、万博のキリスト教館で、エリオット『寺院の殺人』を、雲により自らの訳・演出で上演。七月には、『総統いまだ死せず』四幕（別冊文藝春秋、六月）を四季により朝日生命ホールで、日下武史、水島弘ら出演、自らの演出で上演した。ヒットラーごっこに夢中の男女の一団が、ヒットラーの替え玉であったという男を見つけ出し、総出でヒットラーの最期を演じるが、そうするうちに中心になっていた男が、替え玉を本物だと言い出す……。三島の『わが友ヒットラー』が政権を掌握する決定的な数日を扱ったのに対し、日本の今日における、徹底したごっこ劇を、敢えて対置したと思われる。そして、日本の知識人の自己分裂・破壊の様相を突きつけるのだが、劇としてはごっこ性を何重にも仕組んだため、訴える力が弱く、これまた『キティ台風』の拡大版に見えるが、批評という営為に賭ける一貫性が鮮やかである。

こういうふうに福田としては、やや距離を置く姿勢を採ったところで、三島の最期の行動と向き合うことになった。

新聞は、福田が「分からない、分からない、分からない」（東京新聞）と答えたと報じたが、実際は、いまは返答できないとだけ言ったのであった。そして後日、こう書いた、「あとは死ぬことだけだ、さうなつたときの三島の心中を思ふと、今でも目に涙を禁じ得ない。が、さうかといつて、彼の死を『憂国』と結びつける考へは、私は採らない」（前掲「覚書」）。

追悼公演『サロメ』は、翌年二月十五日、紀伊國屋ホールで幕を上げた。サロメの要求で井戸の中から持ち出されたヨカナーンの首からは、多量の血が滴り落ち、観客を驚かせたが、舞台両脇に据えられた台からは絶えず香煙が立ち昇った。このため劇場葬とも受け取られた。しかし、武田泰淳の章で触れたように市ヶ谷では「七生報国」と墨書した鉢巻をしていたから、再生の儀式と受け取るのが妥当であろう。それも「虚妄への信仰」を突き詰めたところでの、である。

**【注】**

（1）小山祐士・杉村春子『女優の一生』（昭和四十五年、白水社）。

（2）土屋道雄『福田恆存と戦後の時代』（平成元年八月、日本教文社）では、新聞発表は二月三日頃に予定されていたとある。

（3）森本薫『女の一生』改作の事実は、「週刊新潮」昭和三十五年八月二日号が報じ、それに基づいて福田恆存が「芸術と政治」（芸術新潮、昭和三十五年十月）で批判した。

（4）北見治一『回想の文学座』（昭和六十二年八月、中公新書）、中丸美絵『杉村春子』（平成十五年三月、文藝春秋）。

（5）北見治一『回想の文学座』。

（6）村松英子「ヒロインを演じる」（『同時代の証言　三島由紀夫』平成二十三年五月、鼎書房）、村松英子『三島由紀夫　追想のうた』（平成十九年八月、阪急コミュニケーションズ）。

細江英公

『薔薇刑』白と黒のエロス

**細江英公**（ほそえ　えいこう）
昭和八年（一九三三）～。戦後日本を代表する写真家の一人。写真集に、三島由紀夫を被写体とした『薔薇刑』、土方巽を被写体とした『鎌鼬』、他に『抱擁』『ガウディの宇宙』など、著書に『球体写真二元論——私の写真哲学』など。

「或る日のこと細江英公氏がやって来て、私の肉体をふしぎな世界へ拉し去った」と、三島由紀夫は細江英公写真集『薔薇刑』（昭和三十八年三月、集英社）に寄せた「細江英公序説」を書き出している。

九行ほど措いて、

「さうだ。私が連れて行かれたのは、ふしぎな一個の都市であつた。どこの国の地図にもなく、おそろしく静かで、白昼の広場で死とエロスがほしいままに戯れてゐるやうな都市。——われわれは、その都市に、一九六一年の秋から、一九六二年の夏まで滞在した。これは細江氏の、カメラによるその紀行である」。

これまで書いてきたエッセイの中から、美に関するものを集めた評論集『美の襲撃』の刊行が決まり、その表紙カバーか口絵に三島の写真を使うことになって、講談社の編集担当、川島勝（中村歌右衛門の章参照）が連れて来たのが、二十八歳の細江だった。昭和三十六年九月十三日の午後二時頃である。いつものように昼頃に起床、上半身裸で日光浴をしながらの朝食を終えたところで、編集者たちと会うのを日課にしていた。

初対面の挨拶をして、三島が着るものを着ようとすると、細江がそのままでと言い、好きなように撮っていいんですねと念押しすると、あたりを物色、散水用ゴムホースを見つけると、いきなり体に巻き付けて来た。これには流石《さすが》の三島も驚いたが、されるままに任せながら、「これは一体何を意味してゐるんです」と尋ねると、「偶像破壊です」と答える。それなら僕なんかやっつけても仕様がない、老大家をやればと言うと、「そのうちにやります」と答える。

こうして何枚か撮ったのが始まりで、以後一年にわたって撮影が行われ、『薔薇刑』の誕生となった（「『薔薇刑』体験記」）。

こういう成り行きになるのを見越して、川島が細江を連れて来たわけではなかった。三島自身が細江の仕事、舞踊家土方巽《ひじかたたつみ》を被写体として撮影した写真を見て、指名し、取り敢えずポートレートをと考えたのだ。

三島は『禁色』の題名を使って土方が「暗黒舞踏」公演を行った縁から、そのスタジオを訪ね、踊りを見せてもらい、ひどく惹き付けられていて、「広い東京に、私はこれ以上面白い舞踊芸術はないやうな気がしてゐる」（「現代の夢魔――『禁色』を踊る前衛舞踊団」昭和三十四年八月）とすでに文を寄せていた。

その面白さだが、「われわれはサーカスや、体操競技や、さまざまなスポーツを見て、人体にどのやうな動きの可能性があり、人体がどのへんまで撓《たわ》み、どのへんまで屈折するかについての、ほぼ極限の知識を得て」いるはずであったが、土方なり一門の「肉体の突然の動き、突然の叫び声などが、われわれの日常的な期待にほとんど答へず、われわれの目的意識にたえず背く」。そして、「一定の心理的法則が、肉体の奇怪な衝撃的な動きによつて、一挙に崩壊してしまう」経験をさせられる。「その断絶感はほとんど小気味いい」。その異様な密度の「いらいらした非連続感」の時間的継続が彼らの踊りであり、それを保障しているのが、音楽などではなく、「半ば醒め半ば夢みてゐる汗まみれの肉体」なのだ。そこにおいて舞踊が肉体の純粋な表現になっており、現代芸術には珍しい「祭典的な香り」がある、と指摘する。

この後、土方巽の舞踊公演プログラムに「危機の舞踏」（昭和三十五年七月）と「前衛舞踊と物との関係」（三十六年九月）を寄稿、後者では、土方が小児麻痺の患者が物を摑もうと試行錯誤する動きを見て、自分が教えている独特な手の動きと同じだと知って意を強くした、と語るのを聞いたことに触れ、古典バレエは、人と物との関係に違和感はないが、土方の舞踊では「悲劇的な矛盾に充ち、人間の動作は、物に到達しようとして空しく空中に辷《すべ》り、あるひは、完全に物に支配されて動く。これらは日常動作のいつはり、社会的慣習によつて訓練されたわれわれの『自然な動作』のいつはりをあばく」。そうして「怖ろしい『物自体』が、たとへ舞台上に具象化されてゐなくても、どこかに厳然と存在」している、と感受させると指摘していた。

土方の前衛舞踊が如何なるものか、そこに三島が何を見出し、何に惹き付けられていたか、明らかであろう。

三島は、早く昭和二十六年の秋には、柳橋みどり会（芸者の温習会、明治座公演）のため舞踊劇『艶競近松娘』を、また青山圭男・花柳登新作舞踊発表会（帝国劇場公演）のため同じく舞踊劇『姫君と鏡』を書き、昭和二十九年には、松竹歌劇団（京都・南座公演）のためオペレッタ『ボン・ディア・セニョーラ』を、昭和三十一年には喜多村峰端舞踊発表会（東横ホール）のためジャン・コクトーの映画「オルフェ」に拠る舞踊劇『オルフェ』を書き、演出まで担当、日本舞踊から洋舞まで、実際に舞台に係る仕事をしていたし、何よりも中村歌右衛門の舞台に深く関与していたから、この感想は、一好事家のものではない。東西の舞踊を、それなりに見、表現活動の側からも見たところで、滑らかで優美さを目指した動きと鋭く対立するものとして、驚き、かつ、目を見開かされる思いをしていたのだ。

そして、その土方の公演プログラムだが、二冊とも写真集を兼ねていて、「土方巽氏におくる細江英公写真集」と但し書きがあって、この特異な踊り手に惹かれ、シャッターを押し続けている者の存在を語っていたのである。

＊

この時点の三島は、昭和三十年九月にボディビルを始めて以来六年、筋肉も付き、体ができていた。一時はボクシングをやったが、三十三年十一月以降は剣道とボディビルに励んでいた。

そして、結婚し、ビクトリア朝風コロニアル様式の家を建て、長女も生まれ、大作『鏡子の家』を刊行、映画「からっ風野郎」に主演もすれば、念願のワイルド『サロメ』を文学座で演出、短篇『憂国』を発表、その後、夫人同伴で世界一周の旅（昭和三十五年十一月〜三十六年一月）に出て帰国すると、『獣の戯れ』、戯曲『黒蜥蜴』を書き、ついで戯曲『十日の菊』、『美しい星』の執筆の準備にかかっていた。

この時期、三島の中に自ずと生まれて来たものの一つは、自らの肉体の直截な表現への欲求であったろう。

小説家としても劇作家としても、揺るぎない地位を獲得、海外でも声望が高まりつつあり、妻子を持ち、社会的にも間違いなく一人前の存在となっていたのだが、その自分の肉体が如何なる在り方、形態をとっているか、気になっていたのだ。この肉体は生まれつき自然のというよりも日々の意志的営為によって、自らが作り出したものであった。恐ろしく虚弱な体質に生まれ、筋肉はほとんど皆無な状態から、ボディビルによって造り出したのだ。

その肉体とは、何であろう。

如何に自らの意志で造り出したとはいえ、文学作品とは違い、この自らの生そのものの基底であることは疑いない。そして、代替不能の一個体でありながら、男の筋肉に備わる普遍的形態と機能を、鍛えるに従い顕わして来ていたのだ。

その肉体が、自ずと語るとしたら、どのようなことを語るだろうか。

昭和三十五年二月の映画「からっ風野郎」出演も、この促しによると思われる側面があり、文学座の『サロメ』演出にしてもそうだろう。中等科に進み、初めて自分の小遣いで購入したのがこの岩波文庫版だったが、そこには背徳的な官能の夢を初め、思春期に知ったさまざまなものが詰まっている。それを舞台という本来の場所に、自分の思うままに据えて見たい、と思ったようだが、それと通底する思いがあったかもしれない。

また、剣道によって自分の奥底に埋もれていたものがようやく表に出て来た、と思うような体験もすでに持っていた。少し後にだが、これまで野卑とばかり思っていた剣道の掛け声を、「民族の深層意識の叫び」(「実感的スポーツ論」三十九年十月)と感じるようになった、と記す。

そうしたことが重なり溶け合って、自分の肉体が在るべき在りようをいささか獲得したと思われる今、端的、直截に捉えてみたい、と思い始めたのだ。それは男として、さらには芸術家としての一つの夢の実現かもしれない……。こうした思いがやがて『太陽と鉄』を書くことになる。

そのような折も折、土方の踊りを見、肉体表現は優美、流麗な動きでなければならないという観念から解放され、別個の表現の可能性へ目を見開かされる思いをしたのだ。それとともに、その無法、怪異、奔放な動きを、独特な美しさで捉える写真家細江の名を知ったのである。彼なら未見の映像として、わが肉体を定着してくれるかもしれない。

そのような三島のなかに蠢《うごめ》く思いを細江は直感的に察知して、ホースを巻きつけたり、異様なポーズをとらせるなどして、カメラを向けたのではないか。細江自身、「氏自身が〝ダンサー〟としてぼくの写真の被写体になりたがったのだ」(「『薔薇刑』撮影ノート」)と感じたと言っている。その通り、細江のカメラに対し、土方に負けぬ奇怪な、規矩を外れた、ただし土俗的ではない自分なりの踊りをおどってみたい、と思ったのだ。それなら映画スター失格――「からっ風野郎」がそうだった――であっても、できる。

これに対して細江は、こうした「舞踊家三島由紀夫をモデルとして細江英公作品をつくればいい」と心を決めるとともに、「あくまでも作家三島由紀夫を主題としたぼくの主観的なドキュメンタリー」としよう、そのためには「氏が好むモノはすべて撮影の対象とし写真の中に登場させよう」とも考えたという。

作家の容貌、姿をカメラで捉えることはできるが、その内面なり、表現を求めて蠢いているものを捉えることはできない。が、三島の場合は、このような方法で迫ることができると考えたのだ。都合のよいことに、三島の肉体自体が三島自身によって創出された、と言ってよいものであり、かつ、これから先、日々の営為なり時の経過によって変化するはずで、ドキュメントの立派な対象となり得る。また、その肉体の日々が営まれる住居が、三島の注文によって建てられたばかりで、新しく据えられた家具と併せて、その生活感覚・感情を窺うことができるはずである。そうであるなら、これまた、立派なドキュメントの対象たり得る。

写真の「扱い方、すなわち解釈や表現はぼくに任せてもらいたい」と条件をつけると、あくまでも自分の作品を創るべく、細江は取り掛ったのだ。

＊

こうして撮影の場はもっぱら馬込の新居となったのだが、この家はどのような性格のものであったか。

歌右衛門のために書いた芝居のプログラムにも書いているが、昭和三十二年の七月から年末までのアメリカ滞在中、地元の人々が ugly Victorian と呼ぶバロック趣味のビクトリア朝風コロニアル様式の建物に親しんだが、それが ugly に見えないばかりか、「私の念頭にある西洋といふもの」の具現であると思われた。そこで、この様式でと注文した、というのである。設計担当者は、「よく西部劇に出て来る成り上がり者のコールマンひげを生やした金持ちの悪者が住んでいるアレですか」と念を押したが、「ええ悪者の家がいいね」と応じた（「三島由紀夫宅のもめごと」）という。

もともと三島の生まれた家が、「こけおどかしの鉄の門や前庭や場末の礼拝堂ほどのひろい洋間などのある……燻んだ暗い感じのする・何か錯雑した容子の居丈高な家」（『仮面の告白』）であったらしい。元樺太庁長官であった祖父が選んだ借家だが、明治時代、高級官僚の公的住空間がもっぱら洋風建築であったことと関係していよう。また祖母夏子が、娘時代、有栖川宮熾仁《たるひと》親王の家に行儀見習いとして五年ほど過ごしているが、本館は本格的洋風建築であった。そして、父梓も高級官僚の道を進んでおり、母倭文重《しずえ》の父橋健三は、東京開成中学校長を長らく勤め、洋風木造建築の家（写真が残っている）を住居とし、娘たちを育てた。

このような事情から、双方の祖父母の代から、いわゆる西洋建築なりそれに類した家屋で暮らしてきており、一般庶民とは異なる住居に対する感覚を持っていたと考えられる。ただし、日本国内のことであるから、様式も折衷で、コロニアル様式なりアメリカ経由のというところがあったろう。

そして、十二歳、中等科に進むとともに、祖父母の許を離れて両親妹弟と一緒に暮らし始めた渋谷・松濤の家が、外観は赤い急傾斜の屋根の洋館、ただし中は玄関横の洋間以外は和室という、典型的な文化住宅であった。昭和二十五年八月まで過ごした。

こんなふうに三島の住空間には「西洋」が食い込んでいた。そういう家で育ち、作家として出発していたのである。

そして、作家としての地位を確立、結婚して、自分の家を建てるとなった時、その「西洋」を徹底させようと考えたのだろう。勿論、日本の国土、風土でのことであり、日本人として生まれ、日本語の文章を書くのを生業としているから、このところを離れることは絶対にできないが、それなりに日本的な「西洋」の居住空間を徹底して実現してみよう、としたのだ。

そこには、日本の明治以降の演劇運動が翻訳劇を中心としたことから、いわゆる「赤毛もの」と称される、西洋人を真似る演技が必須となり、発達させてきた経緯が呼応するかもしれない。後に『サド侯爵夫人』を書くに当たってこの点を意識、活用したが、それに先んじて、居住空間で行ったというところがあろう。一面では滑稽かもしれないが、明治以降の日本に生きる者として避けられない事態であり、誰かが徹底して辿ってみる必要があるとも考えられたのだ。

現にわれわれの身体を覆っている衣服が、いまやほぼ完全に西洋化している。殊に直接肌に付ける下着類は、工業製品として大量生産化が進み、男女とも定着している。また、この時点ではさほど普及していなかったようだが、椅子とテーブル、ベッドが必須の家具となりつつあった。

このようにわれわれの日常をほぼ覆い尽くしている「西洋」なるもの——明治、大正を経て至った昭和の「西洋」——を、さらに突き詰めてみようとする考えも、『薔薇刑』の写真がもっぱらこの邸宅内に限られている点から、見て取ってよいのではないか。そういう空間に、日本人である己が肉体を据える。冒頭が新邸の前に越中褌ひとつで立つ三島の写真であるのが、そのあたりの消息を示していよう。

その一方で、ルネッサンス絵画の四切ほどの写真コピーを百枚ほど三島は細江に渡した。ラファエロ、ボッティチェリ、ジョルジュオーネなどの、聖母だったり女神だったりする女たちの姿であった。これこそ「西洋」そのものであろう。バロックではなくて、ルネッサンスにおけるギリシアの古典的フォルムを憧憬する、典雅にして官能的な「西洋」である。

それらの絵画の写真の中から、細江はジョルジュオーネ「臥たわるヴィーナス」の胴の部分を別個に作り、取り込んだし、ラファエロの「聖母子像」、ボッティチェリの「ヴィーナス誕生」などを、三島の裸像と複雑に組み合わせて重ね焼きしたりした。また、大正・昭和初期のモダンな写真館で多用された背景に西洋画の写真を使う手法も使った。こうして白黒の映像と化した絵画が、全体の基調をなしたと言ってもよいが、それはまた、日本の風土と一線を画すとともに、複製性、ニセモノ性を揺曳させ、かつ、美的に構成された多層性、交響性による独自性も主張する。

そこに土方巽とその夫人元藤燁子、共通の友人の江波杏子に出てもらえば、知り合いから幼児を連れて来た。

この時、聖セバスチャンの殉教図も三島は渡したが、細江によって退けられた。矢を射られ、血を流す姿は受け入れられなかったのだ。

＊

映像作品を、言葉でもって説明、思い浮かべてもらうのは至難だが、こうして出来上がった写真集を、三島は、どう受けとめたか。冒頭に引用した「細江英公序説」をもう少し見ておくと——

細江の作品は、カメラという「機械による呪術の性質を帯び」ており、それは「文明的な精密機械の極度に反文明的な使用法」である、とまず言う。ただし、「対象の持つ意味を剝奪して、無意味な配列の内へ投げ込み、この無意味な相互の反映が、一定の光りと影との秩序を回復」しようとする。そのためには、モデルが「へんてこりんな小説家」三島である必要があり、背景はルネッサンス絵画、スペイン・バロックの家具（三島が蒐集した）などでなくてはならない。ただし、細江氏は、そうしてカメラを構えながら、容易にシャッターを押さず、「被写体と、被写体をめぐつて起こる変貌《メタモルフオーゼ》を待つ」。それは「丹念にしつらへられた儀式的状況の果てに起る不確定な変貌へ向つて捧げられている、という。

そして、シャッターが押されるのだが、そこには「写真の証言性」が賭けられている。被写体自体はいずれも奇怪な夢とも言うべき映像に集約される企みに充ちていて、「客観的な信憑性をみじんも持つことのできない」ものだが、それでいて、写真になることによって得る「証言」性を信じてもらうことに賭ける。そこに「写真の詩」がある……。

要約して紹介しているので、分かりにくいかもしれないが、こういう細江氏の営為に、被写体の三島自身は、「カメラのレンズを凝視することも、カメラへ完全に背中を向けることも、同一の意味しか持たないやうに訓練され」て、「自分の精神や心理が少しも必要とされない」「心の躍るやうな経験」をしながら、「いつも裸にひんむかれて、モデルの苦難の限りを尽くした」(この項は「『薔薇刑』体験記」)。

このところを二人の対談「『薔薇刑』について」(カメラ芸術、昭和三十七年三月)から拾うと、「芸術家というものは表現する職業ですから、自分を隠したいという気がとても強くなるんですね」「細江さんの写真は見事に隠してくれるような気がして、それでぼくはごきげんなんですよ」「僕の隠したいという欲求と細江さんのつかみ出したいという気持がたまたまあったわけで」、「あの写真は両方の欲求の、ちょうどすれすれの細い一本の糸で成り立っている」。言い換えれば、ここに写っている男は、三島であって三島ではない。

その上で、写真は、「存在」を「一瞬にしてとらえる」と言う。小説にとってこれほど困難なことはないのだが、それを一瞬で達成する。三島が写真に関心を寄せ、モデルまで務めた主な理由が、ここにありそうである。言語による表現に従事する者にとって、このため務めることは苦行であるだけでなく、自らの存在を逆に曖昧化し、解体することにも繋がりかねない。だからこそ用意を重ねた上での、把握、定着に努めるのだが、それを細江のカメラが易々と実現する。「細江さんの写真には僕の存在感が出ているんだな」と嬉しそうに言う。

虚実の境こそ三島が希求する、己が存在の居場所なのだ。

その上で、「これらのことはたしかに現実に起つたのである」と念押しして、五章からなる目次を掲げ、それぞれに簡単な説明を加えている。その説明は、飛躍に富み、写真作品と見比べても理解は容易でないが、その先の一節を引用すると、こうだ。

「それはわれわれの住んでゐる世界とは逆で、われわれが世間的な体面を尊び、公衆道徳と公衆衛生に意を須《もち》ひ、従つてその地下に醜悪汚穢な下水道をうねらせた世界に住んでゐるのに反して、氏が私を拉し去つた場所は、裸かで、滑稽で、残酷で、しかも装飾過多で、目をおほはせるほど奇怪な都市でありながら、その地下には抒情の透明な川水が、尽きることなく流れてゐる」。

写し出されているのは、船員帽をかぶり円い大時計を抱える男だったり、薔薇を一輪、横銜えにしている男だったりする一方、幼児が配されている。これは生の循環を思わせるのに十分だろう。ホースを巻かれて横たわるのは、新邸の庭に設けられた大理石のモザイクによる占星術の星座の上で、中央にイタリアで求めたアポロ像が据えられる予定であったが、撮影時点ではまだない。もしかしたらその不在のアポロ像の代わりかもしれない。

また、壁掛用の丸時計やスペイン・バロックの細工が施された置時計が登場するが、時とは何ぞや、と問いかけているふうである。肉体は、言ってみれば一定の空間と時間に閉じ込められた生命にほかならず、誕生から老いへ、そして、死へ至る。それが生命存在というものなのだ。

異常に拡大された目、その中を見せるかと思うと、遠くから指眼鏡で覗く姿を提示する。これは明らかに被写体にとどまらず、見る主体の、作家としての内面への出入口にほかなるまい。

太いロープに雁字搦めに縛られている精悍な三島の裸像があるが、これはサン・セバスチャンの画像に似ながら、流血を拒否したところで浮かび上がったものだろう。

これらの映像は、時には滑稽で、残酷で、奇怪であったりもするが、一貫して「抒情の透明な川水」が不断に流れている……。

そして、それぞれには、「ウパニシァッド」「マヌの法典」「コーラン」などから抜き出した謎めいた文言が添えられている。「この眼の裡に　見られる　神人は　自我である」「踊る勿れ　歌ふ勿れ　楽器を奏する勿れ　手を鳴らす勿れ　歯を軋らす勿れ　興奮して奇聲を發する勿れ」「おお　山なす乳房の女神よ！　女神バルブッティーと交接することは　いっさいの罪を滅却する　力があります」などなどである。三島が折にふれ書き留めていたものだろうか。

こうして出来上がった写真集は、『薔薇刑』と題されて、昭和三十八年三月、集英社から刊行された。

この題は、五つの章の最後のものだが、製作途中で展示をするため細江が三島に求め、複数提示された案の中から選んだもので、これといった典拠があるわけではないらしい。ただし、「序説」ではこう書いている、「第五章　薔薇刑の緩慢な処刑の苦痛が待つてゐる。ここでは残酷な棘のある薔薇の象徴が前面にあらはれ、拷問や果てしも知らないスロウ・デスが用意されてゐる……」。ここから乱行の限りを尽くした古代ローマのヘリオガバルス帝の振る舞いが思い浮かぶ。多量に薔薇を積み上げた天井の下に席を設けて酒宴を開き、酔いが回った頃に一気に落下させ、人々に長い痛苦の末の緩慢な死を与えたという。

この秋、ドイツのフランクフルトで開かれたインターナショナル・ブックショーに出品され、大きな反響を呼んだ。

＊

それから七年後のことだが、昭和四十五年（一九七〇）早々に、『薔薇刑』を編集し直して、海外向け新輯版を出すことを三島が求めた。

初版は、縦長で、構成・装幀は杉浦康平であったが、これを横長とし、装幀を横尾忠則が担当するとともに、そのイラストを収め、細江の新たな海の写真を入れ、配列も変え、各章の名称も変える。本文は英文を先とし、日本語文はそれに合わせて横組みとする、というものであった。

この急な提案を受けて、細江は、横尾に装幀とイラストを依頼して、作業を始めたが、前もって三島は横尾を説得していたと思われる。

章立ては、初版はこうであった。第一章 序曲、第二章 市民的生活日常、第三章 嗤ふ時計あるひは怠惰な證人、第四章 さまざまな瀆聖、第五章 薔薇刑。それが新輯版ではこう変えられた。Ⅰ 海の目、Ⅱ 目の罪、Ⅲ 罪の夢、Ⅳ 夢の死、Ⅴ 死……。

一見して分かるように、「海」と「目」の組み合わせで始まるが、尻取り形式で、「罪」、「夢」、「死」と続いて、最後は「死」の一語でもって念押しされるかたちになっている。ここから、新輯版の編集意図が如何なるところにあるか、明瞭だろう。ただし、三島は若い二人に疑義を挟ませるようなことはしなかった。

この新輯版に添えた文章で、三島は初版との違いを簡単に説明、各章についてこう書いている、「『海の目』は、新たに横尾氏のイラストレイションによつて生れた章で、密室的な前編と対蹠的に、三島の主題の一つである海を、細江氏の新たな海の写真と共に、全面的に展開したものである」。その通り、横尾のデザインは、帙から始まるが、その裏面には、仰臥する三島の裸像が描かれている。ヒンズー教の彩色に彩られた神々を背景にして、毛むくじゃらの全身には、薔薇の花を咲かせた小枝が幾本となく刺さっている。横尾が発明した「薔薇刑」であろう。「おそらく横尾芸術の頂点である。ヒンズーイズムの暗い土俗性を背景に、金色燦然たる中にいかにも暗鬱な死のイメージが横溢し、厭離の感情が沼の瘴気のやうに湧きのぼり、見る者の心に圧倒的な死の情感を培ふ」(『薔薇刑 新輯版』推薦文)と、三島は書いている。そして、横尾に向かっては「これは俺の涅槃像だ」と言ったという。これが分割されて本文中にも収められている。

細江の方は、徳之島まで出かけて行き、海の彼方の日の出と日没を撮影して来て、収めた。一所で両方に臨むことができるのは、この島しかなかったからだと細江は言う。三島によれば、横尾が「本当の日の出の写真がほしい、本当の薔薇の写真がほしい、と、どこにも売ってゐない玩具をほしがる子供のやうにゴネ」、躊躇する細江を説得したのだという。子供のようにゴネたのは、実際は三島だろう。

こうして作業は進められたのだが、新輯版に収めた文では、つづけて書いている、『「目の罪」は、この写真集のモデルが、単なる見られる客体ではなく、見返すモデルである、といふ逆説が語られる」と。この点については、初版についても述べたところだが、改めて強調する必要を覚えたのであろう。そして、各章について簡単な説明を加えた後、こういう一節がくる。

「おそらくはじめは、主題は氏〔細江〕の中ではつきりしてゐなかつた。黒白の効果と造形の面白さが、逆に氏の中に主題を喚起したと思はれる」。

主題がはっきりしていなかったとは、何事であろう。細江は反発を覚えたはずである。確かに撮影にかかった当初は、これという主題があったわけではなかったと思われるが、先に引用したように、作家三島由紀夫を主題とし、自分の「主観的ドキュメンタリー」をと考えていた。これだけで写真家にとっては十分な主題たり得るだろうし、そうして撮影、印画紙上に定着することによって「黒白の効果と造形の面白さ」が現われ、新たな主題が喚起されることも起こってきただろう。ただし、三島はこう書き継ぐ、

「主題は次第に叫びだし、笑ひだし、おどけだした。それがついには写真家の心を、不躾に覗きはじめたのである」。

これでもってこの文章は締めくくられるが、その主題とは、誰のものか。細江のものであるよりも、三島ひとりのものではないか。「海」に始まった尻取りの連鎖が至りついた「死」である。

多分、初版の『薔薇刑』の黒白の効果と造形が三島に喚起するものが、年月が経過するとともに変化して、いつの間にか自身の死となり、それが叫び、笑い、おどけだしたのだ。また、その第五章で記した「スロウ・デス」の最後の段階へ、いまや至るよう望んで、抑えが効かなくなったのだ。著作者は、あくまで細江であるから、勝手な改変は許されないはずだが、死を決心した者の強引さでもって細江に承諾させ、新たな注文まで出したのだ。

その上で、自身の生のイメージをなす海を「I」に据えて、死に至る道筋を形象化するように、写真を配列し直したと思われる。

初版は、新邸前に越中褌姿で立つ三島の像から始まったが、ここではロープによって縛られた裸像から始まる。刑の執行はすでに始まっているのだ……。

こうした変更は、細江にとって心外なことであっただろうと思うが、死をすでに決意した三島に抗することはできなかった。

そして、この作業は、昭和四十五年十一月二十五日の刊行を目指していた。この日付からも、新輯版の意図は明らかである。死へと進む自分の肉体の映像の集成であり、自らの現実の死によって完結するのだ。

じつはこれより前、澁澤龍彦が責任編集で「血と薔薇」を創刊（昭和四十三年十月）するに当たり、三島がグラビア特集「男の死」を提案、[1]自らモデルになって篠山紀信による「聖セバスチャンの殉教」と「溺死」の二点を撮影、掲載していた。その聖セバスチャンはかつて細江に提案、退けられたものだが、それを実現、三島はますます自らの死ぬ姿の映像化を強く求めるようになり、新輯『薔薇刑』に及んだ、という経緯があったと思われる。

そのグラビア特集に、細江は三田明をモデルに「決闘死」を撮っていたから、篠山撮影の二点も見ていたはずで、三島の中にある死への志向を、生々しく感じ取っていたろう。その上で、『薔薇刑』の再編集に同意させられたのだ。

ところが横尾は、年初めに負った交通事故の傷が悪化、ほとんど動けなくなって入院、作業が中断された。三島は、その入院中の横尾を訪ね、督促したという。が、予定の日までの刊行は無理となった。

その代わり、十月十二日から池袋の東武百貨店で開催された「三島由紀夫展」に、ゲラ刷を展示した。なかでも最終章の数点は超大型パネルに引き伸ばして展示した。

この展覧会が始まる少し前、細江は自らの新しい写真集『抱擁』（四十六年五月、写真評論社）の序文を三島に依頼したが、二十二日、その原稿を取りに来るようにとの電話連絡があり、当時、助手を勤めていた森山大道が受け取りに行ったが、それは思いもかけない深甚な賛辞に満ちた文章で、細江を驚かせた。

雑誌発表当時から、何か「凛冽《りんれつ》とも云ひたい美で深くこころを搏《う》つた。性における粘液的なもの、内臓的なもの、柔らかい不定形な内部の温度や匂ひ、さういふものは『抱擁』から潔癖に排除されてゐる」と、まずあった。細江には察知するすべもなかったが、じつはこの文章を書いたその手が、三十数日後にはわが内なる粘液的なもの、内臓そのものを溢れ出させるのだ。そのことを明晰に意志しながら、書いていたのである。

その上で、「氏にとつては、肉の存在そのものが持つ本来的な光輝は、かけがへのないもので、言ひ換へのきくものではない。非個性的な肉は、部分化されることによつて、ますます、或る場所、或る時における、かけがへのない実在の光りを放つ」と記す。これは『薔薇刑』において企て、如何ほどか達成したところのものではなかったか。

そして、この『抱擁』には「人間とは、哀切で、流麗で、力強い、といふ認識があ」る、と言う。これこそこの時点での、三島の偽らざる思いだったのではないか。いまや「神は死」んで、人間は「世界に裸で直面してゐる。衿りもなく、羞恥もなしに」と書き加えるが、そうであることによって、人間はますます、真摯に生きようとして、そうなる……。細江も細江が写す人々も、そして、三島自身も。

この認識を、改めて深く刻み込みながら、細江はこれまで敢えて厳しい「峻険を自分の前にしつらへ」、その一つ一つを征服して来たが、中でもこの写真集が「とりわけ高い峻険」であり、それをいま、克服、達成したのだ、と祝意を表する。

実際、この写真集は、十年にわたる中断期を置いた上で、ようやく完成したものであったから、こう言われてよいものであったが、この言もまた、三島が自らの生涯を振り返っての言とも響くのを、退けるわけにはいかない。なにしろこの時点の三島の目前には、自らが設《しつら》えた最後の「峻険」が迫っていたのだ。

このように細江の芸術家としての営為を心底から称えつつ、自らの営為の至りついた在り様の輪郭を、何ほどか肯定する思いを滲ませて、描いてみせたのである。

そうして十一月二十五日が来た。

この事態に、細江は出版中止を申し出、了承されたが、三島瑤子夫人の要望で、昭和四十六年一月、刊行された。(2)

ただし、この『薔薇刑』は、三島の死への意志によって構成されたものであり、厳密に言えば細江のものではなかったし、細江と三島がともに制作したものでもなかった、と捉えたのであろう。昭和五十九年九月に三冊目になる、『薔薇刑・新版』を出した。装本・写真構成は粟津潔で、目次も構成も初版に戻した。

ただし、初版がグラビア印刷であったのに、この版はオフセット印刷であった。そのため、多彩な色を使うことができたが、紙面はてらてらと滑らかになり、白黒の深みとは無縁となった。この点が細江にとっては不満の種子となった。

こうして平成二十七年十一月二十五日、四冊目の『薔薇刑』(YMP・丸善)を刊行した。造本構成は浅葉克己で、基本的に初版そのままではあるが、未公開の五枚の写真を加え、印刷は新たに開発したグラセット（グラビアに限りなく近づけたオフセット印刷）によった。これにより、細江の意図通りの印刷となった。

こうして三島との出会いから生まれた写真集『薔薇刑』をようやく取り戻した思いになったと思われる。それはまた、死への道を日々辿る三島ではなく、出会った当初の三島を蘇らせることになったはずである。

**【注】**

（1）内藤美津子「華やかな宴の日々――『血と薔薇』から薔薇十字社へ」（別冊「幻想文学」澁澤龍彥スペシャルⅠ、一九八八年十一月）による。

（2）初版の英語題名 KILLED BY ROSES が新輯では ORDEAL BY ROSES に変えられた。ORDEAL は試練、苦難、試金石の意味で、もともとは古代の試罪法、わが国の「くがだち」に当たる。この改題は少なくとも三島の意向によるとは考え難い。

澁澤龍彦

ニヒリズムの彼方へ

**澁澤龍彦**（しぶさわ　たつひこ）
昭和三年（一九二八）～昭和六十二年（一九八七）。マルキ・ド・サドやジョルジュ・バタイユの翻訳、文明や人間精神の暗黒面をめぐるエッセイ、また晩年は小説など幅広く活躍。サド『悪徳の栄え』の翻訳で起訴され、二審とも有罪となる。代表作は、『夢の宇宙誌』『サド侯爵の生涯』『唐草物語』『高丘親王航海記』など。

サドの存在は、わが国においてかなり早くから知られていたが、もっぱらエロティックな小説の作者として、一部の人たちの興味をひくに留まっていた。しかし、三島は少年期から関心を寄せた。谷崎潤一郎『武州公秘話』に倣うかたちでだが十一歳で残酷さの際立つ『館』を書き、周囲の者たちを驚かせたのも、その顕れであった。そして、『仮面の告白』では、友人を料理して大皿にのせて供する夢想の場面を描き込んでいる。

その三島の許に、昭和三十一年(一九五六)六月、『マルキ・ド・サド選集』全三巻(彰考社)が刊行される運びになったので、序文をお願いしたいという申し出があった。翻訳者は、コクトー『大胯びらき』で三島がすでに名を承知していた澁澤龍彥であった。最初はその澁澤の妹道子からの電話であった。

早速、序文を草して送ったが、ゴンクールの日記の、フローベールと交わした会話に関する記述の引用から始まる。魅せられたようにフローベールは幾度となく話をサドに戻して、こう言った、「あれはカトリシスムの最後の言葉だ」。「僕には判るんだ。あれは異端糾問の精神、拷問の精神、中世期の〈教会〉の精神、自然に対する恐怖心なのだ。……サドの中には一匹の動物、一本の木もないと君は認めるだらう」。

所謂、加虐的変態性欲を意味するサディズムという言葉を生み出した基となる小説の作者だから、およそ宗教とは無縁、いや、対立するはずだと考えられていたサドについて述べるのに、三島はまずカトリックを持ち出したのである。それもわが国では、当時、近代小説の最も卓越した作家と考えられていたフローベールの言葉として。これだけでも、当時のわが国におけるサド観を打破するのに十分であった。

そして、三島は言う、私は「サドの哲学を、ヴォルテエルやルソオなどの、十八世紀理神論者の自然的神学の裏返し、あるひはその補足として理解するやうになつた」と。さらに「サドは理性の信者であるが、同時に、理性の凶暴な追求力をしつてゐた」。「仮借ない理性の自然認識が、目の前にまさに地獄を開顕するのを眺めた」と書く。

「お恥ずかしいものですが」と三島は、澁澤宛の書簡（昭和三十一年六月七日付）で謙遜するが、しかし、フランスにおいての最新のサド理解の大筋を承知したものであり、この後、澁澤が開陳するサド観とさほど距離のないものであった。

この選集全三巻の刊行を終えると、澁澤は、その報告とお礼に、翌昭和三十二年二月五日、緑ヶ丘の三島宅を訪ねた。これが親密な交際の始まりとなった。

＊

三島は書き下ろし長篇大作『鏡子の家』を書いている最中で、既述のように鉢の木会のメンバーと雑誌「聲」を創刊（昭和年三十三年十月）すると、その冒頭部を掲載したが、それとともに編集にも関与することになった。そして、早々に澁澤にサド論を依頼する手紙（三十三年九月十日付）を出した。

「思ふ存分『サド論』を書いてごらんになるお気持はありませんか？　もしそれが出来たらぜひ小生に、一番先に読ませていただけませんか?」。これほど行き届いた、有難い依頼状はないのではなかろうか。

こうして最初に掲載されたのが、「暴力と表現」（聲3、三十四年三月）であった。かなりの分量だが、該博な知識の氾濫といった趣のものである。次いで翌年六月には、編集当番から依頼が行くと思うが、「ヘリオガバルス論」を書いてほしいと依頼（三十四年六月五日付）した。『薔薇刑』のところで名を出した古代ローマの少年帝であるが、その矯激と言ってもよい乱逆ぶりは広く知られており、三島も興味を寄せていたのだ。「小生自身、貴兄のエリオガバール〔この時点ではこう表記、今はエラガバルが一般的〕論ほど、たのしみなものはありません」と書き添えている。澁澤はその少年帝を主人公に、すでに短篇小説『陽物神譚』を書き、仲間との同人雑誌「未定」六号（三十三年七月）に掲載していたから、それを読んだ上での注文であったかどうか。

七月二十九日夕、三島の馬込の新邸宅に奥野健男夫妻らとともに澁澤夫妻も招かれたが、その時、どのような話をしたのだろう。やがて「狂帝ヘリオガバルス」の原稿が送られて来ると、既述のように三島は大岡昇平と一緒に校正刷を読み、ともに「感嘆これ久しうしました」（九月二十一日付）と書き送った。翌月、刊行されると、「同人の間で大好評」と記した上で、「奇人列伝の御計画の話」を皆にしたところ、「刺激が強烈で、世道人心にも憚り」がありそうなので、次号は小説をということになったと伝え（十月二十四日付）ている。前もって澁澤と話し合い、奇人列伝の連載を編集会議で提案したのであろう。ところが、多分、出版元の丸善あたりから危惧する声が出て、小説にと変更されたのであろう。その結果、『犬狼都市《キュノポリス》』（聲7、三十五年四月）の執筆となり、三島の没後になるが、澁澤の旺盛な小説の執筆へと繋がることになった。

ところで小説『陽物神譚』だが、三島が採り上げたのは、その短篇集『犬狼都市《キュノポリス》』（三十七年四月、桃源社）が二年後に刊行された折であった。書評「現代偏奇館」（週刊読書人、昭和三十七年四月）で、「絢爛たる傑作」である、「その豪華な措辞といひ、その沈鬱な風情といひ、その見事な形象化された虚無といひ、わが文学史上に一度もあらはれなかつた、突然変異の、怪物的逸品である」と、言葉を尽くして称賛した。

中東の神官の身からいきなり古代ローマ皇帝の椅子に座った少年の、狂乱に狂乱を尽くす乱行ぶりを、太陽神を背景にした陽物信仰を中心に扱っているのだが、底が抜けたニヒリズムを体現しているとでも言うよりほかないその姿を、作者自身、同じく底が抜けたニヒリズムを体して、言葉ひとつで簡潔、適確に描き出している、と見たようである。

この短篇集にはもう一編『マドンナの真珠』（三田文学、三十四年七月）が収められている。三島は触れていないが、表題作を抜く秀作である。幽霊船が現われるが、生きた女たちが乗り込み、子まで産む。そして下船するのが太平洋を横切る「赤道」の上である。生者と死者、現実と地理学の仮構するものとが併存する世界を踏まえて、物語が進行するのだ。サドの「自然に対する恐怖心」に裏打ちされた強靭・過剰な論理を突き詰め、想像力を働かせ、「物語」を紡ぎ出しているのである。

この書評は、澁澤のもう一冊の著書『神聖受胎』（現代思潮社）も採り上げていて、こう書いている。「倫理的アナーキイが教養上のアナーキイを招来した見事な例は、日本では澁澤氏を以て嚆矢《こうし》とすべく、氏が大正時代のディレッタント的デカダンスと似て非なのもその点である」と、その特質を指摘する。つづけて、「もちろん氏の根底にはサド侯爵がとぐろを巻いてゐるのだが、氏のサドから学んだものは、論理とは仮借のないものであり、おだやかな無害な知的教養を片つぱしから破壊してゆくものであり、従つて、論理は本能と自然の側にだけあり、それは必然的に教養上のアナーキイを招来するのであり、この二冊の本に思ふさまばらまかれた破滅の知識のみが、この二冊の本の論理性を保証する、といふことであつたと思はれる。これほどディレッタントたることから遠い態度はあるまい」。

澁澤という存在について、その要点を言い尽くしているのではないか。こうして、一人の優れた作家を「聲」から世に送り出したのだが、誰よりも三島自身が、深甚な刺激を受けたと思われる。

＊

澁澤を新邸に招いた日より一ヶ月ほど前に書き上げ、出版社に渡してあった『鏡子の家』が、九月になって刊行された。贈られた澁澤は、三島宛に手紙を書いた。

御恵与になった『鏡子の家』、たちまち夜を徹して読了、多大の感銘と、あえて申せば昂奮を覚えました。こんな不道徳な作品が、ベスト・セラーになることを心から憂慮いたします。いや前言取り消し、これほど読者を無視した作品が、たとえベスト・セラーになったにせよ、作者自身に何ほどの責任を負わせることが出来るでしょう……。

（昭和三十四年九月十八日付）

これまで書いた長篇という長篇が世から迎えられて来たが、今回はどうか。澁澤自身は間違いなく感銘を覚えたが、少なからぬ危惧も覚えたのではないか。こうも書いている、「現代のニヒリズムの攻撃的な特徴が、あらゆる形式の性倒錯になってあらわれることすら、理解している批評家が、日本には三人といないでしょう」。

果たして、この大作は大方の批評家たちによって不評で迎えられた。これまで三島が描き出すニヒリズムは、一個人のものであり、その情念によって濃く彩られていたが、いまや時代のもの、より普遍性を持ち、あらゆる分野を犯しているとする。その点が、理解され、受け入れられるのが難しかったと思われる。多分、受け入れられるのにはもう一工夫が必要だったのだ。

この後、三島は、文学座上演『サロメ』（三十五年四月）演出の用意と、近親相姦を真正面から扱った戯曲『熱帯樹』（聲6、三十五年一月）の執筆（三十四年九月十三日〜十月三十日）にかかる。このような題材はこれまでも短篇『家族合せ』、戯曲『聖女』などで扱って来ていたが、しばらく途絶えていた。ところがフランスでの実際の出来事を新聞で知って、本格的に取り組んだという（『熱帯樹』あとがき）のだが、性の領域に遠慮なく大々的に踏み込む澁澤の存在が、少なからず影響したのではなかろうか。母親が息子と関係を持ち、夫の殺害を企て、娘は兄を恋い慕い、母の殺害を望む、というふうに絡むが、そうして集大成を企てたと思われるのだ。

影響関係は、明白な証拠があるわけでなく、例え証拠らしいものが見出されたところで、確定できるわけでないが、この時期、三島と澁澤が恐ろしく接近、深く共鳴し合うことが起こっていたのは確かである。

そうした折しも、昭和三十五年四月七日、澁澤訳のサド『悪徳の栄・続』(現代思潮社)が発売禁止となった。

「……今もどこかに現実にサドが生きてゐるやうな、不思議な現実感をよびおこす」と、三島は書き送った(三十五年四月十三日付)が、現在ただ今の日本において、サドがスキャンダルとなったのである。正面から取り組む好機と思ったろう。

ところがこの年一月から連載していた『宴のあと』(中央公論、十月まで)が、モデルの有田八郎からプライバシー侵犯の廉《かど》で提訴される動きがあり、翌年三月十五日には、正式に起訴され、六月には、東京地裁で初公判が開かれる成り行きになった。澁澤の方は、少し遅れて八月から同じ東京地裁で公判が始まった。期せずして両人とも被告席に立たされることになったのである。

当初、澁澤は裁判に不熱心であったらしいが、友人や知人をはじめ文芸家協会など関係団体が、思想表現と出版の自由に係る出来事と捉えて取り組み、特別弁護人に埴谷雄高、遠藤周作、白井健三郎ら、弁護側証人に大岡昇平、奥野健男、吉本隆明らが立ち、彼らと歓談する機会が生まれると、熱心に出るようになったという。

三島の方は、サド裁判に関与するのを遠慮——大岡昇平、奥野健男が弁護側証人になったのは三島の依頼であったかもしれない——、既述のように吉田健一と仲違いもすれば、「聲」が十号(三十六年一月)で終刊となる事態となった。その上、三十六年二月一日には、「中央公論」掲載の深沢七郎

『風流夢譚』に憤激した少年が、嶋中中央公論社長の家人を殺傷する事件を起こしたが、当の作品を推薦、掲載させたのが三島だとの噂が広がり、脅迫状が舞い込み、警視庁の護衛が付く騒ぎとなって、行動を縛られる状況になった。

このため、澁澤が「聲」終刊号に書いた「ユートピヤの恐怖と魅惑」について同人間で議論する機会も持てずに過ぎ、閉塞感を覚えたようだが、それも一時で、『獣の戯れ』、戯曲『黒蜥蜴』『十日の菊』と立て続けに書き、初秋には、細江英公の写真のモデルとなって『薔薇刑』の撮影にかかった。その協力者として加わった土方巽が澁澤と親しかったから、その縁からも係りを深めるようになった。

そうして、昭和三十七年一月から『美しい星』の連載（新潮）を開始、山場にかかったところで、澁澤から手紙が来た。

……新潮10月号の『美しい星』には、快哉を叫びました。「とうとう出るべきものが出て来たぞ。どうだい、三島さん、実に楽しそうに書いていらっしゃるじゃないか……」と、女房と語り合ったことでした。こんな素晴らしい本当の思想小説、ポレミックを混えた本当のロマン・イデオロジックは、日本では初めてでしょう。いや、日本ばかりか、近頃滅法小説のつまらなくなったフランスでも、類を絶するでしょう。

（三十七年九月二十二日付）

心から共感し、喜んでいる、と分かる文面である。このSF的作品は地球上で営まれている一家の細々とした日常を的確に捉えるとともに、抽象化観念化を思い切り推し進め、宇宙空間へ出て行き、かつ、形而上学的領域へも突き入って、恐ろしく隔たった在り方の間を不断に往復しつつ、高い緊張感をもって筆を運んでいる、と言えばよかろう。これは『陽物神譚』を理解し、絶賛した三島ならではの仕事、さらには、その短篇で澁澤が企てた書き方を、大掛りに徹底させ、人間存在なるものについての根源的な問いかけを真正面から行っている、と見たのではなかろうか。

*

小説は「大問題」を扱うべきでないというのが、『金閣寺』の頃までの三島の姿勢であった。しかし、いまや宇宙空間にまで及んで小説を構想するところへ進み出ていたのである。

戦後作家の少なからぬ者たちも、同じように「大問題」と取り組んで来ていた。大河小説と呼ばれる大作が相次いで書かれていた。ただし、基本的にはこの現実社会の次元に限られていた。例外として埴谷雄高『死霊』があるが、それとて一人物の「妄想」という枠組みを持つ。それに対して三島は、今も言ったように人類の歴史から宇宙の生成、さらには未来へと、時間的にも空間的にも思い切って拡大して、小説世界を構想していたのである。

この時期、ソ連が人間衛星の打ち上げに成功、宇宙規模で核戦争の危機感が高まっていたという事情、三島自身、海外において声望が高まり、海外の読者の存在を意識するようになっていたことも、無関係であるまい。

こうなると、なおさら近代小説の枠組みに囚われない小説、いわゆるSFだけでなく、例えば澁澤の『陽物神譚』なり、サドの作品、さらにはヴォルテール『カンディード』、あるいは坂口安吾、稲垣足穂、また、バタイユなどの作品も視野に入って来たのではないか(1)。

こうして三島は、やがて取り組むべき、自らのライフワークとなるべき大作について具体的に突っ込んで考えるようになって行った。「昭和三十五年ごろから、私は、長い長い長い小説を、いよいよ書きはじめなければならぬと思つてゐた」と書いているが、そう思い始めた年からすでに三、四年が経過していた。いや、じつはそれより十年前の昭和二十五年の『禁色』創作ノートに同じような探索の記述がある、「螺旋状の長さ、永劫回帰、輪廻の長さ、小説の反歴史性、転生譚」。

こうしたことを断続的ながら考え続けて来たのも、この世界の出来事を同じ次元に身を置いて扱う限り、年代的な時間の経過を追って記述するよりほかなく、いわゆる近代小説なるものの基本的枠組みを出ることができないと見極めたからであろう。それに肝要なことは、この現代社会に瀰漫《びまん》してわれわれが深く囚われてしまっているニヒリズムを、きっぱりと踏み抜いて、「世界解釈の小説」を書くことだと思い定めていたと思われるのだ。『鏡子の家』の不評の原因も、その不徹底にあった……。

そして輪廻転生を基本軸として、四巻の長篇を構想するようになったのだが、この輪廻転生は、既述の通り、わが国において古来から言われて来た六道輪廻とは異質で、まずは川端康成が『抒情歌』で提示した、自由な「物語」の地平を開くものであった。われわれの世界を、われわれが現に囚われている時間と空間の枠を越え出て、自由に展開するのを可能にするはずなのである。その探索は、インド仏教の難解で聞こえた唯識論に及んだが、創作ノートに「永劫回帰」などの書き入れがあるように、一時期親しんだニーチェ思想なども係っているだろう。そして、そこに広がる長大・広大な時空を、輪廻が小説のうちに折り畳む働きもする。

こうして『豊饒の海』四巻の基本的構想は、昭和三十七年中にはできていたと思われるが、各巻の中身を詰めるのは、それからであった。

＊

昭和三十八、九年も、三島にとっては多事の年であった。文学座が分裂、残って再建に努めたものの、戯曲『喜びの琴』は上演を拒否されたし、一月遅れて日生劇場で上演予定の最初のオペラ『美濃子』も中止になる悲運に見舞われたのは、福田恆存の章で述べた。

こうした状況において、三島は自らの出発点の一角をなす海への憧憬――『花ざかりの森』『岬にての物語』『海と夕焼』などの作品群がある――を軸にして、義理の父子の恐ろしくも純粋な相克の物語『午後の曳航』（三十八年九月、講談社）を書いた。刊行されると、澁澤がさっそく書評（十月二十一日号）を書いたのに対して、三島は礼状を認めた。

書いてくださつた拙作の御批評があまりにうれしく、筆をとる誘惑に抗しきれませんでした。あの小説も亦、多くの無理解にさらされて沈没してゆくかと思はれた矢先、このやうな知己の言に接して、はじめて生甲斐を味はひました。まさにレントゲンのやうな御批評で、すべてお見とほしのとほりです。（十月二十日付）

この「生甲斐」の言辞に、澁澤は少々閉口したのではないかと思うが、この先、見過ごせない創作の内幕を三島は明かす。

ラストでは殺し場を二十枚ほど書いたのですが、あまり芝居ぢみるので破棄したものの、もつとも書きたかつたのはそこであり、ボウドレエルのいはゆる「死刑囚にして死刑執行人」たる小生の内面がグラン・ギニョールであつたのです。

船を降り、横浜片町の洋品店の女店主の夫となった男が、女店主の子ら一団の少年に誘われて、公園の一角で睡眠薬入りの紅茶を飲まされ、眠り込んだところを少年たちの手によって処刑される、それがラストであり、刊行に際して、処刑は暗示するにとどめたが、じつはその場面こそ書きたいところだったのだと、明かしているのだ。それも『仮面の告白』を書いた時以来、反芻し続けて来たと思われるボードレールの言葉を引いて。

つづけて、

健康なる文壇人から理解されぬものばかり書きたくなる小生は、お言葉のとほり、一等奇怪な道へ進みつつあります。即ち精神の単性生殖、少年時代の自分自身と一緒に寝るといふ不可能な熾烈《しれつ》な夢、少年時代の自分に殺されたいといふ甘い滅亡の夢、これらの狂気の兆候のかずかずが作品制作の原動力になりました。タイムマシーンによる殺人と自殺が、これを叶へる唯一の方法かもしれません。

後に触れるが、三島が自決した際に澁澤が下した見解は、この文言に拠るところが大きかったのではないかと思われる。なにしろここで三島は、普通では絶対に打ち明けないことを打ち明けているのだ。少年期以来の、見果てぬ夢、見果てぬままに終わるべき夢を語っているのである。勿論、澁澤もこの夢に深く囚われている男だと、承知したうえである。

それから八ヶ月後、澁澤が『世界悪女物語』（桃源社）と『夢の宇宙誌』（美術出版社）を贈ると、礼状（三十九年六月十四日付）を寄せた。『夢の宇宙誌』について、「この本ほど輓近《ばんきん》の小生の関心にピッタリの本は無之《これなく》、早速通読、いろいろ教へられました。実ハ来年よりはじめるウドの大木の如き長篇の主題は、技法的にも、『アンドロギュヌス』及び『世界の終り』と関係があるのです」。「それにしても『アンドロギュヌス』は最も面白く、『完全人』の夢想が必ずそこへいきつくといふ点で、人間志向の一つの法則を明示されたおもひがいたします」。

ウドの大木の如き長篇とは、言うまでもなく『豊饒の海』四巻のことで、先に触れたように大枠を決めた上で、具体化する段階に入っており、そこにおいて『夢の宇宙誌』から多く教えられた、と言っているのである。例えば澁澤は「完全人」を夢想、その行きつくところが両性具有であるとするが、『奔馬』の終わり近く、収監された勲が女になった夢を見るのは、明らかに「アンドロギュヌス」の具現だろう。そして、『暁の寺』の東京の焼け跡の上に広がる曲々《まがまが》しい夕焼けは、世界の終わりの徴であり、恐るべき博識でもって「性の千年王国」を説く今西は、澁澤がいて、初めて考えられた人物だろう。

こうして三島は、書き上げれば、もはや如何なる小説も不要になるし、書こうとしても書けなくなる、究極の小説を目指したのである。(2)

＊

三十九年九月、澁澤から『サド侯爵の生涯』（マルキ・ド・サド選集別巻、桃源社）が届けられた。

三島はまず書評（三十九年十月二十六日）で、「おそろしいほど真面目な、おそろしいほど明晰な本である」と賛辞を贈った。そして翌四十年、『喜びの琴』上演中止事件で文学座を脱退した人たちが結成した劇団NLTのため、『サド侯爵夫人』（十一月公演）を書いた。『豊饒の海』第一巻『春の雪』の連載を開始したところであり、海外旅行も控えていて、忙しい最中であったものの、信頼できる伝記を得て、創作意欲を強く刺激されたのだ。

サドが小説で描いたのは、快楽のため殺人にも至る背徳的な行為の数々であったが、それらは獄中において論理と想像が紡ぎ出した産物であり、実際に行ったのは些細な犯罪行為に過ぎなかった。そのことを明確に知らされたことと、そのサドに対して夫人が貞淑を貫きながら、釈放されると、修道院に入ってしまったことにいたく関心をそそられたのだ。なぜ、そのような対応を夫人はしたのか、「この芝居はこの謎から出発し、この謎の論理的解明を試みたもの」（『サド侯爵夫人』跋）であると言っている。そのため、「セリフだけが舞台を支配し、イデエの衝突だけが劇を形づくり、情念はあくまで理性の着物を来て歩き廻」るのを目指したという。この点が、言語、風俗、宗教、時代を超えて、この舞台を成立させ、かつ、神と向き合うのを可能にしたのであろう。

澁澤がこの作品が刊行されるのに際して「序」（四十年十一月）を書き、簡潔に要約しているので、それを引用しておくと、「このルネ夫人を中心とする女たちの魂の鏡に映じたサドの変心の過程——すなわち、『イノサンス』（無垢）から『モンストリュオジテ』（怪物性）を通って『サントテ』（聖性）にいたる弁証法——が、このロジカルな戯曲の底をつらぬく糸であり、なぜルネ夫人が二十年も貞節をつくした夫と別れねばならなかったかの、理由を説明するものでもあるだろう」。そして、「氏の多年にわたるサド的世界との交渉の結実であり、みごとな成果である」と言い、「サドのイノサンスの面が、あますところなく描かれて」いる点に、賛辞を呈する。要の一点を、ずばりと指摘している。

ついでに三島没後六年、澁澤が三島とのサド観の違いを言っているところも引いておこう。「私のサドが、明るい幾何学的精神のサド、ユートピストとしてのサドだったとすれば、三島氏のサドは、暗い官能的陶酔のサド、『神々の黄昏』としてのサドだった」（「『サド侯爵夫人』の思い出」五十一年八月）。

＊

昭和四十一年正月二日、鎌倉の澁澤宅へ三島がやって来た。川端康成、林房雄宅に年始に行った帰りで、一昨年、昨年も来たものの、澁澤がすでに酔っていて、話らしい話ができなかったが、この年は腰を据えた。そして、松山俊太郎を相手に、唯識論の阿頼耶識について皿二枚を手にして熱心に説明していると、横から澁澤が、「そりゃアラヤシキではなくて、サラヤシキでしょう」と揶揄ったという。『暁の寺』で扱う専門的な議論に熱中していたのだ。この席には、横尾忠則、金子國義、高橋睦郎もいた。鉢の木会を抜けて以来、心許せる仲間がなく、四十年には復刊した「批評」（佐伯彰一、村松剛ら）に加わっていたが、それとは別に気安く付き合える年下の仲間を得た思いだったのであろう。

しかし、六月、『英霊の声』を発表、単行本を澁澤に送ると、意外な内容の礼状（七月十二日付）が届いた。

今まで申しあげませんでしたが、雑誌で読んだとき、二ヶ所ばかりで、私は涙がこぼれて仕方がなかったものです。涙がこぼれた、と言うだけでは、ミーちゃんハーちゃんとおなじで、批評にも何にもなりませんが、実感でありますからご容赦下さい。

戦後、川端康成氏が、特攻隊の青年と生き別れになった娘の話だとか、じつに哀切きわまりない日本のロマンスを書かれましたが、『英霊の声』の読後感は、私にとって、ややそれに近いものでありました。貴兄は、何という悲しい物語をお書きになったのでしょう……

貴兄が本質的にロマン主義者であると、私は前からにらんでおり、御本の書評のとき、ちょっと書いたこともありますが、今や完全に馬脚（？）を露わしました。『英霊の声』は、日本のへルデルリーンによって書かれるべく運命づけられた主題の御作であったと思います。

たわ言を書き並べました。


多くの人々は、青年将校の文字通り身命を賭しての行動が、当の天皇から嘉納されなかったことに対して義憤を覚え、まずそれについて語り、今日の経済的繁栄への批判に及ぶ。三島自身にしても、この作品を書いたのは、明らかにそのところからであった。ところが澁澤はひたすら悲しみを言う。青年将校たちの密かな心中なり身内の者たちが覚えた悲しみを反芻、そこに立ち尽くす。三島と対立するのではなく、共感しながら別のところに立っているのだ。

なぜ、澁澤はこういう姿勢を採ったのか。もしかしたら、この作品がやがてもたらすかもしれない事態を察知、危ぶんで、敢えてこう書いたのかもしれない。

この後十月、北鎌倉に完成した澁澤の新居を三島はお祝いの品を携えて訪ねた。しかし、この頃から、かつて共鳴し、一体感を覚えるところからいささか逸れる気配となったようである。実際に『英霊の声』が指し示す先に、三島は現実の政治との係りを考え始めていた（「『われら』からの遁走」四十一年三月）のだ。

この後、三島と澁澤との付き合い、手紙のやりとりは続くが、二年ほど後の昭和四十三年一月の澁澤の手紙（十八日付）に注目したい。新春の挨拶から書き出されているが、すでに松の内は過ぎている。なぜこの日付で、この書き出しなのだろう。新年早々に書いたものの、出そうか出すまいか、投函を躊躇、逡巡したのかもしれない。

新年おめでとうございます。旧臘、お手紙をいただきながら、そのままになっていたのを心苦しく思っておりました。

今、文藝の『F104』と、新潮の『奔馬』と、批評の『太陽と鉄』とを、興味深く読み了えたところです。

今や、貴兄のスタイルは、完全に自己中心的、権力意志的、ニーチェ的スタイルになってしまわれました。

そして私が立っている地点から、じつにじつに遠くの高みへ貴兄は翔け上ってしまわれたようです。いつまた貴兄は、この地上へ舞い下りて来られることでしょう？

烏滸《おこ》がましい言草ですが、私は貴兄とは反対に、ますます無倫理の動物性に退行して行こうと考えています。

しかしロバチェフスキーではないが、空間は曲っているのです！　ぐんぐんと高みへ舞い上った貴兄が、いつまた、私の足もとの地面から、ひょっこり首をお出しにならないとも限りません。じつを申せば、私はその日を楽しみにしているのですが……

今年も、どうか存分にご活躍なされますように。

明らかに、澁澤の側からの決別の辞である。もう天と地ほど違う、別の次元の存在となってしまった嘆きとともに、再び出会うことはあるまい、と。その決心を固めるために、『F104』『奔馬』『太陽と鉄』を読む必要があったのだ。

これに対して三島は早々に弁明の手紙（一月二十日付）を出した。その一節、

いろいろ近作に目とほしいただいてゐて恐縮ですが、その御感想によりますと、澁澤塾から破門された感あり、寂寥なきをえません。小生がこのごろ一身に「鋼鉄のやさしさ」ともいふべきtendernessを追及してゐるのがわかつていただけないのかなあ？

やや冷やかな調子になっているのは、覆うべくもない。tendernessには敏感、鋭い感受性、優しさ、愛情などの意があるが、いずれに重きを置くべきなのだろうか。澁澤は、即座に返事（一月二十二日付）を出した。

恐縮しております。〔……〕貴兄が最近追及しておられる「鋼鉄のやさしさ」ともいうべきtendernessについては、小生、十分わかってるつもりなのです。

ただ、貴兄が小生の知らない行動の世界、文武両道の世界へ、まっしぐらに走ってしまわれたような気がして、ちょっと淋しくなり、怨みごとのようなものを申し述べたにすぎません。

こうしたやりとりがあって、一応、親密さを取り戻したかたちとなった。

この年十月、細江の章で触れたように、澁澤が責任編集で雑誌「血と薔薇」の創刊を企画すると、三島は創刊号のためにグラビア「男の死」を提案、自らモデルになって篠山紀信により「聖セバスチャンの殉教」と「溺死」の二点を撮影、エッセイ「All Japanese are perverse」を寄せた。また、翌四十四年十一月二十四日の澁澤と前田龍子との結婚式に出席した。

その一方で、『暁の寺』の「性の千年王国」を説く今西だが、最後には炎上する本多の別荘と運命をともにさせた。「今西のモデルは他にちゃんとありますから、この点はどうぞ御安心下さい」(四十五年一月三十日付)と三島は断わっているが、どうであろうか。澁澤は「三島のやんちゃ坊主のような顔が、紙背から透けて見えるようではないか」(「三島由紀夫をめぐる断章」)と書いているが、本当にそうだったか。

文学者としてテコでも動かない澁澤の在り方を、今、自分が突き進もうとしている立場から徹底して否定しようとしているのだが、今の一時、生きている限り、親しく繫がっていたいと思っていたようである。三島が希望したと思われるが、中央公論社版『日本の文学』月報のために、泉鏡花をめぐって対談(四十三年十一月四日)を行ったが、引き続き、自決を半年後に控えた四十五年五月八日、稲垣足穂について対談「タルホの世界」を行っている。

そこで三島は、一方的に喋り、澁澤は賛同の発言に終始しているが、そこから浮かんでくるのは、ひどく孤独な三島であり、それを見守り続ける澁澤の姿である。言いたいことは存分に言わせてあげよう、とでも心を決めているふうである。その挙句、三島は、足穂に会いたくない理由として、こんなことを言い出す。

非常に個人的な理由ですけれども、僕はこれからの人生でなにか愚行を演ずるかもしれない。そして日本じゅうの人がばかにして、もの笑いの種にするかもしれない。まったくの蓋然性だけの問題で、それが政治上のことか、私的なことか、そんなことはわからないけれども、僕は自分の中にそういう要素があると思っている。

川端康成への遺書的な手紙で、同じようなことを言っているのを、われわれはすでに見ている。つづけて、

ただ、もしそういうことをして、日本じゅうが笑った場合に、たった一人わかってくれる人が稲垣さんだという確信が、僕はあるんだ。僕のうぬぼれかもしれないけれども。なぜかというと、稲垣さんは男性の秘密を知っているただ一人の作家だと思うから。

川端がもはや思うように対応してくれないとなると、頼りになるのは稲垣足穂ひとり、そして、澁澤だとの意を含めて言っているのであろう。

この後、澁澤は刊行された『暁の寺』（七月十日、新潮社）を贈られて簡単な礼状（四十五年七月

二十六日付）を出し、八月三十一日、楯の会制服姿の三島に見送られ、ヨーロッパへ初めての旅に発った。これが別れであった。

＊

「悲しみというか、憤りというか、一種名状しがたい思いに、私の心は立ち騒いでいる」と、自決直後、追悼文（ユリイカ、四十六年一月）を書き始めている。そして、こう言う、「もとより世をはかなんだわけではなく、デカダン生活を清算するためでもなく、むしろ道徳的マゾヒズムを思わせる克己と陶酔のさなかで、自己の死の理論を固めていったのだ。自己劇化を極点にまで推し進めたのだ。そのための布石は周到で、氏が精神も肉体もまったく健康のまま、しかも死の淵のぎりぎりに立つにいたったという事情は、必ずしも私たちに読みとれないものではなかったと思う」。

　まさしく三島が望んだところを、澁澤はしかと見届けたのである。「道徳的マゾヒズム」とは、かつて澁澤が三島をその典型と言った在り方で、それに応えて三島が昭和四十二年十二月二十五日付の手紙で、「小生、ますます道徳的マゾヒズムに傾きつつあり、今におどろくべき結果を生むでせう。乞御期待」と書いてきたことを踏まえている。また、「自己劇化」にしても、市ヶ谷とは別の、ザインよりもゾルレンを先立て、その実現を希求しつづけながら遂に果たし得ず、悲劇に終わるよりほかない劇であろう。そのための苛烈なうえにも苛烈な道行を、澁澤は間近から見ていたのだ。いや、三島が、間近から見てくれるよう望み、そう計らったのだ。

　その役割を、澁澤はあくまで自分の立場を保ち続けながら、間違いなく果たしたのである。その上で、「氏は、みずからの肉体、みずからの死をも、傍若無人な一個の作品たらしめたのである」と書いた。

また、別稿「絶対を垣間見んとして……」（新潮、四十六年二月）では、三島は「右とか左とかいった限定なしの、絶対追求者としての過激派である」。「その認識の貪婪《どんらん》さは、絶対者が必要とあらば、どうしても絶対者を自分のために創り出さなければやまないほどの、あえて言えばエゴイスティックな貪婪さであった」と記し、その上で、「絶対と相対、生と死、精神と肉体、理性と狂気、絶望と快楽などの観念を表裏一体とするきびしい二元論を生き、絶体を垣間見んとして果敢に死んだ日本の天才作家、三島由紀夫の魂魄よ、安んじて眠れかし」と結んだ。

ただし、自決の二年十ヶ月前、「私が立っている地点から、じつにじつに遠くの高みへ貴兄は翔け上ってしまわれた」と、一旦は離別を告げずにおれなかった隔たりは、消えたわけではなかった。例えば「『政治』は三島氏のアリバイにすぎないのではないか」と澁澤は言うが、これは明らかに違う。三島自身、最終的に自分の行っていることが「政治」の範疇に属さないことをよく承知していたものの、それをアリバイに使うようなことなど考えもしなかったはずだ。また、澁澤の言う絶対だが、キリスト教が拠って立つところに近いが、三島は、結局のところ、違った。あくまで日本人であることを選んだのである。そして、文化秩序を、伝統を言った。そうした点を除けば、澁澤の言は三島の真意に最もよく迫ったと言ってよかろう。例えばサドの核心部に、ともに「イノサンス」を摑んだように。この「イノサンス」こそ、神なき時代、神なき文化風土において「絶対を垣間見んとし」て刻苦した者だけが与かることができるのだ。

そして、澁澤が文学上、傑出した作品を書き出すのは、この九年後、昭和五十四年、後に『唐草物語』に収められるエッセイと小説の間を往復するような作品からであって、五十九歳の死まで、『ねむり姫』『うつろ舟』『高丘親王航海記』と書き継いだ。そこには三島の期待に応えようとする思いが貫いていたように思う。

【注】

（1）参考までに、最晩年の著作『小説とは何か』で、こう書いているのを引用しておく、「現代西洋文学で、私のもつとも注目する作家は、他ならぬこのバタイユや、クロソウスキーやゴンブロヴィッチであるが、それといふのも、これらの文学には、十九世紀を通り越して、十八世紀と二十世紀を直に結ぶやうな、形而上学と人間の肉体との、なまなましい、又、荒々しい無礼な直結が見られるからであり、反心理主義と、反リアリズムと、エロティックな抽象主義と、直截な象徴技法と、その裏にひそむ宇宙観などの、多くの共通した特徴が見られるからである」。

（2）拙稿「究極の小説『天人五衰』——三島由紀夫最後の企て」（文学界、平成二十三年一月）参照。

# 林房雄

## 心情の絶対性

**林房雄**（はやし　ふさお）

明治三十六年（一九〇三）～昭和五十年（一九七五）。

プロレタリア作家として出発したが後に転向、天皇護持の超国家主義を唱えた。大東亜戦争は欧米列強によるアジア侵略からの独立戦争であったとする『大東亜戦争肯定論』で独自の戦争論・文明論を展開した。他に、『青年』『西郷隆盛』『転向について』など。

敗戦後、文学者として最も悪名高い人物は、林房雄であった。「あれほど非難の的となり、若い連中のあひだでは、氏と附合があるといふだけで鼻つまみにされかねない」と、三島もその『林房雄論』(新潮、昭和三十八年二月)で書いている。

なにしろ林(明治三十六年・一九〇三生まれ)は、東大在学中にマルクス主義の理論的指導者の一角に加わるとともに、プロレタリア作家として活躍、昭和三年(一九二八)には日本プロレタリア作家同盟の創立と同時に中央委員となるなど、華々しい存在であった。しかし、幾度となく検挙され、獄中で過ごした末、昭和十一年にはプロレタリア作家の廃業を表明、国家主義的団体に身を寄せ、昭和十六年には「転向」を宣言、大きな反響をよんだ。そして、明治維新に取材した小説を中心に筆を振るい、敗戦を迎えると、公職追放処分を受けたが、筆名で文芸時評などを担当、戦時下の占領地においての体験に基づいた短篇を書くとともに家庭小説で人気を呼んだ。

このため、左翼陣営に属した者たちを初め、敗戦後の状況において何らかの地位を獲得しようとする者たちが、恰好の非難攻撃の標的としたのが、林であった。左翼全盛期にはその先頭に立ち、戦争になると軍国主義に迎合、戦後も恬《てん》として恥じることなく筆を執り続ける、恥ずべき裏切り者だというわけである。

だから、林に近づけば、火の粉を浴びかねない状況であったが、昭和二十二年秋、三島は会いに出かけた。その前に出した葉書（最初のもので、昭和二十二年十月十五日付）は、「日外《いつぞや》は失礼いたしました」と書き出されているので、川端康成宅あたりで、すでに顔を合わせていたのであろう。つづけて、「さて本日新夕刊文芸日評に御執筆の拙作への御評言、ありがたく拝読いたしました」とある。『岬にての物語』『軽王子《かるのみこ》と衣通姫《そとおりひめ》』に続いて「群像」に掲載された『夜の仕度』（八月号）を、新聞「新夕刊」の「文芸日評」で採り上げてくれたのである。葉書の続き、「文壇に到底受け入れられぬ作品だとあきらめてをりました処へ、あの御評言で、すつかり元気づきました。殊にあれを『喜劇』とおみとめ下さつたことは、実にうれしく、作者の意図も正しくそこにあつたのでございます」。

もっともこの批評は、中村真一郎と一緒であった。「これらの若い作家達は作詞作曲するように小説を書いている、詩学と対位法の教科書を机の上のどこかにおいて。——私はそれをいいことだと思う」と、書き出し、「中村君の『妖婆』は小悲劇であり、三島君の『夜の仕度』は小喜劇である。前者は美徳のエレジイであり、後者は背徳のセレナーデである。どちらも甘い。どちらも舞台なれのしない、固い、そして明らかに気取りすぎたポーズを身につけている。——今の文壇の常識は、この甘さとこのポーズをきらう。私はそれを好む。それが美徳のドミノを着ていようと、背徳のマスクをつけていようと、中身は若々しい『美と純粋』への憧れである。今の日本文壇が喪失している貴重なものである。——私はこの種の作品を無視しようとする文壇の俗常識を憎む」。

事実に密着した相変わらずの自然主義的作品が跋扈《ばっこ》するなか、それとは異質な二人の作品を評価したのである。

敗戦後は時代遅れの美学を抱え持つ、文学志望の東大生と見られていたのだが、川端康成の推挙で「人間」に作品が掲載され、新しく創刊された「群像」も採り上げてくれるようになったばかりであった。それに『夜の仕度』は、最初の長篇『盗賊』を書こうとして試行錯誤を重ね、川端に現に面倒を見てもらっているのと同じ題材――敗戦の年の初夏、軽井沢での恋愛体験――を、別の設定で強引にまとめたものであったから、この時点の好意的批評は有難いものであった。ただし、「小喜劇」と「喜劇」は違う。喜劇になりきっていないと言う意味であったかもしれない。

しかし、三島はこうして、浜松町の焼け跡に残っていた焼けビル――空襲で内部にも火が入り残骸と化した――内にあった新聞社に、多分、葉書を出した後だから十月下旬、林を訪ねたのである。角が欠け落ち、ぼろぼろになった階段を上がり、編集室の扉を叩いた。林は学生の三島を一人前の男として応接、やがて別室に移ると酒を出し、飲めない相手――三島がそうだった――ながら、大いに飲み、語ったという。そして帰りには三階の裏窓から放尿した。旧高校寮の流儀であった。

この訪問によって、三島は、林の人間的な魅力にいっぺんに囚われたらしい。長文の手紙を立て続けに送り、十一月下旬には鎌倉の林宅へ出かけ、以降、年始に川端邸へ行く前に、必ず立ち寄るようになった。

こうして付き合っていくうちに三島は、林の作品を読み進め、一段と興味を覚えるとともに、世間の林への偏見に怒りを覚え、やがて評論を書くことを考え、ようやく書き上げたのが、『林房雄論』であった。新聞社を訪ねてから十五年余が経過していた。

その十五年余の間に、三島は『仮面の告白』を初め、『金閣寺』や『鏡子の家』を書き、押しも押されもしない作家となっていたばかりか、映画「からっ風野郎」に出演、『憂国』を書き、肉体改造の末、剣道に励むようにもなっていた。この目覚ましい変貌を、林はどう見ていたろう。

＊

その論の序説で、上に見た出会いについて述べ、その「人間的魅力」に触れるとともに、林房雄が「解きがたい謎」になったと、まず言う。

林の語る言葉はわかりやすく、平明だが、常に見えない敵と戦っていて、喋れば喋るほど、独白風なところが出て来るが、実は告白からは遠ざかる。それというのも自らの信条や思想を語るのではなく、信じようとしている情熱を告白しているからであって、そのことが「青年の心を鷲づかみにする」。実際、若い三島自身が鷲摑みにされたのだ。青年は固定した信念の表白などに心打たれず、「或る場所へ辿りつかうとしつつ、自分がすでにその場所に立つてゐると熱烈に信じこまうとする情熱」を見て、「他人事とも思へな」くなるからだと、三島は説明する。

確かに若者はそういうものであろう。現に在るところが問題ではなく、一歩先、二歩先、あるいは三百歩であり、千歩先の、在るべき在りようが肝要なのだ。そういう若者の在り方を、林は採っているのである。

そこで三島は、半ば林に成り代わって言う、「思想を告白することなど不可能で、そんなことができると信じてゐる奴は怪しい」。「借物の思想を得々と語るくらゐなら、思想は永久に外部にあつて、その外部の思想へ向つて人をしやにむに推し進める抽象的熱情だけを、語り得るもの告白しうるものと考へたほうがずつといい」と書く。

じつはそうと「わきまへ」たことによって、林は「転向」したのであり、それは「ユニークで〔……〕自分の中から美しい純粋な心情だけを救い出し、官憲の手には氏の形骸であるところの思想の衣装だけを残して飛び翔つ」ようなものであった、と指摘する。当時、左翼運動に係った者たちは、マルクス主義思想を唯一の正しいものとし、それに殉ずることも辞さない姿勢を執ったが、林は「思想の衣装」の一つで、脱ぎ替え自由なものとし、不断に自分を突き動かす「心情」こそ、肝要としたのだ。そのため、転向が良心の問題とならず、「精神の自由と、思想を守る意志との、解決のつかない矛盾に触れることもな」かった、と。

だから、「氏は極左から極右へ、十年間の獄窓の青春から、苛烈な政治権力の側へ寝返つた」のではなく、「ただ、一つの思想を離脱して、心情の側へ寝返つただけではないのか？　そしてこの心情そのものの野蛮な力に、やがて林氏が気が付くときには、氏はすでにどつぷり首まで浸かつてをり、しかも決して引き返すことをしな」かったのである。

ただし、この途を採ることは、安易に付くことでは全くなかった。「狂熱的な否定、純潔を誇示する者の徹底的な否定、外界と内心のすべての敵に対するほとんど自己破壊的な否定、……云ひうべくんば、青空と雲による地上の否定」を絶えず繰り出すことであった。その過酷な途を行くことに、林は魅せられたのだ……。

このあたりになると、実在する林房雄を越えて、三島が自らの夢を語っているように思われて来るが、三島自身、この論を単行本として刊行するに際して、「跋」で、この論を書いた動機の一つが「自分の青春の整理のため」であったと明かしている。実際に『金閣寺』の連載がまだ終わらない時点で、これまでの自作の文体の変遷を振り返り、その足跡を辿って見せた（「自己改造の試み」文学界、三十一年八月）が、興味深いのはその文体の変遷を、自己改造の企ての足跡に他ならないとした点である。一般に文体とは、作家の基本的在り方、「ザイン」（存在）の端的な顕れとするが、三島は作者の「ゾルレン」（当為）、自らが在るべき在り様を求める、その姿勢が文体となるとする。だから、文体は変えることができるし、そうすることによって「自己改造」が可能になるとする。その独特な議論の当否はともかく、この考え方自体が、林の現に在るところでなく、「或る場所へ辿りつかう」として、「自己破壊的な否定を不断に繰り出しながら、「すでにその場所に立つてゐると熱烈に信じこまう」とする態度と、見事に通じあう。林の「解きがたい謎」とは、じつは三島自身のものでもあった、と言うべきかもしれない。

こうして転向して林が書き始めたのが大作『青年』であった。それを三島が再読したのが昭和三十六年秋、サンフランシスコへ行く機上のことであったが、初読にまさる感銘を覚えたという。「全巻に、私は正直なところ、賛美の言葉しか知らない」と書く。事実、その紹介の部分は、生き生きとしていて、読んでいても引き込まれる。

そこで改めて言う、「林氏の転向とは〔……〕絶対的な思想から、思想の相対性の世界へ漂ひ出たことであつた。しかも、この相対的思想がせめぎ合ふ只中に身を挺して、一つの『理想』につかまれ、一つの熱情に殉ずることであつた。これは甚だイローニッシュな設定というべき」である、と。

思想を相対化して捉え直すとともに、かつて思想に殉じようとした思い・心情は、ますます激しくて、その先へ行こうとするのだ。例えば『青年』の主人公のひとり伊藤俊輔は「攘夷論から開国論」へ「転向」するが、そこで起こったのは、「心情の裏付けを失ふ」畏れ、すなわち「もつとも本質的なものを失ふ」ことであった。そこから「心情」そのものの深みへ赴くことになったのだが、林の場合、「氏のかつてのマルクス主義への情熱、その志、その『大義』への挺身こそ、もともと『青年』のなかの攘夷論と同じ、もつとも古くもつとも暗く、かつ無意識的に革新的であるところの、本質的原初的な『日本人のこころ』であつたといふイロニイ」を顕す結果になったと言う。革命思想に心酔したことが、旧来の一新、革命ではなく、逆にその深みへと赴くことになったと言うのである。三島自身の身の上に起こったのも、基本的にはそういうことだったかもしれない。

『林房雄論』は三つの章、「初期作品」「『獄中記』及び『勤皇の心』」「『青年』『壮年』」と、作品を中心に林の足跡を扱って来て、最後は「『四つの文字』とその他」となる。ここでは、敗戦直後に執筆した短篇『妖魚』『失はれた都』『四つの文字』の三編を採り上げるが、いずれも戦時下、日本軍が占領した南太平洋の島、フィリピンのマニラ、南京をそれぞれ舞台にしていて、やがて訪れる大日本帝国の瓦解を前にした、華々しくも禍々しい忘れがたい一時を描き出している。作者は間違いなく歴史の大きな節目に立ち会っているのだ。「本当の孤独に直面した人だけの書きうる」秀作、傑作であり、「当時の文壇では、見るも忌まわしい異端の作品」だと三島は言う。

そして、「林氏ほどこの呼称——『永遠の青年』——にふさはしい人はあるまい」との言で閉じられる。

*

この長篇評論を書くことによって、三島は、いわゆる右翼的立場を明らかにした、と見なされたようである。確かに三島自身、上でも触れた「跋」で、「心情と思想との微妙な関係は〔……〕大きくいふと、私の考へた日本および日本人の問題」となったと記しており、それは「日本」なり「日本人」という言葉を三島が持ち出した最も早い例の一つである。

しかし、この論の筆を執るよう促した重要な事情が、もう一つ別にあった。すでに触れたように昭和三十六年（一九六一）には、四月にソ連が人間衛星の地球一周に成功、アメリカをリード、八月にベルリンの壁が築かれ、十月にはキューバ危機が持ち上がり、一時期、世界破滅の危機が真剣に案じられた。そういう状況を受けて、三島は『美しい星』の連載を昭和三十七年一月から開始したが、その最中か、完結後間もなく、『豊饒の海』の基本構想をまとめたと考えられるのだ。すなわち、輪廻転生を基本軸とすると決めたのであるが、そうなると、問題として浮かび上がって来るのは、如何なるものが輪廻転生するか、である。一個人の生の枠を越えて転生する、それが如何なるものであるか。あるいは、如何なるものが個々の主体を輪廻転生へと突きやり、如何なるかたちを採るか、である。

そういう問題を抱えたところで、永年、執筆を伸ばし伸ばしして来た『林房雄論』に取り掛ったのだ。そして、ある面では自分に半ば重なるかと思われる林房雄の半生を貫くものを、時の「思想」からの離反を通して、引き出してみせた。それが「持出し可能」の「行動の原理である情熱」、「心情」であった……。

そこでは古代インド仏教の唯識思想が参観された。筆者はそのところに深く立ち入る知識も能力も持ち合わせておらず、結論的に言うよりほかないが、第一巻『春の雪』の主人公清顕は恋という心情を激しく燃焼させ、結晶化させ、輪廻転生をもたらす根本原因「種子《しゅじ》」とした。そして、第二巻『奔馬』の勲へと転生する。その勲は自ら信ずる大義へ殉ずる忠誠心（心情）を燃焼させ、結晶させ再び「種子」として転生する。ただし、男のなかの男とでも言うべき生き方をしたがゆえに、第三巻『暁の寺』では逆に女の中の女ともいうべきジン・ジャンとなる、という運びになる。もっともこの後、この輪廻転生の輪が廻っていく先が曖昧になり、第四巻『天人五衰』では、あらぬ方へと逸れることになるが、第三巻の半ばまでは、間違いなくその「種子」は「美しい純粋な心情」であろう。この相対的世界のただなかにあって、鬩《せめ》ぎ合いながら絶対へと迫る結晶度を持ち、相対的在り方に埋没してしまわずに、来世へと繋がるのだ。

いま『天人五衰』であらぬ方へと逸れたと書いたが、輪廻転生を成立させる唯識思想を持ち出した以上、「識」そのものを問わずにはおれまい。三島自身、生涯を通じて問題としてきたし、この世界を成立させる根本であるとしているのである。そこで、最後の巻では、そこに焦点を絞ることになった。

図式的過ぎて、半信半疑の人も多いのではないかと思うが、大筋はこうであろう。川端康成の『抒情歌』に始まり、澁澤龍彥の刺激を介して、林房雄を論の対象とすることにより、壮大な物語全体の仕組みが定まった、と思われるのだ。そして、最後にはその根本に触れる。これをもって散文芸術の最も輝かしい成果とすべく、努めることになった。

＊

『林房雄論』を刊行した翌年に、林は『大東亜戦争肯定論』の連載を開始した。そして早々に単行本(昭和三十九年八月刊)とすると、三島はこう書き送った。

比類なき史書と存じました。行文の裏に詩が感じられ、熱血が感じられる史書といふものを、最近私は他に読んだことがございません。この御本は本当に生きものとしての日本及び日本人をとらへてゐると思います。言葉を尽《ママ》きませぬが、読後の昂奮を一言お伝へ申上げたく。匆々

（三十九年九月二日付）

『青年』の史書版といってもよく、近代欧米の一貫した植民地獲得政策に対抗して、薩英戦争、馬関戦争以来百年、大東亜戦争を日本人が戦わなくてはならなかった戦争と捉える林の史観は、「熱血が感じられ」「昂奮」を覚えさせるのに十分であり、激しく心を動かされたのだ。

翌年四月には、林から小説『文明開化』を贈られると、礼状を出したが、これまた真情の籠ったものであった。

久しく御完成をいのつてゐた『壮年』が、かうして立派なエンディングを迎へたとは、愛読者としてこよない喜びであります。むかしの『壮年』には苦渋のあとがありましたが、『文明開化』には純粋な制作の喜びが漲つてをります。そしてその作品の主調音に少しの衰へも見られず、青年の力が充実してゐることに敬服いたします。

この御作の完成を可能にした作者のご闘志を考へますときに、一そう喜びがこみ上げてきます。お祝ひよりも、一言私の喜びを申上げたくて。　匆卒乍ら

（昭和四十年四月二十三日付）

林の喜びはこの上ないものであったろう。これだけの賛辞を三島から受けた作家は稀である。

その翌昭和四十一年の春から夏にかけて、二人は対談を行った。『対話・日本人論』（四十一年十月

二十日、番町書房）である。一　芸術と政治、二　縦の社会と横の社会、三　戦後日本の知識人、四　日本の文壇と文学、五　日本人と日本、六　天皇と神、七　精神と生命、からなる。

論点は多様で、簡単にまとめることができないし、二人の意見は一致するところもあれば、意外に食い違うところがある。林は、尖鋭化する三島に対して、しばしば「おもしろい意見だな。しかし、うっかり賛成しては危険だ」と応じる。三島の行く手に危惧を覚えるようになっていたのだ。しかし、そういうところへ導くのに林自身が少なからず与かったという側面があったから、微妙である。

それに不審なのは、三島があれほど感激したと言う『大東亜戦争肯定論』と『文明開化』に触れないことである。林が二度、この自著を持ち出すが、三島は反応しない。かの手紙を書いてから一年少々しか経過していないのだが。

対話は、お互いに最近は腹の立つことが多いのを確認しあって始まるが、三島はアメリカン・デモクラシーへの疑義を言い、政治と芸術は原理が似ており、同じ泉から出ていそうでありながら、ともに統制と破壊へ動くと言う。それを受けて林は、「芸術家の中には他人だけでなく、己れを破壊する者もあるが、あなたはまだ自己破壊はやっていない。これから破壊するかもしれないけれども」と言う。これに対して三島は「わからない」と応じ、川端康成の原理がまったく自己破壊だと言う。

この「自己破壊」なる語だが、武田泰淳、澁澤龍彥が三島の最期について言及するに際して、用いているのをすでに見ている。この時点では、こんなふうにまだ距離を保っていたのである。

林はまた、文化大革命の嵐のなかで郭沫若が自作を破棄したことを受けて、「君などはもし政治に関与したら、首を斬られるか、さもなければ人の首を斬ってしまうだろう」とも言う。これに三島が「どっちかです」と答えると、林は「だから芸術は政治に関与してはいけないし、政治は芸術に関与してはいけない」と力説する。それに三島は「僕もそう思います」と答えるが、どれだけ本心であったか。

このあたり、三島は心ここに在らずの感で、そうした態度に林は敢えて挑発的な言葉を投げつけているふうである。それを三島は、やや疎ましく感じている気配だが、徐々に林と向き合うようになる。

そして、発表されてまだ間のない『英霊の声』、大衆社会においての作家の対応の仕方、近代文学が人間の弱さを真実として提示することへの疑問などから、林の転向に際しての純粋な心情に話が及ぶと、三島は「一貫不惑」の語を持ち出して称賛、林は『喜びの琴』の琴の音に言及、互いに補足し合って、話を進める。

しかし、まず大東亜戦争の敗戦の原因をめぐって鋭く対立する。

林は、開戦時点で日本は高度な技術水準に達していたが、それに応じて体制を整えるだけの「物量」がなかったのが敗因だったとするが、三島は「文明開化」――西洋文明の摂取をもって西洋に対抗しようとしたこと自体が「最終的な破綻の原因」だと言い出す。先に引用した書簡では、『文明開化』と題された作品に賛辞を述べたが、その後、こう考えるように変わっていたのだ。林が自著を二度も持ち出したのに応じなかったのもこのためであった。

三島は、物量だけの問題と捉えるなら、基本的に現状肯定の立場と変わらない、敗戦後、経済の高度成長を推進して来たのと同じ立場ではないかと言い、嫌悪感を隠さない。林の『大東亜戦争肯定論』の「肯定」に、いまや拘りを覚えるようになっていたのだ。

そうして、日本人の文学者はどこに自らの立脚点を認めるのかと反問する。敗戦の時、それまでの歴史伝統との断絶を覚えたが、しかし、完全に断絶したわけではなかった。自分としてはいろいろ考えた末、子供の時に体験した二・二六事件を想起したと言い、さらに神風連へと話を持っていく。彼らがやろうとしたのは、単純化して言えば、「純日本以外のものは何もやらないということ」であり、その目的のために、「手段イコール目的、目的イコール手段」とすることだった。それは「芸術における内容と形式」を一致させるべきとするのと同様で、「日本精神というもののいちばん原質的な、ある意味ではいちばんファナティックな純粋実験」であった、と力説する

この場の話の展開としては飛躍しているが、三島は『奔馬』のなかの「神風連史話」の執筆準備を進めており、神風連思想に没入、自分でも思いがけないところまで踏み込んでいたと思われる。そのため、いま見た神風連についての三島の長広舌は、こういう自問でもって締めくくられる。

もし君〔三島自身〕の言う日本精神というものから、全部夾雑物を取ったらどうなるかと考えてごらん、君がそれをやる勇気があるかというと、ちょっとね。

すでに踏み出し、打って変わって林を手厳しく批判しながら、この立場を最後まで突き詰めることが自分にできるのかと、自身の勇気の度合いを問い質しているのだ。もし神風連の跡を追うなら、近代兵器を備えた明治国家の軍隊に対し、古来からの武器を手にして蜂起、全滅する道を突き進むに等しい死に方をしなくてはならない……。この時期、逡巡する思いを漏らした唯一の言葉である。そこまで一気に突き詰めて考えていたのだ。

これに対して林は、「あくまで政治の問題ではなく、文化の問題でしょう」と答える。それを捉えて三島は、「僕は文化というものは、一度折衷したら堕落するという考えです」、「僕は文化上の攘夷

論者なんですよ、どうしても」と応じる。神風連の人々は、明治九年（一八七六）になっても髷を結い、太刀を手挟み、電線の下をくぐる場合は扇をかざしたというが、そういう時代錯誤を犯し、笑いものにされても進まなくてはならない、とする。

こうした立場の違いが、天皇の問題に繋がる。三島は「天皇は一方で、西欧化を代表し、一方で純粋な日本の最後の拠点となられる難しい使命を帯びられた」と指摘するものの、そこからさらに歩を進めて、天皇は「西欧化への最後のトリデとしての悲劇意志であり、純粋日本の敗北の宿命への洞察力と、そこから何ものかを汲みとろうとする意志の象徴です」と言う。だから「天皇のもっとも重要なお仕事は祭祀であり、非西欧化の最後のトリデとなり続けることによって、西欧化の腐敗と堕落に対する最大の批評的拠点になり、革新の原理になり給うことです」と。ただし、この現代においては、敗北を宿命と覚悟、悲劇を意志しなくてはならない、と言う。

この主張に対して林が、天皇がユダヤ教やキリスト教、イスラム教の神ではなく、神と人との境にいる、現人神《あらひとがみ》であると強調、だから天皇は誤ることがある、と言うと、「僕は天皇無謬説なんです」と三島は鋭く応じる。そして、「僕はどうしても天皇というものを、現状肯定のシンボルにするのはいやなんですよ」「林さんのおっしゃるようになると、結局天皇というのは肯定のシンボルになる」と言って譲らない。

それに林がなおも反論すると、二人の言っていることはそんなに隔たっていないと収拾を図り、天皇は現状肯定と尖鋭な革新のシンボルでもあり得るが、自分としては後者を強調したいのだという。今度は林が矛を収めず、『英霊の声』に触れて、憂いと怒りは分かるが、天皇に裏切られたという見方に疑問を持つ。天皇論としては不足なところがあると強く言う。

林は、終始一貫、二十二歳下の三島を対等の存在と遇して来ているが、この時は違った。引用すればこうである、「天皇論としては、まだ不足なところがあると思うな。農耕文化だとか、神格天皇と人間天皇とか、そういうところにこだわるのは、理論としては若いな。あなたは、もともと勉強家なんだから、そこをもうすこし……。だから、批評家たちは、イデオロギー小説とまちがったんでしょう」。

三島の没後に書いた『悲しみの琴——三島由紀夫への鎮魂歌』（昭和四十七年三月、文藝春秋）では、「ほとんど激論」になり、同意を得ることがなかったと言い、どちらの発言が正しい正しくないというようなことではなく、三島が自ら信ずる道を歩き始めていたことに、私が「気がつかなかっただけである」と書いている。

その通り、三島が言う天皇は、ゾルレンとしての天皇——林自身、上掲書でこの語を使っている——なのであり、それも最終行動へと踏み出したところで仰ぎ見る天皇であって、もはや妥協はできなかったのだ。天皇を問題にすると、絶対的存在（神）か相対的存在（人間）かを問いがちだが、向き合う主体自体の在り方、この社会において客観的に捉えようとするか行動に出るべく心を決めて仰ぎ見るかによって、決定的に異なる。『英霊の声』の白馬に跨って現われる天皇は、二・二六事件の青年将校たちが決起へ踏み切り、出御を待って仰ぎ見たところの天皇なのである。当時であれ今日であれ、社会的政治的法的に認知されていた天皇とは、別次元の存在である(1)。

それに三島は、作家であり芸術家であることを問題にする。芸術作品、天皇、神風連と一つに並べて、これを「純粋性の象徴」であると言い、さらに「宿命離脱の自由の象徴」であると言う。芸術家の仕事は、この現実が課する「宿命」、身動きならぬ卑俗な生から解き放たれ、端的に主体的に活動する次元を押し開くことにあるのであって、その一点において超越性を持つ天皇に通じる。そしてまた神風連は、無私に生きようとする在り方を限りなく純粋化、突き詰めることになるのだ、と。

このあたりになると、三島の発言は、飛躍が多く、正直なところ、分かりにくいが、真に主体的で自由な在り方——芸術家が最も肝要な仕事を成し遂げ得る在り方と、天皇、神風連を繋げることにもなるし、「人間天皇」に対して「神的天皇」「純粋天皇」が悲劇的運命を担い、「詩」に通ずるということにもなるのであろう。

*

この対話を行った後、八月二十一日、ドナルド・キーンと京都へ行き、翌日から三日間、奈良・三輪の大神神社に参篭、広島に清水文雄を訪ねた後、単身、熊本へ行き、神風連の関連地を訪れた。その折の印象は、強烈なものであった。案内を務めてくれた荒木精之宛の礼状（四十一年九月三日付）に、こう書いている、「ひたすら神風連の遺風を慕つて訪れた熊本の地は、小生の心の故郷になりました。日本及び日本人が、まだ生きてゐる土地として感じられました」「神風連は小生の精神史に一つの変革を齎《もたら》したやうであります」。林との対談の時点で、すでに深く踏み込んでいたのだが、現地を訪れ、所縁ある人々に接することによって、三島自身、半ば畏れていたところまで突き進んで行ったのだ。

この訪問の一夕、小宴をともにしたのが、荒木の他に蓮田善明の未亡人敏子であった。蓮田の章で述べたが、蓮田こそ、少年の三島に神風連の存在を知らせた人であった。それにもう一人、蓮田がその小文で採り上げた著書『神風連のこころ』の著者、森本忠がいた。蓮田の中学生時代の友人で、ともに神風連の幹部石原運四郎の遺子、石原醜男に学び、かつ、林の五高時代の同期生であった。こうした人たちが奇しくも揃ったことが、「心の故郷」と言わずにおれなくした一因であろう。

この座では、神風連の思想的核心である「宇気比《うけひ》」について、多く語られたようである。

宇気比については、『奔馬』の主人公勲が愛読する書「神風連史話」の中にも出て来る。高天原に上がって来た素戔嗚尊《すさのおのみこと》が異心を抱いているのではないかと恐れた天照大神《あまてらすおおみかみ》が求めたのが、これであって、素戔嗚尊はこれによって「心の清明《あか》きこと」を証した。以来、神事の根本義となり、敬虔の限りを尽くして神意を知る法とされて来た。

そこから三島は、日本においての神——キリスト教などの唯一絶対神とは対蹠的な方向だが、かぎりなく超越的で絶対的な——へ迫る道筋を見出した、と思ったようである。存在の究極的な有のかたち・究極的な実在ではなく、限りなく空無に己が主体を化することによってもたらされる「清明」のうちに、自ずから出現するのである。

この夕、三島から多く質問された森本は、一晩考えたところを翌日、伝えたという。林が『悲しみの琴』で紹介しているが、「宇気比とは行動そのことが一つの祈りであること、つまり祈りを籠めた試行錯誤であろうことを告げた」。すると三島は「ああトライアル・アンド・エラーですね、と深く肯いた」という。

そう頷いたのは、神意を窺うべく祈ることが、敬虔の限りを尽くして自らを「清明」たらしめ、限りなく無私とし、「清明」を体現したところで、自らが信じた行動へと、愚かな過ちを犯すことになるのも恐れず、果敢に、命を棄てて出ることと解したからであろう。「清明」を体現することは、神意を体現することともなり、自ら発意した行動を実践することが神意の発露となると信じ得るところへと進み出ることになる。祈りが行動と一体となるのだ。

陽明学で言う「知行合一」も、そこからさほど遠くなく、絶体へと手を届かせる、それが三島の言う一回限りの文武両道の実践にほかなるまい。また、武田泰淳『富士』の最後に出てくる「神の指」として働くことと捉えてよいかもしれない。

そうして三島は、『奔馬』を書き出したが、この年の十二月十九日、連載第一回分を脱稿した直後の雨の暗い午後、林房雄の紹介状を持った若者が訪ねて来た。彼は切々と憂国の情を語った。それは作中の虚構が現実になったようであったという。そこで彼の企てている雑誌「論争ジャーナル」の創刊に全面的に協力することになったが、それが学生と係りを持つ端緒となった。林は、三島に対して政治に関与する危険を語ったはずだが、そこへ巻き込んでいく若者を送り届けたかたちになったのである。

そして、翌四十二年四月、三島は前々から考えていた自衛隊への体験入隊を単身で行い、翌四十三年三月には、その雑誌を介して集まった大学生たち三十数名を引き連れて体験入隊した。これが決定的な意味をもつこととなった。もはや一個人にとどまらず、参加した者たちに対して責任を持つべき所業となったのである。

この年の十一月、小高根二郎の連載『蓮田善明とその死』が完結、あらためて蓮田との「結縁」を思い知ることになったのは、すでに述べた。

こういうところまで三島を突き進ませた、林が紹介した若者たちだが、結局は離脱――林によれば、旧知の小沢開策に紹介されたが、「戦後派青年の最悪のタイプ」の「詐欺漢[2]」――、代わって早稲田大学の森田必勝が学生長となって、市ヶ谷へ向かうことになる。ただし、三島は古い右翼と関係を持つ林に対して、多少の警戒感を持って臨んだ。従来の右翼と同一視されるのをあくまで避けようとしたのだ。そこに付け込んで、三島が林を批判していると告げる者がいた。そのため三島は、事実無根ですと、自衛隊富士学校から手紙（四十四年三月三日付）を出したが、この時点で、如何なるところに身を置いていたか、雄弁に語っている一節があるので、引用すると、

小生はたつた一つの的を何とか最上の瞬間に射当てようと、弓を引いてゐるやうな気がします。これは小生の手に負へぬ強弓で、引きしぼる腕がともすると耐へきれずに落ちさうになります。しかし、引きしぼつて、待つて待つて、これぞといふ瞬間に放さなければ、矢は思ふ方向へ飛んで行かないことも確実なのです。この弓弦をじつと頰にあてて腕の筋肉を緊張させてゐる辛い瞬間が、いつまでつづくか見当がつきません。

決起へと機会を窺っている緊張感が、伝わってくる。この手紙は、『太陽と鉄』の最後、戻るべくもない橋を若者たちとともに渡ったと書いてから、ちょうど一年後のものであったから、最後の行動を窺い、かつ、『豊饒の海』全四巻を完結させる最後の場面をどう描くか、ともに「最上の瞬間に射当てよう」と思案を凝らしていたのだ。

林宛の書簡は、この後、『癩王のテラス』帝国劇場公演の切符を同封したもの（昭和四十四年六月十三日付）と、『暁の寺』を仕上げ「心機一転したところであります」と伝える、やはり富士学校からのもの（四十五年三月六日付）が残されている。目的実現に全力を傾けながら、敬意と親愛の情は持ちつづけていたことが知られる。

ただし、九月には林に裏切られた、と三島が思い込み、動揺する出来事があった。右翼と左翼の両方から林が金を受け取ったと告げる者がいたのだ(3)。当時の二人の身辺には、こういう者が出没していた

*

裏切られたと三島が思い込んだ一件を、林が知ったかどうか不明だが、ここまで見てくれば、三島の最期から如何に強い衝撃を受けたか、明らかだろう。彼としては、「三島由紀夫への鎮魂歌」と副題をつけ『悲しみの琴』を書かずにおれなかったのも納得できる。

この本において、林は理解の届かなかったことを縷々と述べているが、そこからは、命を投げ出した行為に震撼させられ、かつ、深い敬意を覚え、頭を垂れずにおれぬとともに、深い悲しみに満たされているさまが伝わってくる。

私は最初から分析も批評も行っていない。ただ描いている。いや、自分のうけた衝撃の大きさに驚きつつ、『悲しみの琴』を音譜も指揮者もなく、つたなくかき鳴らしているだけだ。「鎮魂歌」ではあるが、「安らかに眠れ」と歌っているのではない。冒頭にもことわったように、これは「みたまふりのうた」であり、死者の魂を振り動かして、私自身と後生のために何事かを語らせることを、望外の望みとしてかきつづけるのである。

この書は、この一文に尽きると言ってよかろう。そして、神風連の持つ意味に注目、力点を置いて

語り、旧友を介して宇気比に及ぶことによって、この世から走り出る三島の後姿を確かに見届けたと思われる。

**［注］**

（1）キリスト教など一般の宗教の場合、最初に信仰が問題にされる。信仰を持つか、持たないか、同一信徒か異教徒か。ただし、わが国の場合、そのところはさほど問われない。われわれ日本人は、自らを無宗教とみなしがちなのもそのためであろう。それはまた、神を唯一の絶対者として無前提に定立しないこととも関係しているようである。このことは、そのまま天皇の問題となる。超越的絶対者と捉える人もいれば、一人の人間とする人もいるという状況で、現在に至っている。ただし、これは天皇自体の在り方によるのでなく、天皇に向き合う側の主体的在り方によると見るべきだろう。信仰一途の立場によるなら、絶対神となるし、そうでなければ、それ相応の在り方において捉えることになる。これは個々人の違いばかりでなく、同一人においても、時と場により変化する。この点を心得ておかなくては、無用の迷路に踏み込むことになろう。すでに見た福田恆存との最晩年の行き違いも、このところに係っているように思われる。

（2）この学生たちのなかで、近年、当時の状況を公表している者がいるので、検証する必要があるだろう。

（3）昭和四十五年九月、林が「右と左の両方から金を貰っちゃった」と言って三島がひどく落胆、嘆いていた様子を、徳岡孝夫が『五衰の人』（平成八年十一月、文藝春秋）で記している。ただし、誤解した可能性があることも言及しており、真偽は不明だが、少なくともこの時点まで三島の林に対する信頼は恐ろしく厚かったことが知られる。

# 橋川文三

## 同時代の怖ろしさ

**橋川文三**（はしかわ　ぶんぞう）
大正十一年（一九二二）～昭和五十八年（一九八三）。政治学者、評論家。『日本浪曼派批判序説』において、戦後は黙殺されていた日本浪曼派を戦中派世代として思想史的に再検討した。他に、『歴史と体験——近代日本精神史覚書』『近代日本政治思想の諸相』『昭和ナショナリズムの諸相』など。

橋川文三は、優れた政治思想史研究者として記憶されているが、早くは文芸時評を担当するなど、異色の歩みをしており、三島が橋川の名を知ったのも、文芸時評家としてであったようである。『鏡子の家』が散々な批評を浴びせられたなか、ささやかながら共感を覚えるとの言葉を書いたのが、彼であった。

ただし、作品そのものを評価してではなく、第一に、戦時下の自分たちの体験に「超歴史的で、永遠的な要素」を見出していること、第二に、終戦後十数年にしてようやく「戦後の終焉」を迎えて日常（「正常な社会過程」）が復帰する事態となったことに対し、『異常』でうろんなところがあるという感覚」を持っていること、その二点に、「痛切な共感」を寄せたのである（「若い世代と戦後精神」東京新聞、昭和三十四年十一月）。

橋川は三島より三歳上だが、同じ東大法学部出身で、在学中に招集されたものの、胸部疾患のため兵役につかず、丸山真男の下で学びつづけた経歴の持ち主であったから、誤診とはいえ同じ病で徴兵を猶予され、戦時下を学生として過ごした点で共通する同時代人であった。

三島は飛びぬけて早く世に出たため、同年配に親しい作家がいなかったから、この時になって初めて同時代人、それもごく限られた同じ立場で戦争と向き合った仲間と言ってよい人から、心底に響く言葉を掛けられた、と受け止めたのだ。

橋川の最初の著作は、昭和三十二年（一九五七）三月から連載を始めた『日本浪曼派批判序説』（昭和三十五年二月刊）で、その中の「第五　イロニイと政治」の項で三島の名を出しているが、まだ論じる段階には至っていなかったようで、「三島由紀夫などに象徴したく」と言う程度の言及に留まっていた。そうして、いま挙げた小文を草するに至ったのだが、それを目敏《めざと》く知った三島の意向により、限定版『三島由紀夫自選集』（昭和三十九年七月、集英社。「潮騒」「美徳のよろめき」「金閣寺」「憂国」「沈める滝」など収録）の解説の依頼となった。

その解説「夭折者の禁欲」は、いまも言った同時代人としての独特な意識に根差した、調子の高い文章であったが、不思議なレトリックを駆使した、ちょっと理解が届きかねるところのあるものであった。例えば三島は「知られざる神」に仕えているが、その神とは「戦争」にほかならない、というのである。その戦争であるが、「三島や私などのように、その時期に少年ないし青年であった者たちにとっては、あるやましい浄福の感情なしには思いおこせない」と書く。

少なくとも今日の思考の枠からは外れた言い方である。つづけて、頭に「あるやましい」の語を添えてだが、「それは異教的な秘宴《オルギア》の記憶、聖別された犯罪の陶酔感をともなう回想である。およそ地上においてありえないほどの自由、奇蹟的な放恣と純潔、アスコミックな美と倫理の合致がその時代の様式であり、透明な無為と無垢の凶行との一体感が全地をおおっていた」。

ほとんど奇矯と言ってもよい文章であるが、これが橋川文三という思想史家の出発期の特徴らしい。そうして、先の戦争——大東亜戦争を、敗戦後の時点に立って批判し弾劾するのではなく、その内側に踏み込んで考察、論じた。それも自らの体験——社会人としての人生を始める前に、言ってみれば無垢な心情をもって戦争を内側から、三島と同様に生き始めた立場からであった。当時では自覚・主張されることが全くなかったこの立場から、より率直に語るのに、いま見た奇矯とも見える発想、文章が必要だったのであろう。

橋川は、続けてこうも書く、「それは永遠につづく休日の印象であり、悠久な夏の季節を思わせる日々であった。神々は部族の神々としてそれぞれに地上に下りて闘い、人間の深淵、あの内面的苦悩は、この精妙な政治的シャーマニズムの下では、単純に存在しえなかった。第一次大戦の体験者マックス・ウェーバーの言葉でいえば、そのような陶酔を担保したものこそ、実在する『死の共同体《トーデスゲマインシャフト》』にほかならない。夭折は自明であった。『すべては許されていた。』」

ここで言う神々とは、部族とは、政治的シャーマニズムとは、何なのか、われわれは立ち止まってしまうが、三島はそうでなかった。一読にして、分かった。それも深い共感をもって。実は三島自身、同じ体験を、直前に『私の遍歴時代』（昭和三十九年四月刊）で書いていた。例えば……

「私一人の生死が占ひがたいばかりか、日本の明日の運命が占ひがたいその一時期は、自分一個の終末観と、時代と社会全部の終末観とが、完全に適合一致した、まれに見る時代であつたといへる。私はスキーをやつたことがないが、急滑降の不思議な快感は、おそらくああいふ感情に一等似てゐるのではあるまいか」。「二十歳の私は、自分を何とでも夢想することができた。薄命の天才とも、日本の美的伝統の最後の若者とも。デカダン中のデカダン、頽唐期の最後の皇帝とも。それから、美の特攻隊とも」。また、こうも書いた。「〔防空壕の〕穴から首をもたげてながめる、遠い大都市の空襲は美しかつた。炎はさまざまな色に照り映え、高座郡の夜の平野の彼方、それはぜいたくな死と破滅の大宴会の、遠い篝のあかりを望み見るかのやう」であった、と。

間違いなく「異教的な秘宴《オルギア》の記憶、聖別された犯罪の陶酔感をともなう回想」と言ってよかろう。かの時は、「およそ地上においてありえないほどの自由、奇蹟的な放恣と純潔、アスコミックな美と倫理の合致」を三島は生きていたのだ、橋川と同じく。

違うのは、三島が作家として、自らの若き日の体験を率直、平易に語っているのに対して、橋川は、普遍的レベルへ持って行こうと、神話的、異教的、耽美的観念語を持ち出して苦労した末に、マックス・ウェーバーの言葉に繋げているのだ。それも死を自らの運命と覚悟せざるを得なかった、最終段階の絶望的戦時下の状況が、じつは恐るべき昂揚感をもたらしたことを、いまや遠い日のこととなっただけに、確認しておく必要があると、考え、かつ、その時の「死の共同体《トーデスゲマインシャフト》」の体験を概念化して、「超歴史的で、永遠的な要素」として据えようとしていたのである。

これに対して三島は、橋川宛書簡の二通目（昭和四十一年五月二十九日付）で、その原語「Todesgemeinschaft」を書き込んで、応じてみせた。当の原書を読んでいたかどうか不明だが、間違いなく同じ教養圏に身を置いて、同じようなことを考えていたのだ。恐竜と同じく死滅すると覚悟した上で、もしも生きながらえたとしても、一旦固めた覚悟は内に刻み込まれ、私を畸形にするに違いないと、川端康成宛の手紙に書いたのを先に引用したが、それこそ「超歴史的要素」として捉えていた、と言えるだろう。

そして、その時期、死を甘美に扱って『苧菟《おっとお》と瑪耶《まや》』『サーカス』『中世』『岬にての物語』などを書いていたのだ。

*

ところが、昭和二十年の真夏の正午、終戦となった。

「少年たちは純潔な死の時間から追放され、忍辱と苦痛の時間に引渡され」たとは、橋川の言だが、その通りだった、と三島も深く頷いたろう。『私の遍歴時代』で三島は、端的に「不幸は、終戦と共に、突然私を襲つてきた」と書いている。自分の死をあれだけ確実なものと確信、一時一時、方策を凝らして生きたことが夢幻と消え、なんとも言えぬ卑俗・平凡な日常のただ中に落ち込んだのだ。

その「忍辱と苦痛の時間」は恐ろしく耐えがたかったが、その場で自分なりの生き方を発明することが、緊急の課題となった。それを三島は自分の文学上の課題として受け止め、苦闘することになったのだが、その産物が『盗賊』であったことは述べた。

ただし、こうしたことを理解してくれる者は、川端康成と武田泰淳を除けば、誰もいなかった。同じ戦後派の作家たちは、いずれも召集されるまでは社会人として生活していたから、個々の生活の場で戦争に向き合い、旧に戻ったのだった。ところが学生の身で真っさらな明日を抱えたまま、戦時下を生きた者は、いきなり日常という未知の事態のただ中に置かれ、人生へ出発しなければならなかったのだ。それも身辺に同じ苦しみを背負う者がおらず、孤独に苦しみながら。そうして戦後十九年、思いがけず同じ身の上の人が声を懸けてくれたのである。

「改めて御解説を拝読、感謝の念に搏たれました」と、礼状(昭和三十九年六月十五日付)を書いた。

それに加え、当時は『奔馬』の構想を練っている最中であったから、出版され始めた橋川の著作から恩恵を受けることになった。既に引用した二通目の書簡で、「御高著『日本浪曼派批判序説』及び『歴史と体験』は再読、三読、いろいろ影響を受けました。天皇制の顕密教の問題、神風連の思想の正当性の問題など、深い示唆を受けました」と書いている。また、その編著『現代日本思想大系31 超国家主義』（昭和三十九年十一月、筑摩書房）から受け取ったものも小さくなかったろう。『奔馬』の主人公勲は、二・二六事件へと繋がる事件が次々と起こる時代のなか、大義に殉じようと思い詰め、財界の巨頭を単独で襲い、刺殺すると、直ちに自決する。その行動ぶりは朝日平吾に酷似しているが、その思想と行動を紹介したのが、この編著だった。

続いて三島は、『現代日本文学館42　三島由紀夫』（昭和四十一年八月、文藝春秋）に付載される「三島由紀夫伝」を、橋川に依頼した。

その「伝」は、一応、橋川の評伝作者としての文章の見事さを示したと言ってよいものだが、構成は恐ろしくバランスを欠く。全体は五節からなるが、一節は出自、二、三、四節で戦時下を扱い、戦後は五節のみである。戦時下の体験が如何に重要であったとしても、作家として第一線で活躍して二十年にもなろうとしているのである。そこに重点を置くのが順当だろう。ところが『仮面の告白』と『金閣寺』を取り上げるだけだから、偏頗《へんぱ》な評伝ならぬ評伝と言わなくてはなるまい。

しかし、三島は礼状にこう書いた、「此度は見事な伝記をお書きいただき、心から感謝いたしております」（前出二通目書簡）と。わざわざ「伝記」の語を使っている。続けて、「むかし『鏡子の家』についてお書き下さつた時、自分は三島の文学自体には興味がなく、精神史的興味が主である、と述べられてゐたと記憶しますが、実はさういふアプローチのはうが、小生が文学に賭け、あるひは文学を利用してゐる（この二作用は同じことのやうに思はれます）態度の根底にあるものを、正確に見抜かれてをられるといふ感を抱かされます」と。

ここで言う「文学を利用」がどういう意味か、その前に「文学に賭け」とあるので、通常の意味でないのは断るまでもあるまい。そうして、これ迄のもろもろの批評に「ツバを吐きかけてやりたい思ひで一杯」であったが、「此度の御文章によつて、真の知己の言を得たうれしさで一杯です」とまで書いているのである。

その「真の知己の言」とは、どのようなものであろう。既に言及しているが、三島はこう書いていた、「御一文中、Todesgemeinschaft についての部分から戦後の変貌に掛けての御描写には、何か、同時代人の心理の奥底に漲るものの怖ろしさに触れました」と。同時代人も「死の共同体」にともに属した者同士ならではの、端的に通い合うものがあり、それを感じ取ることよって、三島は足りたのだ。

いや、それだけではなかった。このマックス・ウェーバーの言葉によって、橋川自身なり三島の戦時下の体験を、「超歴史的で、永遠な要素」として定着させるべく、橋川は学者として努めて、三島は作家として努めている、と承知したのだ。同時代として、同じ志向を抱いて、刻苦している……。

この頃、短篇『孔雀』(文学界、昭和四十年二月)を書いているが、十七歳の時の輝くような美少年であった自分の写真を居間に掲げている中年の男が出てくる。これなどはこの志向から生まれたように思われる。

なお、同時代人として三島は、当時、こんな人たちを意識していたらしい。磯田光一宛書簡(三十九年三月六日付)においてだが、「貴兄、奥野〔健男〕氏、吉本〔隆明〕氏、橋川氏、小生など、それぞれ個性はちがひながら、共通の問題を蔵する人間が……」と書きつけている。

しかし、三島について書く以上、いつまでもこれでお仕舞い、というわけには行かないし、三島としても、現在の営為へ考察を広げてくれるのを期待したはずである。

*

そういうところを多少は意識して橋川が書いたのが「ネオ・ロマン派の精神と志向——ナショナリズムとどうかかわるか」（朝日ジャーナル、昭和四十二年八月）であろう。

ここで橋川は、まことに手際よくこの時点でのわが国におけるロマンチシズムとナショナリズムの絡み合いを概観して見せる。マックス・ウェーバーに代えてトーマス・マンの言葉を引き、アカデミズムの氾濫に死ぬほど退屈していた人々に、ロマンチシズムが「ドイツ的内面性の発露」「充実した深さの感覚」を呼び起こし、その「デモーニッシュな陶酔」が「死への親和感」も呼び起こし、それがナチズムへと導いたと言う。

こういう議論に立ち入るつもりはないが、橋川はその上で、日本のロマン派は、「私たちが『準戦時体制』のもとに画一化され、マス化されてゆく人間精神を感じとらざるをえなかった時期、人間生活の内面に存在する心情の深さに眼をひらかせる力を持っていた」とする。

この記述は、三島の『林房雄論』と照応しよう。思想から心情に寝返ったことにより、その心情の深みに「日本のこころ」を見出すことになったと指摘した。ただし、それは「日本ロマン派の美しい序奏部分」にすぎず、その反俗性と革命性は、「反俗と革命に無能力なる者の自意識」という側面を呼び起こした。そのため、三島は「ロマンチシズムの味方であるとともに、その敵対者でもあるという微妙な関係を象徴する」存在となり、本来の日本ロマン派が「三島のいう自己憐憫に近い斜面をすべっていった」のに対して、三島自身は「むしろストイシズムに近い文学的方法をつくり出した」と言う。

多分、大筋はこの通りなのだろう。三島が古典主義的姿勢を採ったこと、また、澁澤龍彦が指摘した「道徳的マゾヒズム」を強めたことと、この傾向とは無縁であるまい。

その上で、このストイシズムを選び取る姿勢が、現代の青年の心を捉えたのだと、橋川は指摘する。そのナショナリズムは国家レベルのものでなく、新しい大衆社会化の現象——工業化による大衆化、俗衆の平均化、マスコミの発達、技術社会の発達など——に対抗する原理であって、既製の範疇には入らないと言う。『鏡子の家』に始まり、『英霊の声』に至った激しい現代批判が、ここでは意識されているように思われる。

ただし、橋川は言う、その特徴の背後に、じつは「人間の生を支える強固な根拠としての死の観念」があり、そこから「かれの思想的スタイルのすべてが流出する」と。多分、戦時下の死への親近が、いままた、肝要な立脚点となっていると言っているのである。

その「死の観念」だが、「一般の右翼者の情念や、ロマンチシズムの精神と深い血縁をもった観念の一つ」であり、それが「方法化された狂乱」(トーマス・マン)と結びつき、究極的なるものに一体化、大衆化の低俗から完璧に離脱させる、と言う。

このあたりになると、『憂国』や『英霊の声』に困惑しながら、とにかく戦時下の共感から今日に至る一筋の道を付けようとしていると見てよいのであろう。

しかし、三島の歩みは早い。

＊

「中央公論」昭和四十三年七月号に三島は『文化防衛論』を発表した。いわゆるナショナリズムの立場を明確にし、天皇を文化、伝統の中心とし、その防衛を説く立場を、総合的に立論しようとした。各方面から反響があり、橋川は同じ「中央公論」九月号に「美の論理と政治の論理」を書いて応えた。これまた、三島が編集部に要請したのであろう。

この三島の論自体、橋川の言うとおり、いささか魅力を欠くエッセイであるのは確かである。課題は緊急のものでありながら、論として大きな構えを採ろうとして、鋭利に切り込むことをしないため、隔靴掻痒の感が纏わり付く。章立てを見ると、一 文化主義と逆文化主義、二 日本文化の国民的特色、三 国民文化の三特質、四 何に対して文化を守るか、五 創造することと守ることの一致、六 戦後民族主義の四段階、七 文化の全体性と全体主義、八 文化概念としての天皇、である。

まず、文化とは博物館に収めておけばよいような無害なものでなく、今日の創造行為に係ることを強調、文化の全体性、再帰性、主体性の三点について述べる。そして、文化を日本人の行動様式の集大成と捉え、創造主体の自由とその生命の連続性こそ肝要であり、これを守るために政体を選ばねばならない。ただし、守るとは、受身でなく、「つねに剣の原理」で、暴力の用意が必要だと言う。ただし、自由と主体的自発性が肝要であるから、それを自ずと保障する「文化共同体理念」の確立が必要であるとする。

そこで求められるのは、政治的統一でなく、文化的統一であり、わが国の場合は「文化概念としての天皇」を中心とする。そのため天皇は、国家権力と秩序の側だけでなく、無秩序の側へも手を差し伸べる「みやび」を体現していなくてはならないとする。

この考えから、二・二六事件のような「天皇のための蹶起は、文化様式に背反せぬ限り、容認さるべき」なのだが、「西欧的立憲君主政体に固執した昭和の天皇制」は、そのところを「理解する力を喪失してゐた」と批判する。三島の二・二六事件についての基本的な考え方である。

橋川は、これまで誰もが正直に、正確に答えたことのない、日本人の文化における天皇の意味づけは如何という問題を三島は提起したのであり、その「愚直」さ、「なりふりかまわぬ精神」に感心した、とまず言う。そして、芸術作品だけでなく、行動および行動様式を含んだ全体的人間集団の生の様式を文化とする考え方は尋常だが、多様な人間の生の諸様式に一定の意味体系を与えるのが、日本では天皇だとするのは、どうだろうかと保留、文化の「一般意志」を象徴するものとして天皇を考えているとも解される、と言い継ぐ。より厳密に、学問的用語で語り直そうとしているようだ。

その「一般意志」だが、ルソーの言うところのもので、「すべての個人の特殊な利害関心にもとづく多様な意志の集合に対して、一つのネーションとしての統一的意味を付与するものこそ、絶対に誤ることのない自然法則のごとき『一般意志』」であるとし、三島もまたそのように捉えてはいるようだが、用心深く天皇を政治から引き離しているため、単に「一般意志」と言うよりも「日本文化における美的一般意志」と言うべきだろうと保留条件をつける。

このように橋川は、あくまでもウェーバー、ルソーなどの西欧思想の体系のなかに位置付けて、説明しようとしているのである。その上でこのような天皇観が北一輝に似ていることを指摘、「要するに北は、天皇を日本国家の到達すべきユートピアへの美しい意志の象徴とみなし」ていたとし、「ほとんど中世・近世を通じ草莽《そうもう》の中に伝承された朝廷への憧憬に似た感情が流露している」と言う。そして、天皇の個人的意志でなく「一般意志」の実現となると、代行者による行動・実現が問題になるが、その際、テロを行った代行者の責任は問われないとするのが北の立場であり、三島も同じであって、二・二六事件の青年将校たちが処刑されたことに対し、天皇を批判したとする。

この点に関しては、後に三島は「北一輝論――『日本改造法綱』を中心に」（三田文学、昭和四十四年七月）で、「私は、北一輝の思想に影響を受けたこともなければ、北一輝によつて何ものかに目覚めたこともない」と明言する。北はもともと天皇に対し「冷えた目」を持ち、かつ「絶対の価値といふものに対して冷酷」であり、橋川のこの指摘は、根幹を見ないものとして不満であった。

橋川の論評は、この後、天皇と軍隊を栄誉の絆で繋ぐ三島の提言に対する疑問などを述べて、終わるが、三島の立場に精一杯理解を示し、「純粋攘夷派の系譜につらなるものかもしれない」と言って、近代史研究者としての立場を守ったと言ってよかろう。

＊

これに対して三島は、「橋川文三氏への公開状」（四十三年十月号）でもって応じた。まずこう言う。「いつもながら、貴兄の頭のよさには呆れます」と。三島が珍しくもたもたとしているところを、すらすらと概括して見せているところが少なからず認められるし、ルソーの「一般意志」という概念でもって、天皇の存在を説明されたりすると、一瞬、同意したくなりもしたのであろう。それにここには、「死の共同体」に属した「甘美感」まで用意されていたのだ。だからこそ、こう言う、「貴兄の文体の冴えや頭脳の犀利には、どこか、悪魔的なものがある」と。そして、そこから反撃に出る。悪魔的と言うよりも悪魔に身を売った、「誠実な二重スパイ」を思わせるところがあり、「貴兄は、いつも敵の心臓をギュッと甘美に握ることを忘れず、さうして敵に甘美感を与へてゐる瞬間だけ、貴兄の完全な自由と安全性を確保してをられる」、と。わが国と西欧、生と死との間の二重スパイ、というわけであろう。

しかし、三島はすでに神風連への親近性を覚え、そちらへ踏み出しかけていた。「一般意思」などという西欧の概念に惑わされてはならないのだ。三島の言い方は、半ば褒めているふうだが、実際は手厳しい。いや、手厳しいどころか、「敵の心臓を」「敵に甘美感を」と、「敵」という語を繰り返しているのである。もしも心を許せば、乗っ取られかねない。なにしろ橋川は、戦時下の少年時代以来の三島の核心部を的確に摑み、ある意味では愛撫し、改めて目覚めさせもしたのだ。そうして、結局のところ、ウェーバーやトーマス・マンの言葉を引用して「学問の客観性」を保ち、日本のナショナリズム、それも超国家主義思想の流れの中にやすやすと据え、論評を加える……。しかし、それでよく解明しおおせるのか。

もっとも橋川の指摘に「ギャフンと参った」ところがあった。「文化概念としての天皇」の全体性が明治憲法下ですでに犯されていること、天皇と軍隊の直結を求めるが、直結した瞬間、「文化概念としての天皇」は「政治概念としての天皇」にすり替わるのではないか、との二点だが、その点に関しては、「責任」は感じなかった。なぜなら、この二点こそ、天皇自体が問われて来た論理的矛盾だからだと、三島は居直ってみせる。

そして、現在、平和憲法の下、世界でも稀な無階級国家の象徴の地位を天皇が保持、「統治なき一君万民」を実現しているかのようだが、この日本が「近代国家の論理に忠実な国家形態」を実際に採っているか、と問いかける。いま言った論理的矛盾にしても、欧米の近代的論理の枠内のものに過ぎないのではないか、というのだ。

そこから一歩進めて、今日の言論の自由という尖端的な現象に耐えて天皇が存立している事態から、天皇はこの無秩序を本質としていると考えると言い出す。そして、言論の自由が至り着く無秩序と、美的テロリズムの内包するアナーキズムとの接点を天皇に見ようとする。「『言論の自由』の招来した無秩序の底に天皇の御顔を見ようとする」とも言う。

無秩序なまでの自由と、美の極限までの追求と、絶対性を踏まえた生きた秩序のいずれをも三島は肝要とするのだ。だからそれらの接点が問題となるが、そのところは三島の天皇論の「密教」に属し、ただ強く希求されるべきとするに留まる。そのため論理でなく、実際的な必要、天皇と自衛隊とを栄誉の絆で結ぶ必要を言うことになる。

しかし、三島はここで知的探求を止めたわけでなかった。『日本文学小史』(昭和四十四年八月連載開始)がそうである。「古事記」「万葉集」から江戸末期の滝沢馬琴までの、わが国の文学史上のトピックを取り上げて考察しようとしたもので、未完に終わったが、文学活動のうちに「文化意志」を見ようとしたのだ。そして、「古事記」の景行天皇の子、倭建命《やまとたけるのみこと》の項で、神人分離が起こったとする。そのところを詳しく見る必要があるが、それよりもここではその「文化意志」が、『文化防衛論』の「一般意思」とほぼ重なることを確認しておくことだろう。すなわち、橋川の論評を退けながら、なにほどかは踏まえ、文学上の問題として、さらに追求しようとしていたのだ。その点で、西欧の明知に拮抗する観念化、論理化の営為は、最後まで手離すまいとしていたのである。

ただし、この頃になると、蓮田善明を追って神風連の在り方を自分のものとすべく努めていたし、福田恆存に向かって、暗渠で西洋に繋がっていると厳しい目を向け、長年の知友で、祖国防衛隊の計画立案にも協力してもらっていた村松剛に対しても、「きみは頭のなかの攘夷を行う必要がある」と目を据えて言うところまで行っていた。すでに行動へと進み始めていたのである。

当然、橋川を明確に「敵」と見做すところへ立ち至っていたのだ。同世代ならではの共感を覚えてから、四年余しか経過していなかった。

＊

そして、市ヶ谷の事件となったのだが、直後の橋川の発言としては、「狂い死にの思想」（朝日新聞、昭和四十五年十一月二十六日夕刊）がある。

冒頭、「三島はこの一、二年来、狂気か死をめざす非常にむずかしい生き方を考え続けてきたような気がする」とある。確かに、死へのスケジュールを決めた上で、『暁の寺』を完成させ、ついで『天人五衰』の構想を改め、書く順序も前後させ、遮二無二、完結を目指すという、恐るべき困難な月日を生き抜いた末のことであった。ただし、「狂気か死をめざ」したわけでは決してなかった。死の覚悟を保持しつづけはしたが、あくまで明知の下、作品の完結と憲法改正を訴える行動をやり遂げることを目指していたのである。このところの不正確、不用意な発言は、致命的ではなかろうか。

その後、昭和四十六年三月二十三日、東京地方裁判所で、いわゆる三島事件の裁判が始まった。世の注目を集めはしたが、思いのほか盛り上がることなく、公判十八回の末、翌四十七年四月二十七日に、判決が言い渡された。市ヶ谷の陸上自衛隊東部方面総監部で縛《ばく》についた古賀浩靖、小川正洋、小賀正義の三被告全員に対して、「監禁致傷、暴力行為等処罰ニ関スル法律違反、傷害、職務強要、嘱託殺人」の罪名により、懲役四年の実刑が科せられた。

この判決が出たところで、橋川は「三島由紀夫の生と死」（別冊経済評論、昭和四十二年六月）を書いた。事件の裁判についての貴重な一文である。

まずは、事件そのものの反響の大きさに比べ、拍子抜けするほど簡単な事件として落着してしまったと指摘する。当初は、事件を引き起こすに至った三島の思想の解明に焦点が置かれ、「檄」が問題とされ、それが提起する憲法改正へと議論が進むと予想されたし、裁判長も過激な行動に出た思想的背景として陽明学を問題にする姿勢を見せていた。ところが実際に裁判が始まると、支援団体は上記の態度を推し進めようとしたものの、弁護団は同調せず、末梢的な技術的法律論に終始、検察側も同様であった。なにしろ法廷の被告席に立っているのが、上記楯の会の三会員であり、三島でも森田必勝でもなかった。このためその思想は裁判の対象とならず、採り上げられても、もっぱら三被告の情状酌量のためであった。そうして単純な刑事裁判となってしまったのだ。

このような裁判の変質と、判決文がひどく平明であることとは繋がると橋川は言う。思想心情が採り上げられなければ、当然であろう。

そこには遺族の意向もあったろう。なにしろ父も弟も高級官僚であり、妻の父が国家的栄誉を受けた画家杉山寧であった。加えて、右翼勢力が結集して当たって来るのではないかと警戒したが、三島は既存の右翼と係るのを避け、財政支援をどこからも受けず、運営費のすべてを苦労して自腹で賄った――この点に橋川は触れない――ため、その恐れはないと見極めがついたのが大きかったと指摘する。三島自身は、三被告に対し事件直前に「命令書」を渡し、生きながらえて、「三島はともあれ森田の精神を後世に向かつて恢弘《かいこう》せよ」と命じていたのだが、裁判はその役に立たなかったのだ。

橋川は最後に、楯の会について疑問を記す。殊に十一月二十五日をもって解散を命じたのが解せない。果たしてこの会に、三島に対する「忠誠」なり、「戦友愛というべきもの」があったのか、と。そして、「この疑似的戦士集団が存在した意味は〔……〕三島の武人としての死を成立させるための形式的手続の一つとしか考えようがない」と書く。

この俊敏な学者が、どうしてこんなことを考えるのか、驚くよりほかないが、先鋭的テロ集団を研究して来た結果として、楯の会もその枠組みでしか見ることができなかったのだろう。楯の会は、もともと民兵組織＝民間の国防衛隊として構想されたもので、政界や財界の理解と支援を前提に始まっているのである。その点で基本的に開かれた性格を持ち、いわゆる政治思想結社とは異なる。既存の右翼団体なりその有力者と関係を持つのを極力退けたのもそのためであった。しかし、財界からの支援が受けられず、政界の理解は遅々として進まなかったことから、やがて組織されるべき民兵組織＝祖国防衛隊の幹部を養成する目的で、とりあえず発足させたのが、楯の会であった。そのため、隊員は大学生を対象とし、訓練は自衛隊に依頼、費用のすべては三島が自らの資力で賄うとしたのである。「運動のモラルは金に帰着することを知った。『楯の会』について、私は誰からも一銭も補助を受けたことはない。資金はすべて私の印税から出ている」（『楯の会』のこと」）と明言している。そのため、会員は百人をこえない。

こうした点で隊員は一人前の社会人でなく、養成中の身分、学生に留まり、「戦士集団」どころか、「疑似的戦士集団」でもない。勿論、「戦士集団」となることを目指してはいるが、一党派のためでなく国家防衛のためである。そのため将来的に「戦友愛」が求められるが、そこまでの道程は遠い。

そして、この会で責任を持つのは三島ただ一人である。三島がこの組織を保持できないと明らかになれば、解散を指示しなくてはならないし、現にその指示を出した。そうしなければ、無責任の責めを受けることになる。

このことが理解できないとは、奇怪だし、「三島の武人としての死を成立させるための形式的手続の一つ」となると、よくもそこまで空想をたくましくしたな、と言わなくてはならない。

もっとも三島が、昭和四十三年秋から四十四年、四十五年と言論を先鋭化させて行くのを外から見ていると、そうした危惧を覚えるようになったのも無理はなかったかもしれない。村松剛からして四十三年十月二十一日の国際反戦デーの騒ぎが起こると、「『楯の会』はこの時点ではもう民兵の基礎ではなく、斬込隊としての性格を深めていた」(『三島由紀夫の世界』)と書いている。しかし、そのように三島の個人的意識は変わったかもしれないが、設立の趣旨、隊員たちとの約束は変わらない。そのことを三島は承知していたはずである。それに何よりも自分の個人的な欲求のため、他の生命を供させるようなことを三島は断じてするはずがないのだ。その点で、市ヶ谷自衛隊総監部へ三島とともに行った四人は、別個に考えなくてはならないだろうし、殊に森田必勝は、自ら進んで先導役を務めたと思われ、三島もまた「楯の会全会員および現下日本の憂国の志を抱く青年層を代表して」(「小賀正義君への命令書」)と書いているとおり、特別な存在であったのだ。(1)

橋川は、マックス・ウェーバーの「死の共同体」なり「死を誓った共同体」なる観念に囚われて、三島の行動も楯の会も見ているのである。三島自身、戦時下において死の意識に囚われたことは疑いなく、そこから出発し、晩年は「ノスタルジー」を強く覚えていたのも確かである。しかし、そこに「楯の会」会員の学生たちを引きずり込むことを潔しとはしなかった。最終的に森田一人はやむを得ないとしたが、他の三人には死は勿論、会員たりつづけることも許さず、会そのものも解散を命じたのである。

橋川が絶えず依拠したのがマックス・ウェーバーだが、彼は第一次大戦にドイツ軍兵士として従軍した体験に基づいている。だからこそ洞察に満ちた考察を行い得たのだろうが、だからと言って、そのまま楯の会に適応できるだろうか。「三島にとって必要な究極のものとは戦場死と等価の状況であり、そのためには手続き上何よりも『死を誓った共同体（Gemeinschaft bis zum Tode）』が必要であった」と断じるが、楯の会はそのような共同体ではなかった。橋川の妄想以外の何ものでもなかったと言っておく必要がある。

三島は、橋川によって深い喜びを得、かつ、思いがけず先への道筋を照らし出されるようなことがあったが、活動分野や思想的立場も基本的に違っていた。その距離が三島の没後、ますます大きくなったようである。

【注】

（1）中村彰彦『烈士と呼ばれる男』（平成十二年五月、文藝春秋）。

# 江藤淳——二つの自死

**江藤淳**（えとう　じゅん）
昭和七年（一九三二）～平成十一年（一九九九）。戦後の代表的な文芸評論家として、日本および日本人のあり方を考究、保守派の論客として影響力を持った。最晩年には、妻の闘病と死、また自らも脳梗塞の後遺症で疲弊し、自殺。代表作は、『奴隷の思想を排す』『小林秀雄』『成熟と喪失』『海は甦える』『漱石とその時代』など。

三島由紀夫が自決した直後の文芸時評（毎日新聞、昭和四十五年十二月二十四日）を、江藤淳は、太宰治『人間失格』の一節を引用することから始めた。主人公が体操の時間に、鉄棒に失敗、尻餅をついてみせ、皆の笑いを呼んでいるところへ、クラスの「白痴に似た」生徒がやって来て背中を突き、「ワザ。ワザ。」と言ったという部分である。

江藤は、三島の自決事件によって久しぶりにこの一節を思い出したと言うのだが、三島が大の太宰嫌いだったことは承知していたであろうし、読者の多くもまた、そのことを知っていたはずである。だから、この引用で始めたこと自体が、すでに辛辣なメッセージを含んでいたと言わなくてはなるまい。すなわち、三島の最期は大向うの受けを狙ったわざとらしい「演技」、それも人間失格の烙印を自らに押さなければならぬところへ至る男の、自意識のきりきり舞いの現われとしての「演技」だ、と。勿論、言葉に出してそう言っているわけではないが、しかし、そうと受け取らざるを得まい。

そのあと、江藤は、太宰といい三島といい、その自殺事件はショッキングだが「白昼夢のようでそれらしいリアリティが感じられない」と書いて、多くの人々がさまざまに論評しているものの、いずれも「三島氏の出した名刺に向かって挨拶をしているような結果」に終わっていると退け、例外なのが、澁澤龍彥の「三島由紀夫氏を悼む」であると言う。その澁澤と三島の交友がどのようなものであったか、すでに見たが、江藤は、その文章を長々と引用、次の一節に注目する。

　三島氏は、自分の惹き起した事件が社会に是認されることも、また自分の行為が人々に理解されることも、二つながら求めてはいなかったにちがいない。あえて言えば、氏の行為は氏一個の個人的な絶望の表現であり、個人的な快楽だったのだ。

　この言は、澁澤という一個の文学者の見方として独自の、それとして納得させるだけのものを持つことはすでに言った。そして、生存中の三島に向かって、直接、自分の立場を明言していたのである。それにしても自決直後の沸き立つようなあの状況の中で、よくもこうはっきり言い切ったものだと感嘆せずにはおれない。

　それはそれとして、批評家江藤が、澁澤のこの言を唯一の耳を傾けるべきものとして推奨してよかったかどうか。澁澤が果断に爽やかに言い切った言を盾に使って、底意地悪い見方を押し通してみせようとしたのであり、末尾に至ると、再び『人間失格』の一節「ワザ。ワザ。」を持ち出し、それは「いうまでもなく実在そのものの『低い声』である」と念を押して、締め括った。

　本当にそうなのか？

　また、このような文章を書いて、江藤は、後悔しなかったのか？

それからおよそ三十年の歳月が過ぎ、平成十一年（一九九九）七月、こんどは江藤淳自身が、その死をめぐってさまざまな論評を受ける仕儀となった。そして、そのほとんどが「江藤氏の出した名刺に向かって挨拶をしているような結果」に終わっているのは、相も変わらぬ風景だといってよかろう。ただし、三島の場合のような反発、批判はほとんど見られず、素直な哀悼の言葉、同情の言葉で埋められているかに見える。

それというのも、愛妻を失って悲嘆に暮れるとともに、自身が病気に苦しんでと、世間的には受け入れやすい理由があった。「君は新聞の三面記事などに生活難とか、病苦とか、或は精神的苦痛とか、いろいろの自殺の動機を発見するであらう」と、芥川龍之介は遺書の一つ『或る旧友へ送る手記』で書いたが、そのとおり世間が最も納得しやすい動機を、『妻と私』と遺書でもって、江藤は明示していたのである。

しかし、批評家江藤淳の自死は、本当に納得できるのか。また、納得してよいのか。初めに挙げた文芸時評では、江藤自身、こうも書いているのである。

「死者に対する礼節は守るべき美風である。しかしその死者が文士である場合、死せる文士は当然死後におこなわれるべきあらゆる文学的批判から免責されていない。むしろ逆であって、作者が死んだ瞬間から作品は生前それに付着していたあらゆる夾雑物を洗い流され、より純粋なかたちを曝して生きている文士たちの前に立つのである。これについて心に思うままに語るのは、むしろ死者への礼儀である。まして三島氏の場合、澁澤龍彦氏の指摘する通り、その肉体と死すら『傍若無人な一個の作品』であったとするなら」。

江藤の死は、決して「傍若無人な一個の作品」と言うべきものではなかった。自宅の浴室での、ひそやかな死であった。が、これまた「文士」の所業であるのは疑いない。また、そう受け取らなくては失礼であろう。そして、その所業のなかには、いまも触れた三島の死に対して発した言葉も、当然、含まれているのである。

＊

三島が自決した時、江藤は、すでに『成熟と喪失』を書いていた。昭和四十一年八月から翌年三月にかけて「文藝」に連載、その最後の、庄野潤三『夕べの雲』を扱った章では、家族の長たるべき父親像を示すとともに、その在り方を「治者」と呼んだ。そして、「被治者」に安住するところから、今日において「治者」であることの不幸を引き受ける方向へと辿らなくてはならない道筋を描いて見せ、その上で、江藤自身、その道を歩み出していたはずなのである。

現にその道程において幾つかの著作を書き、昭和四十三年には、評論集『表現としての政治』をまとめ、これまでの政治は「自己表現ですらない。それは単なる手つづき、技術、無味乾燥な義務にすぎない」(「政治と純粋」)と断じた。そして、三島が自決する三ヶ月前の昭和四十五年八月からは、政治人間であり、優れて「治者」たり得たと江藤が見る勝海舟を扱った『海舟余波――わが読史余滴』の連載を始めていた。

その連載の最中であったのにもかかわらず、三島の自衛隊内で憲法改正を訴えたうえでの自決を徹底的に私的な行動だと、あざといとも思われる言い方で、強引に極め付けたのである。そればかりか、小林秀雄との対談(「歴史について」諸君!、四十六年七月)で、「病気だ」とまで言い放ち、小林に厳しくたしなめられた。

当時、三十七歳であった江藤としては、素直に事態を見ることができなかったばかりか、当時のジャーナリズムの論調に乗ろうとする野心もいささかあったのではないか。あるいは当時、考え始めていた政治なるものとの係り方に、深刻に触れるものがあったため、過剰に反応した可能性もなくはなかったかもしれない。いずれにしろ暴力をもって、社会の在り方を侵犯するような行動は、何をおいても退けなくてはならない、との立場を鮮明にするのに急であった。その点では司馬遼太郎と同じであった。

時の首相、佐藤栄作は「全く気が狂っているとしか思えない。常軌を逸した行動だ」、防衛庁長官の中曾根康弘は「常軌を逸した行動と言うほかなく〔……〕世の中にとってまったく迷惑だ」と口を揃えた。また朝日新聞の社説は「おそらく彼の行動を支配していたものは、政治的思考より、その強烈で、特異な美意識だったと思われる。〔……〕その行動は決して許されるべきではない」と論評、他の新聞も、基本的には大同小異であった。

こうした立場の人たちの発言としては至極当然だったといってよいだろう。もし容認するようなことを口にすれば、その地位を失う。しかし一文芸評論家の江藤もそうだったか。そうではなかったはずなのに、彼らと同じ立場を採り、嫌味と辛辣さにおいて過剰に、その知識と才を発揮してみせたのだ。

そのような江藤であったのにかかわらず、やがて変化が起こって来た。それも奇怪なことに、見方を百八十度転換させたのである。

その変化の経緯を見ると、転換点になったのが、江藤自身の父親の死（昭和五十三年五月）と、『戦艦大和ノ最期』の筆者吉田満の死（昭和五十四年九月）であったようである。

『落葉の掃き寄せ』（昭和五十六年十一月、文藝春秋）のなかの「生者と死者」（文学界、昭和五十四年十一月）で、この二人の死について言及した末に、一九七〇年代には、ずいぶんいろんな作家たちが他界したが、その先頭には三島が、末尾には吉田満がいて、二人とも「死者たちの世界を忘れぬ人々だった」と書いた。

顕彰してやまない吉田満と並べて、三島を据えたのである。そして、そこから生き残った者たちは「ますます生の過剰に溺れ、ほとんど死者たちのことを忘れてしまったかのよう」だと、これまた厳しく批判したのだ。

あの侮辱的言葉を発して、まだ十年たっていない。怪訝な思いをした人も少なくなかったのではないか。この頃、江藤は、吉田満の作品『戦艦大和ノ最期』の発表の経緯を調べる作業に取り掛っており、やがて『閉ざされた言語空間――占領軍の検閲と戦後日本』（平成元年八月、文藝春秋）を書くことになる。

このようなところへ進み出たのも、いま触れた「死者の世界」、また、『落葉の掃き寄せ』に収められたもう一編の題にある「死者との絆」を、真剣に考えるようになったのが決定的な要因であったろう。そのことが、自らが言う「治者」なる観念に、実質を与えたとも考えられる。

しかし、こうなると、三島が二・二六事件と神風特攻隊による死者を問題にして、彼らをして語らしめた『英霊の声』（文藝、昭和四十六年六月）に対する、江藤の批評を思い出さないわけにはいかない。

そこでも江藤は、徹底した無理解ぶりを発揮していた。この作品は「センセーショナルな問題小説」で、「イデオロギー的」で、それが「鬼面人をおどろかすようなかたちで提出されたことに、なにかいやなものを感じずにはいられない」と批判したのである。その上で、「生き残った人間には死者をどんなふうに利用する資格もない。それは第一に不遜であり、死者の沈黙の重みは決して観念の枠の中に要約できるはずがないからである」として、「小説の中に露出されたイデオロギーはつねに猥褻である」（朝日新聞時評、昭和四十一年五月三十日）と言い放った。

三島は自らのイデオロギーのために死者を利用しており、不遜だとまで言ったのである。三島の自決に対する底意地悪い言辞は、明らかにこの批評の延長線上のものであった。

こうした批評を根本的に改めたのかどうか、よくは分からないが、三島没後九年、昭和五十四年になって、いまも指摘したように、「死者たちの世界を忘れぬ人々」の一人として三島を迎え入れ、今日の文学状況を批判する立場をともにするようになったのだ。

「生者と死者」をともに捉え、「死者との絆」を保ちつづけようとすること自体は、われわれが現に生きている現実世界を、外から見る確かな視点を獲得することである。殊に戦後は、いわゆる民主主義、個人主義が言い囃され、現に生きているわれわれ、それも個々の自我を中心として、生の領域を出ることなくやって来ていただけに、その意味は大きい。そうして現在なり、戦後以降の領域を越えて、「言語空間」を広げることになった。少なくとも江藤においては、そういうことが起こったのである。

ただし、なおも個人中心の段階に囚われている限りは、江藤が言い出した「治者」と「被治者」にしても、本当に問題とはならない。さまざまな時間、経験、思考を抱えたさまざまな人間がいて、さまざまなかたちで係り、ぶつかりあい、そこに死者それぞれの時間、経験、思考も係って来るとき、「治者」と「被治者」、また、「公」と「私」も、具体的な生の在り様となる。

そのようなところへ江藤が立ち至ることによって、占領下に置かれたという事態が改めて問題として意識されたのだ。これまでわが国では被占領下の側からばかり考えがちであったが、占領軍側からも、そして、その両者の立場を含んだ第三者の立場からも、この日本における占領とは如何なるものであったか、考えるようになったのだ。具体的には、「治者」「被治者」「公」「私」の立場を、被占領、占領、第三者それぞれに当てはめて、考えるようになったのだ。昭和五十三年夏から秋にかけて、本多秋五との間で「無条件降伏」論争が行われたが、大東亜戦争においての日本国の降伏は、無条件降伏ではなく、戦勝国側も守るべき条件があったと江藤が主張したのは、この成果であったと思われる。

こうして江藤の仕事は、文芸評論の枠を越えて、社会的に大きな広がりを持つようになったが、占領軍による検閲についての問題提起は、福田恆存にとって自明なことで、事々しく言い立てるまでもないことであり、言い立てること自体が、備えるべき認識力の欠如を語っている（「問ひ質したき事ども」中央公論、昭和五十六年三月）と批判された。しかし、如何に自明であろうと、その実態、その目的、成果などについて具体的に明らかにする必要があるのは、誰もが認めるところだろう。殊に民主主義国家を自任する国家が、戦争に勝利を収めて占領するや、かつての敵国の完全無力化を目指して新憲法制定と東京裁判を推し進めながら、検閲、弾圧するようなことはしないと信じ込ませるようなプロパガンダを臆面もなく行い、占領終結後もなお信じ込ませつづけるようなことが行われ、ほぼ成功している状況では、取り組まなくてはならない事柄であろう。

その点、三島は、その欺瞞に早々から気づいていた。なにしろ昭和二十二年（一九四七）秋、いわゆるマッカーサー憲法が施行されて最初の高等文官行政科試験を受け、大蔵省事務官に任官、その政府の下、インフレの最中にかかわらず国民貯蓄課に勤務、翌年九月まで在職した身として、占領軍による統治が如何なるものであるか、よく承知させられていた。そのところは、占領が終わって間もなく『江口初女覚書』（昭和二十八年四月）、『鍵のかかる部屋』（二十九年七月）で描いている[1]。民主主義なるものが基本的に成立しないところでの、民主主義の推進は、成功すればするほど、その欺瞞が内に食い込み、その国の精神文化を蝕むのだ。

このことを深く認識した三島は、晩年に近づくとともに、近代欧米化に抗した人々の心情を掘り下げ、今日の日本を評論なり作品によって糾弾した。そして、自ら自衛隊への体験入隊を通して、国家における軍事力の問題と正面から、机上の論議ではなく、実体験的かつ実践的に考えたのだ。その結果、今日の日本国家が核心に抱え込んでいる欺瞞、それによって日本の文化そのものが蝕まれている事態に、耐えられなくなって来ていたのだ。このままではまともな日本語が書けなくなるのではないか、との危機感を三島は覚えるまでになったようである。その上で憲法改正を訴えて市ヶ谷を死場所とするところまで突き進んだ。

そのことに江藤は、激しい拒否反応――当時の執政者が望むとおりの拒否反応を示したのだが、この頃になってようやく変化を見せ始めたのだ。

ただし、こうなると、却って三島と江藤の政治に対する姿勢の違いが明らかになって来る。三島は、政治に深く関心を寄せたが、文学者なり芸術家であるのを自分の宿命とする意識が強かった。文学者なり芸術家は、恐ろしく反社会的に走る恐れがあり、危険だと自覚、政治家に近づき、発言することはあっても、自らが政治家となることは踏みとどまった。その点で、三島は石原慎太郎とは違ったのである。

最も深い関心を注いだ政治的存在が、天皇であったのは、このこととも関係していよう。天皇は、統治者であるにもかかわらず祭祀を司る最高位者であり、時には神として顕現することがあり、いわゆる政治的統治者の枠を大きく外れる。それゆえに、文化秩序も政治秩序も樹立し、かつ、広く課するのだが、ラディカルな変革への志向も抱え込んでいて、矛盾した、悲劇的と言ってもよい性格を持つ。言い換えれば、政治的存在でありながら、すぐれて詩的美的秩序に係る。『文化防衛論』などの、三島の政治論の分かりにくさは、もっぱらこのためである。

江藤の方は、死者の視点なりそれとの絆を言いながらも、あくまでこの世の統治者、「治者」の在り方を中心とする。多分、このことが彼の思考、言論を、三島との比較で言うのだが、現実社会の実態に寄り添わせることになった。閣僚への就任が噂されたりしたのも、そうした江藤の在り方を端的に示していよう。ただし、これでは現状の政治体制の枠組みを越えて思考することができず、殊に軍事力、暴力については、本質的には視界の外となった。三島の最期の行動への反応が、その顕れであった。

*

こういう江藤淳であったが、すでに『海舟余波――わが読史余滴』を書いていたことから、平成六年、編集者に勧められて、西郷隆盛について書くことになった。『南洲残影』（文学界、平成六年十月〜十年一月）がそうだが、『漱石とその時代』を連載中であったから、隔月掲載ということにして、生涯を辿るのではなく、西南の役の勃発から死まで、明治十年（一八七七）二月から九月まで、七ヶ月に絞って描くことにした。

そして、連載三年四ヶ月、十回に及んだが、思いがけないところへ踏み入ることになった。

なにしろ西郷は自らが同志たちと苦労を重ねて樹立した明治政府に対して、絶望的な戦いを挑んだのだ。その点では、前の年、明治九年十月、同じ熊本で起こった神風連の乱と似ている。復古的攘夷の立場を採り、古来からの武器をもって熊本鎮台府を襲い、戦果を挙げたものの、近代装備の兵の前に翌日には鎮圧されたのだが、彼らは今少し持ち堪えたものの、七ヶ月ほどで潰えた。このため冒頭の章は「全的滅亡の曲譜」と題されている。

この「全的滅亡」を覚悟した上で、郷党を率いて決起し、「全的滅亡」を遂げるまでの西郷の心情を中心に扱っているのだが、それはほとんど、この滅亡への歩みを歌い上げているかのようである。林房雄が『悲しみの琴』に「三島由紀夫への鎮魂歌」と副題をつけ、「音譜も指揮者もなく、つたなくかき鳴らしている」と記したが、それに和したとも受け取られる。

ただし、そうすることによって大東亜戦争の敗戦を呼び出し、さらに響き合わせるようなことが起こった。その上で、江藤はこう書く、

ひとつの時代が、文化が、終焉を迎えるとき、保全できる現実などないのだ。玉砕を選ぶ者はもとより滅びるが、瓦全に与する者もやがて滅びる。一切はそのように、滅亡するほかないのだ。

いま「歌い上げた」と書いたが、その「全的滅亡」にはある種の「曲」が間違いなく付いていて、そこに西郷は「なにか」を託そうとしたのだと、江藤は言おうとするかのようである。そして、その「なにか」が明瞭になるのは、西郷の足跡を追って田原坂を訪ね、記念碑の傍らに、蓮田善明の次の短歌一首を刻んだ文学碑を見つけたときである。

ふるさとの駅におりたち眺めたる　かの薄紅葉忘らえなくに

この歌を石の面に読み、蓮田と三島の係りに思い至った時、「一種雷光のような戦慄が身内を走った」と江藤は書く。それというのも、「西郷隆盛と蓮田善明と三島由紀夫と、この三者を繋ぐものこそ、蓮田の歌碑に刻まれた三十一文字の調べなのではないか」と思ったからである、と。

その続きを、少し長いが引くと、

……西郷の挙兵も、蓮田や三島の自裁も、みないくばくかは『ふるさとの駅』の、『かの薄紅葉』のためだったのではないだろうか？

滅亡を知る者の調べとは、もとより勇壮な調べではなく、悲壮な調べですらない。かそけく、軽く、優にやさしい調べでなければならない。何故なら、そういう調べだけが、滅亡を知りつつ亡びて行く者たちの心を歌い得るからだ。

蓮田善明その人と、蓮田の歌を碑に刻んだふるさとびとたちが、交々にそう語りかけて来るように思われた。田原坂の空間には、明治十年の西南の役の時間が湛えられているだけではなかった。この時空間には、昭和二十年の時間も昭和四十五年の時間も、ともに湛えられてめぐり来る桜の開花を待っていた。

西郷隆盛と蓮田善明と三島由紀夫が、ひと繋がりに捉えられているのである。江藤にとって三島由紀夫が、三島の師と言うべき蓮田とともに、西郷隆盛と同じ近さに立つようになったのだ。底意地悪い態度でその死を論評したところからは、随分隔たった場所へ至ったと言わなくてはならない。

しかし、この時点で江藤は、「治者の論理」を手放したわけではなかった。本来の「治者」とは、人々の暮らしを可能な限り平穏無事に保持しようと身を挺する者の謂であり、「ふるさとの駅」の「かの薄紅葉」をこころゆくまで眺める喜びを保証するために働く者の謂であり、それゆえ、「国が内側から崩れて行く物音が、その両の耳に聴え」るとき、自らとともに少なからぬ人々を、混乱と死のなかへ引きずり込むのも辞さない行動へと出る……。

『南洲残影』で描こうとしているのは、そういう西郷であり、それゆえに、「自決」を徹底して退け、「戦死」を選んだことを、江藤は力説するのだ。すなわち、陸軍大将の軍服は脱ぎ、焼き捨てたものの、西郷は一私人として死んだのではなく、時の明治政府を糾弾、西南の役を引き起こした薩摩軍の代表として、敗軍の末に「戦死」した、とするのである。

この敗れるに決まった戦いに立ちあがり、敗走に敗走を重ねる道行きを叙述しながら、江藤はこうまで言う。

「滅びへの道を選び、死を賭してそれ〔国の崩壊〕を防ごうとした者どもがいたという事実そのものによって、国の崩壊を喰い止めなければならない」と。

さらに、薩摩軍がそれを見事に実践したが、このため、「西洋」化した官軍が勝ったものの、負けた薩摩軍を理想とするという「倒錯」が生じた。この時から、二・二六事件が国軍の構造のなかに潜伏したのではないか、と。これに通じる指摘を三島が行っているはずである。林房雄の『大東亜戦争肯定論』に全面的に賛同できなかったのは、この故であったろう。

また、こんなふうにも書く。「西郷は桐野の指揮に任せて、拙に戦い、拙に敗れた。そして、拙に戦い、拙に敗走した結果、そこから浮かび上がって来るものをこそ、西郷挙兵の目的としたい」。そうして、二・二六事件から大東亜戦争の敗戦に至る過程を暗に呼び起こしつつ、「反逆者の軍隊の軌跡を正確に踏んで、正規軍が滅亡に向って巨歩を運んで行く」と。

このようなところを読んでいると、江藤の口を通して、三島が考えていたことを改めて聞かされるような思いになるが、どうであろう。入江隆則も「三島由紀夫の世界に驚くほど接近していた」(「公的な事件としての江藤淳自決」新潮、平成十一年十月)と言っている。そして、少なくとも江藤の言う「反逆」は、三島の言う「反逆」とぴったり重なるように思われるのだ。

実際に三島は、二・二六事件の青年将校たちに思いを凝らし、晩年の思考の主な縦糸とし、最後には、玩具と言われても仕方のない、しかし、反逆者の、いまだ軍隊ならざる軍隊を率いて、「拙に戦い、拙に敗れ」、自衛隊東部方面総監部という「西洋」化した官軍、いや、ほとんどアメリカ化した「官軍」の中枢部で、自決したのである。

このささやかな「全的滅亡」へと突き進むことによって三島が念じたのも、「滅びへの道を選び、死を賭してそれ〔国の崩壊〕を防ごうとした者どもがいたという事実そのものによって、国の崩壊を喰い止め」るためであったろう。最期の行動は「絶望に突き動かされたもの」であったとも言えるが、決して絶望に打ち砕かれたのではなく、絶望を超え出ようとするものであった。その点で、徹底して個性的である文学者、澁澤の見解とは決定的に異なっている。なお、念のため言えば、先の澁澤の章で述べたように、その澁澤の立場を、三島は自分のものとしては厳しく退けたが、芸術家としては全面的に認めた。

江藤は、この『南洲残影』を完結させた後、『妻と私』を書いた。

単行本『南洲残影』のあとがきも書き終え、刊行を待っていた平成十年二月、妻の慶子が脳腫瘍に罹り、すでに末期に入っているのを知らされたのである。それから、その年の十一月七日の彼女の死までと、その後の江藤自身の病が綴られる。

その文章は、確かに美しいと言ってよい。しかし、それは、この世に生きる者の避けられない凡俗な在り方を退けて、夫婦だけの、それも妻が死へと向かって一筋に進んで行く、そこへ可能な限り身を寄せようとする夫と二人だけのものである。ここには、いかなる者も立ち入ることができない。人が死ぬとき、本来なら入り込んで来るはずの諸々の事柄が、見事に排除されている。妻の葬儀の際、親族代表として挨拶をと言われ、江藤は「後にも先にも慶子の身内は私一人だ」と色をなして言ったというエピソードが、そのところをよく示していよう。江藤は、死に至るまで妻に身を添わせつづけ、ほとんどこの世に戻ることができないところまで、踏み込んでしまった、と言ってもよかろう。そういう夫としての在り方には感嘆するほかないが、しかし、この俗世界に生きつづけていかなくてはならないわれわれにとって、どのような意味があるのか。夫婦としての純愛を、この世の規範を越えてまで見事に貫いた、と言って石原慎太郎のように見送るよりほかあるまい。

ただし、ここにあるのは、夫婦だけの恐るべき私的世界である。「治者」は勿論、「死を賭して国の崩壊を防ごう」と言うような思考の成立する余地は、まったくない。他者も「公」も厳しく排除されている。

そして、この後に踵を接して、「病苦は堪え難し」と記しての江藤の自殺が来るのだ。

江藤は、『南洲残影』を完成して、そこで表現し得た「全的滅亡」に近いものを、妻と二人だけの身の上に実現しようとするところがあったのかも知れない。しかし、西郷の「全的滅亡」と、夫婦二人だけの道行の果ての病苦による死とは、まったく異質であるのは言うまでもない。西郷は、反逆者となりながらも、あくまで「治者」であり、公的存在として生涯をまっとうしたのである。それに対して江藤の最期は、徹底して私的であった。

この対蹠性は、三島の死との間にも、そのまま成立する。三島の死は徹頭徹尾公的であった。小説家であることにおいても、見事に公的であった。

そして、さらに対蹠的であるのは、三島が、自らの思想、心情およびその文学世界をさらに徹底する形で死んだのに対して、江藤は、これまでの自分の立場を破棄することによって、死んだ点である。江藤は、田原坂を訪ねて、恐ろしく三島の近くに立ったが、そこから一転して、最も遠いところへ行ってしまったのだ。

これまでの自らの思想的立場を捨てるのには、いろんなかたちがあるが、江藤の場合ほど、劇的な例はないのではないか。もっともそのところが、死によって曖昧化された嫌いがある。死があらゆることから当事者を無問責にするのは、わが国によくあることだが、江藤について見られるのも、そうしたことのようである。

江藤の思想の核心に「死者との絆」「死者の視点」があったことは、すでに触れたところだが、最後まで保持していたなら、「死者」とともに、あるいはそれ以上に後に残る「生者」について、考えるべきであったろう。「死者」とは、何よりも境を異にする存在の謂のはずであり、自ら死を選ぼうとするなら、境を異にすることになる「生者との絆」「生者の視点」に、思いを致すべきだろう。江藤の場合は、読者の存在、また、考え方をともにする人たちが少なからずいたのである。

その数多い著作の中でも、とくに優れていると思われる『海舟余波——わが読史余滴』(昭和四十五年八月〜四十七年十一月連載、四十九年四月刊)で、海舟『氷川清話』から次のような文章を、重い意味を持たせせて引用している。

……胸中の煩悶は死ぬるよりも苦しい。しかし、それが苦しいといつて、事局のいかんをも顧みず、自分の責任をも思はず、自殺でもして当座の苦しみを免れようとするのは、畢竟《ひっきょう》、その人の腕が鈍くて、愛国愛民の誠がないのだ。すなはちいはゆる屑々《せつせつ》たる小人だ。

この言を、多くの人々に対して強い共感をもって向け差し出しながら、江藤は、妻と二人だけの世界に閉じこもって、その境をやすやすと外れて行ったのである。だからと言って、批評家江藤は、「愛国愛民の誠がない」とも「屑々たる小人」だとも断じようと思わないが、しかし、自ら述べたことを裏切って自殺すれば、論理的には「愛国愛民の誠がない」「屑々たる小人」と結論づけなければなるまい。

入江が、さきに引いた文章で、その題のとおりこの事件を「公的事件」だと主張したのは、このようなところから江藤を救い出そうとしてのことであろう。わたしも救い出せるものなら、救い出したいものだと思う。しかし、入江も認めるように、『妻と私』と遺書が極めて私的な性格のものであるのは動かない。それに『南洲残影』をいかに重く見るとしても、自殺の一年半前の、平成十年一月には連載を終えているのである。だから、『妻と私』を無視して、『南洲残影』から真っすぐ線を伸ばし、自殺と直接結び付けるわけにはいかない。

江藤は、「病苦」とともに、人々に面倒をかけることを潔よしとしなかったとも考えられる。しかし、それとても海舟の言う「当座の苦しみ」の内に入るのではないか。病に犯された彼がなすべきことは、病床に横たわりつづけることだったのだ。それは、「被治者」の一人としてべんべんと生きつづけることに外ならないが、そのことは、彼が盛んに言った「治者」たるものの在り方を鍛えることになるはずである。

しかし、江藤は、自殺を選ぶことによって、その「被治者」となることを拒否した。「治者」も「被治者」があって「治者」たり得るのであり、この拒否は、「治者」の側にだけ身を置き通そうとしたものだと言わなくてはなるまい。すなわち、彼の言った「治者」の思想も、十分に成熟したものではなかったということになろう。

こうは言っても、江藤が卓越した評論家であったのは疑いなく、投げかけた問題も簡単に色褪せるようなものではない。それを認めたうえでだが、その最期を三島由紀夫と対比するとき、以上述べたような違いが、無残なほど明らかになる。そのところを見届けるのが、批評家江藤淳を遇する最大の「礼儀」であろう。

【注】

（1）拙稿「戦争、そして占領下で」（三島由紀夫論集Ⅰ『三島由紀夫の時代』平成十三年三月、勉誠出版）、「占領下の無秩序への化身――『鍵のかかる部屋』」（三島由紀夫研究15、平成二十七年三月）参照。

＊　この章は「三島由紀夫と江藤淳の自決」（季刊文科、平成十二年二月）および『あめつちを動かす』所収「二人の自決」を大幅に修正、加筆したものである。

## 主要参考・引用文献

『決定版　三島由紀夫全集』全42巻・補巻1巻・別巻1巻、平成十七年完結、新潮社
『三島由紀夫十代書簡集』平成十一年、新潮社
伊達宗克『裁判記録　三島由紀夫』昭和四十七年、講談社
松本徹『年表作家読本　三島由紀夫』平成二年、河出書房新社
松本徹・佐藤秀明・井上隆史編『三島由紀夫事典』平成十二年、勉誠出版
平岡梓『伜・三島由紀夫』昭和四十七年、同（没後）昭和四十九年、文藝春秋
佐伯彰一『評伝　三島由紀夫』昭和五十三年、新潮社
小島千加子『三島由紀夫と檀一雄』昭和五十五年、構想社
三谷信『級友三島由紀夫』昭和六十年、笠間書院
村松剛『三島由紀夫の世界』平成二年、新潮社
奥野健男『三島由紀夫伝説』平成五年、新潮社
猪瀬直樹『ペルソナ――三島由紀夫伝』平成七年、文藝春秋
川島勝『三島由紀夫』平成八年、文藝春秋

徳岡孝夫『五衰の人――三島由紀夫私記』平成八年、文藝春秋
松本徹『三島由紀夫の最期』平成十二年、文藝春秋
松本徹『三島由紀夫　エロスの劇』平成十七年、作品社
田中美代子『三島由紀夫　神の影法師』平成十七年、新潮社
松本徹・佐藤秀明・井上隆史・山中剛史編『同時代の証言　三島由紀夫』平成十三年、鼎書房
松本徹・佐藤秀明・井上隆史・山中剛史編「三島由紀夫研究」1～16号、平成十七年以降続刊、鼎書房
松本徹・佐藤秀明・井上隆史編、三島由紀夫論集『三島由紀夫の時代』平成十三年、勉誠出版
松本徹・佐藤秀明・井上隆史編、三島由紀夫論集『三島由紀夫の表現』平成十三年、勉誠出版
松本徹・佐藤秀明・井上隆史編、三島由紀夫論集『世界の中の三島由紀夫』平成十三年、勉誠出版
有元伸子・久保田裕子編『21世紀の三島由紀夫』平成二十七年、翰林書房
松本徹監修『別冊太陽　三島由紀夫』平成二十二年、平凡社

＊

『川端康成・三島由紀夫往復書簡集』平成九年、新潮社
『蓮田善明全集』全1巻、平成元年、島津書房
復刻版「文藝文化」昭和四十六年、雄松堂書店
清水文雄『女流日記』昭和十五年、子文書房
『武田泰淳全集』全18巻・別巻3巻、昭和四十六年完結、筑摩書房
『新版　大岡昇平全集』全24巻、平成六年完結、筑摩書房
大岡昇平・埴谷雄高『二つの同時代史』昭和五十九年、岩波書店
『福田恆存全集』全8巻、昭和六十二年完結、文藝春秋
『福田恆存――人間・この劇的なるもの』平成二十七年、河出書房新社
細江英公『球体写真二元論――私の写真哲学』平成十八年、窓社
細江英公『ざっくばらんに話そう――私の写真観』平成十七年、窓社

『澁澤龍彥全集』全24巻・別巻3巻、平成七年完結、河出書房新社
「血と薔薇」創刊号、昭和四十三年、薔薇十字社
林房雄『我が毒舌』昭和二十二年、銀座出版社
林房雄『白夫人の妖術』新潮文庫（初版、昭和二十六年刊は『妖魚』の題）
橋川文三『三島由紀夫論集成』平成十年、深夜叢書社
『江藤淳著作集』正続11巻、昭和四十八年完結、講談社

＊主要な文献にとどめ、本文中に掲載したもの、論考の多くは省略した。

## あとがき

「はじめに」に書いたように、昨年七月、『三島由紀夫の生と死』を刊行することによって、これまでできる限り客観的に考察する姿勢を取り続けて来たことに対して、飽き足りない思いが強くなった。ただし、わたし一個の主観的思いを綴ってみたところで、さほど意味のあるわけでもない。そこで思い至ったのが、三島と同時代の作家、俳優、写真家ら芸術家たちとの係り合い——共鳴し、親しみ、時には衝突、訣別するところに焦点を絞って見ていくことであった。そうすれば、三島由紀夫という稀有な創造主体の内側へ、個々の立場からだが踏み込むことができるし、その係り合いを生きた形で見ることもできるのではないか、と考えた。そして、とにかく一年ほどで書いた(最後の章のみ旧稿の書き直し)のが本書である。出来上がってみれば、あれこれ足りぬところも浮かんでくるが、一冊の本としては、一応のところまで扱うことができたし、昭和という時代の表現活動を、文学の域を越え、多角的立体的に示すことができたのではないかと思う。

三島由紀夫は研究対象として長らく忌避されていたようだが、近年、ようやく盛んになって来た。

ただし、それとともに客観性、論理性、さらに言えば学問性――既に認知された何らかの体系を備えた理論に依拠する――を重んじる姿勢が強くなっている。そのこと自体は当然で、歓迎すべきことでもあるのだが、文学の領域においては、得てして既存の枠組みに依存、自由闊達な探求を疎かにするばかりか、誤読、誤解に陥る恐れさえあるのではないかと思う。だからと言って主体の内側へ踏み込むのに偏すれば、これまた危険を犯すことにもなるだろう。ただし、ここではそうしたことをあまり気にせず、自由に書いた。

ところで本書を書き進めながら、参観したもののなかに村松剛『三島由紀夫の世界』があるが、この評伝を執筆する村松さんの比較的近いところに、わたしがいたのを思い出した。昭和五十一年二月、産経新聞文化部勤務となると、日本経済新聞社文化部の井尻千男と親しくなり、会えば議論する仲になったが、彼は立教大学で村松さんの教え子だった関係から、ある日、村松さん宅へ連れていかれた。以後、三島関係の資料を届けたりしたが、評伝の連載（新潮、昭和六十三年八月号から平成二年六月号まで）が始まると、村松さんからよく電話が掛ってきた。その村松さんだが、いつも思い屈するところのある気配であった。それを不審に思ったものだが、三島とは家族ぐるみ近しい間柄であったから、何かと配慮しなくてはならないことが多かっただろうし、最後は、引き止めようとして刺々しい別れ方を余儀なくされたということもあったのだ。そうした事柄ひとつひとつに改めて向き合って筆を執れば、当然であったろう。しかし、その村松さんに対して不敏なわたしははかばかしい応答もできずに終わった。そのことが、今も私の中には悔いとして残っている。

こうした経緯もあって、本書で村松さんを採り上げることを再三、考えたが、村松さんの中心的な仕事、ヴァレリー論などフランス文学関係には手が届かず、多分、三島が関心を寄せたと思われる中束に関する精力的な活動についても把握が難しく、見送らざるを得なかった。採り上げたのが十一人という半端な数に留まった理由の一端である。

それにしても昭和という激動の時代は、三島という芸術家の存在によって、恐ろしく豊かで、海外に対して日本なるものを強く主張できる基ともなっていると思われる。

その三島に促されてと言ってよいと思うが、わたしはわが国の古典との係りにおいて書くことに努め、『風雅の帝　光厳』『天神への道　菅原道真』に続いて、いまは西行について書いている（「季刊文科」に連載）が、その筆の赴くところと、本書とが不思議に響き合うのを覚えた。そして、そのためさほど難渋することなく書き進めることができたように感じた。ごく個人的な思いだが、記しておく。

なお、本書の刊行に際しては青木健氏の配慮に与った。また、編集担当の小泉直哉君は面白いと言って勇気づけてくれるとともに、手際よく仕事を進め、予定通りの刊行となった。深く感謝する。

平成二十八年　天候不順の秋　　　　著者

## 著者について——

**松本徹**（まつもととおる）　昭和八年（一九三三）、北海道に生まれる。大阪市立大学文学部卒業。産経新聞勤務の後、近畿大学、武蔵野大学の教授を経て、現在、三島由紀夫文学館館長。近年の主な著書に、『三島由紀夫の最期』（文藝春秋、二〇〇〇年）、『三島由紀夫　エロスの劇』（作品社、二〇〇五年）、『小栗往還記』（文藝春秋、二〇〇七年）、『風雅の帝　光巖』（鳥影社、二〇一〇年）、『天神への道　菅原道真』（試論社、二〇一四年）、『三島由紀夫の生と死』（鼎書房、二〇一五年）などがある。

装幀——齋藤久美子

# 三島由紀夫の時代

二〇一六年一一月一五日第一版第一刷印刷　二〇一六年一一月二五日第一版第一刷発行

**著者**——松本徹

**発行者**——鈴木宏

**発行所**——株式会社水声社

東京都文京区小石川二—一〇—一　いろは館内　郵便番号一一二—〇〇〇二

電話〇三—三八一八—六〇四〇　FAX〇三—三八一八—二四三七

郵便振替〇〇一八〇—四—六五四一〇〇

URL : http://www.suiseisha.net

**印刷・製本**——精興社

ISBN978-4-8010-0205-0